P9-CRE-628

BASTEI LÜBBE

Jack Engelhard

EIN UNMORALISCHES ANGEBOT

ORIGINALROMAN

**Aus dem Englischen von
Götz Burghardt**

BASTEI-LÜBBE-TASCHENBUCH
Band 11948

1.–2. Auflage Juni 1993
3.–4. Auflage Juli 1993
5. Auflage Aug. 1993

Deutsche Erstveröffentlichung
Titel der Originalausgabe:
Indecent Proposal
Copyright © 1988 by Jack Engelhard
Copyright © 1993 für die deutsche Übersetzung
by Gustav Lübbe Verlag GmbH, Bergisch Gladbach
Printed in Germany
Einbandgestaltung: Roland Winkler
Titelfoto: UPI
Satz: hanseatenSatz-bremen, Bremen
Druck und Bindung: Ebner Ulm

ISBN 3-404-11948-7

Für Leslie, David und Rachel
und zum liebevollen Gedenken an Noah und Ida

Kapitel 1

Der Mann spielte Black Jack um hunderttausend Dollar pro Runde. Neben ihm saß eine Frau, sonst niemand. Der Tisch war allein ihm vorbehalten und daher mit einem Seil abgesperrt. Dahinter hatten sich allerhand Leute angesammelt und schauten zu. Sicherheitskräfte waren ständig bemüht, sie zum Weitergehen zu bewegen.

»Er ist ganz schön am Verlieren«, bemerkte ein Tagesbesucher. »Schon zehn Spiele hintereinander hat er verloren.«

Eine Million Dollar.

Was mich betrifft, ich sah mich nach einem Drei-Dollar-Tisch um.

Dann erregte die Traube von Menschen meine Aufmerksamkeit und schließlich jener Spieler. Er war grandios. Im Dämmerlicht des Kasinos war er eine Erscheinung ganz in Schwarz. Schwarzes Haar, schwarzer Schnurrbart, schwarzer Anzug. Groß, stattlich, gutaussehend — für einen Thron geschaffen.

Dem Aussehen nach war er zweifellos ein Araber, ein Prinz, Angehöriger einer königlichen Familie aus den Weiten eines Wüstenreiches und, wie ich vermutete, Hunderte von Millionen schwer, wenn nicht gar Milliarden.

Ganz gewiß königlichen Geblüts, dachte ich mir.

Der Mann wahrte Distanz, wirkte bestimmt und erhaben.

»Weitergehen, bitte weitergehen!« forderten die Sicherheitsleute auf.

Doch ich war viel zu fasziniert und von diesem Ereignis gebannt, das die Zeit stillstehen ließ. Ich bewunderte diese Maßlosigkeit — ein Triumph des Reichtums. *Solche Leute gab es also doch!* Solche Leute spielten tatsächlich um so viel Geld.

Die Million, die er eingebüßt hatte, gewann er allmählich wieder zurück und dann noch etwas mehr. Bekam sogar zweimal hintereinander einen Black Jack.

»Großartig!« sagte der Croupier bewundernd. Nur beim Spiel gilt Glück als *Können*.

Der Mann nickte, allerdings sehr widerwillig. Er sprach kein Englisch, nahm ich an. Oder er war zu erhaben, dieses Lob anzunehmen oder es einfach nur als solches zu verstehen. Einen solchen Menschen ließ alles kalt; was mochte es wohl auch gegeben haben, das er nicht längst *gehabt* hätte? Geld besaß er gewiß genug, um sich kaufen zu können, was immer er begehrte — Luxusartikel auf alle Fälle und Menschen sicherlich auch. Nichts hatte er mit uns anderen gemein, außer einmal sterben zu müssen. Und auch das war wohl noch nicht einmal ganz sicher!

Er gewann weiterhin. Doch ob er gewann oder verlor, er zeigte keinerlei Regung. Er hatte das Gesicht eines Prinzen — maskulin, doch mit hübschen Zügen, scharf gezeichnet und, wie es schien, vom Wüstensand Arabiens gegerbt. Seine Hände waren edel geformt, wie geschaffen, um mit einer flüchtigen Handbewegung Befehle zu erteilen.

Für mich, einen gewerbsmäßigen Redenschreiber,

8

der einunddreißigtausend Dollar brutto im Jahr verdiente, war dies ein spektakuläres Schauspiel. Diese vielen Chips, die so flink und lässig zwischen dem Mann und dem Bankhalter hin und her wechselten! Jeder einzelne von ihnen hätte es mir ermöglichen können, meinen Job aufzugeben und mich an den Ausgrabungen nach der Stadt Davids zu beteiligen oder jemandem ein komplettes Collegestudium zu finanzieren oder gar eine Lunge zu kaufen, eine Niere, ein Herz — ein *Leben!*

Trotz allem verspürte ich keinen Neid, keinen Verdruß. Ich war viel zu verblüfft, um etwas anderes als Bewunderung zu fühlen. Schließlich war ich nicht dagewesen und hatte die Hände aufgehalten, als Gott das Geld ausgeteilt hatte. Dieser Mann aber gewiß!

Was das wohl für ein Mensch sein mochte, fragte ich mich, der den Überfluß so zur Unbedeutsamkeit herabwürdigen konnte, der in einem Augenblick so viel vertun konnte, wie andere in ihrem ganzen Leben nicht zusammenzubringen vermochten. Reich sein war eine Sache, doch das hier — das war göttlich.

Hunderttausend Dollar Einsatz pro Runde ging weit über jegliches Spielen hinaus. Es bedeutete vielmehr Schöpfung, das Versetzen von Bergen und Aufwühlen von Meeren, den Kampf um das einmalige Recht, unumschränkte Herrschaft zu verkünden.

Wer mochte dieser Mann sein?

»Er ist am Gewinnen«, sagte wiederum ein Tagesbesucher.

Die meisten sahen in demütiger Schweigsamkeit zu, ergriffen von diesem Schauspiel, fasziniert von diesem arroganten Araber.

Mir für meinen Teil war dieser Ort nicht fremd und das Glücksspiel erst recht nicht. Hohe Einsätze und mächtiger Rummel waren mir nichts Neues, aber etwas so Imposantes wie das hier hatte ich noch nicht gesehen, und darum verdiente es meine Aufmerksamkeit. Wäre ich nicht auch für Beethoven stehengeblieben, zu dessen Lebzeiten?

Was Beethoven für die Musik bedeutete, stellte dieser Mann gewiß für das Geld dar; und wie Musik, Literatur und Kunst für die Vergangenheit sprachen, sprach das Geld für die Gegenwart. Milliarden setzten wir um an der Börse, in Lotterien und Kasinos, und indem wir das taten, definierten wir unsere Kultur. Unsere Kultur war Geld. Millionäre und Milliardäre, das waren unsere Helden!

Kritik? Nicht von mir. Ich war ja doch selbst hier!

Häufig kam ich her, und zwar jedesmal mit der Absicht, den Jackpot zu knacken, aber bisher hatte es noch nie geklappt; doch es gab immer wieder ein dieses Mal und ein nächstes Mal, und in der Zwischenzeit ließ dieser Araber sich hier blicken.

Obgleich ich ziemlich weit weg stand, hinter einem Wall von Menschen, verspürte ich etwas Seltsames — eine Art Verwandtschaft mit diesem Mann. Vielleicht war es bloß ein natürliches Verlangen, in seiner Nähe zu sein, im Mittelpunkt des Geschehens.

Oder vielleicht stimmte es, daß es einen gewissen Berührungspunkt zwischen uns gab, denn jedesmal, wenn ich einen Schritt zurücktrat — in dem Bestreben, mich selbst zu einem Spiel zu begeben — bemerkte ich, wie sich sein Blick mir zuwandte, als wollte er mich auffordern, dazubleiben.

Du träumst ja, sagte ich mir. Was ist er denn für dich, und was bist du für ihn? Ihr befindet euch nicht einmal auf demselben Planeten! Und wenn er dich tatsächlich bemerkt, dann genauso wie alle anderen, als Heuschrecke.

Doch da war es wieder, eine Bewegung, die man nicht direkt als Nicken bezeichnen könnte — aber ziemlich . . . Ziemlich was? fragte ich mich. Was willst du von ihm? Du willst, daß er dich salbt? Du entstammst einer eigenen königlichen Familie. Du bist bereits gesalbt. Das ist nicht dein Mann!

Schließlich zog ich mich doch zurück und ging hierhin und dahin, zu den Spielautomaten, dann zum Roulett und schließlich zum Würfelspiel Craps — und verlor überall, immerzu abgelenkt von den Gedanken dieses Mannes. Er hatte folgendes an sich: eine *mögliche Chance*. Die Aussicht auf etwas Großes.

Einfach bloß in der Nähe dieses Arabers zu sein, verdrängte die Langeweile. Der Verdruß am Leben bestand, wie ich herausgefunden hatte, darin, daß nichts *geschah*. Jeder Tag war einfach auch nur wieder ein weiterer Tag.

Doch in unmittelbarer Umgebung dieses Arabers mußte etwas geschehen. Was genau, das wußte ich nicht, außer daß Größe Funken sprühen läßt, und diese könnten ja einen anderen Menschen erleuchten. Natürlich auch verbrennen.

So widerstand ich dem Drang zurückzugehen, obgleich die Versuchung dazu stark war, und stellte fest, daß ich mich im Kreis bewegt hatte und jetzt nur noch sechs Black-Jack-Tische von ihm entfernt war.

Es war ein Drei-Dollar-Tisch, also setzte ich mich und ließ mir von der Kartengeberin vierzig Dollar in Jetons eintauschen. Ich spielte sehr phantasielos. Ich machte mir zu viele Gedanken — folgender Art: Wo-

11

nach strebt ein Mensch nach seiner ersten Milliarde? Gibt es für ihn noch Träume, und wovon mag er wohl träumen, wenn er doch schon alles hat?

Ich erinnerte mich an Kriegshelden aus meiner Journalistenzeit — einen Träger der Tapferkeitsmedaille darunter — und ihre Betrübnis, als Frieden geschlossen wurde. Nicht, daß sie den Krieg besonders geliebt hätten, aber sie wußten, daß sie nie dazu kommen würden, sich selbst zu übertreffen, ja nicht einmal zu wiederholen. Ich fragte mich, ob dasselbe auch für Helden des Reichtums galt.

»Sie sehen, was vor sich geht?« fragte die Dame neben mir die Kartengeberin.

»Er ist ein Scheich«, antwortete sie.

»Ich dachte, das wäre Omar Sharif.«

»Gewiß sieht er gut aus«, sagte die Kartengeberin.

»Ach was, sieht gut aus! Er ist phantastisch! Mein Gott!«

»Egal, ob er phantastisch ist«, sagte die Kartengeberin. »Auf alle Fälle ist er *reich*.«

Diesem Mann war nicht zu entkommen. Der ganze Saal war in heller Aufregung. Ich spielte noch ein paar Runden, hörte ohne Gewinn und ohne Verlust auf und ließ mich von meinen rastlosen Füßen wieder zu diesem Scheich hintragen.

Auf dem Weg dahin fiel mir der Satz aus dem Midrasch ein: Die Füße bringen einen Menschen an sein Ziel.

*

Ich war wieder bloß ein Gesicht in der Menge.

»Schon mal Gold-Jetons gesehen?« fragte ein Mann seinen Freund.

»Gold-Jetons?«

»Zehntausend-Dollar-Jetons.«

»Wußte gar nicht, daß es solche gibt.«

»Dann weißt du's jetzt.«

Ich schob mich immer dichter heran, und ehe ich mich versah, war ich ganz vorn, so daß meine Knie das Seil berührten. Diese Gold-Jetons, er hatte sie vor sich aufgetürmt, und sie kamen und gingen so schnell, daß ich gar keine Ahnung hatte, wie es für ihn aussah. Stand es gut für ihn oder schlecht? Das kann dir doch egal sein, sagte ich mir. Er, erinnerte ich mich, war nicht *ich*.

Außerdem, machte ich mir klar, ist er Araber. Und somit dein Freund?

1967 – ich war bei der 55. Fallschirmjäger-Brigade – haben in Jerusalem solche wie er von den Dächern aus auf mich geschossen; und selbst bis heute hat es noch keine echte Versöhnung gegeben.

Der Unterschied hier war folgender: Das hier war *königliche Größe*. Und das war etwas ganz anderes; ich muß zugeben, ich war mächtig erregt. Etwas Magisches ereignete sich hier, und ich wurde davon ergriffen. Das heißt, ich begann, mir Gedanken zu machen. Ich wollte, daß er gewinnt. Und ich wollte auch mit dabeisein, nur einen Augenblick, um zu erfahren, wie es in der höheren Gesellschaft sein mochte.

Das war etwas!

Ich muß wohl eine ganze Stunde auf derselben Stelle gestanden haben. Dann glaubte ich bemerkt zu haben, daß er mich musterte, und wand mich ab, meinetwegen und seinetwegen verlegen. Besonders meinetwegen. Ich fühlte mich ganz klein, hier mitten in dem kunterbunten Haufen, Schulter an Schulter mit den Voyeuren, den Aasgeiern.

Ich kam mir pervers vor, mich an dem großen amerikanischen Zeitvertreib zu beteiligen — dem Gaffen.

Genug jetzt! sagte ich mir. Ich wollte mich gerade umdrehen und mir einen Weg durch die Menge bahnen, da geschah es: Er hob den linken Arm und winkte. Die Königin von England mußte hinter mir gestanden haben, nahm ich an, denn er konnte ja wohl kaum mich gemeint haben.

»Sie!« rief er.

»Ich?«

»Ja, Sie!«

Er nickte und lächelte, und er winkte mir immer weiter zu, wie man es im Falle eines sich sträubenden Schoßhundes tut. »Ja«, wiederholte er. »Sie, bitte! Erweisen Sie mir die Ehre und seien Sie mein Gast! Setzen Sie sich zu mir!«

Kinderspiel, dachte ich, während ich über das Seil stieg. Bisweilen kann das Leben doch so ein Kinderspiel sein!

Gleichzeitig überkam mich eine dunkle Ahnung. Ich weiß auch nicht. Mitunter sieht alles etwas zu rosig aus.

So, da war ich nun. Befand mich jetzt also in diesem abgegrenzten, mit rotem Teppich ausgelegten Bereich, inmitten von Plüsch und Prunk, an der Seite dieses Mannes und dieser Frau, und das wegen seiner Handbewegung. Nur kam jetzt von ihm nichts weiter. Er ignorierte mich. War das wohl ein Mißverständnis gewesen?

Einen Augenblick kam ich mir ziemlich scheußlich vor, ja wie gelähmt, innerhalb dieser Absperrung. Ich wurde mir meiner Jeans, Sandalen und meines rotweißen Polohemdes bewußt — verdammt, ich war ja ein ganz gewöhnlicher *Tourist!*

Der Croupier trug einen Smoking, und die Saalleiter, fünf an der Zahl, ebenfalls, und sie wirkten alle so geschniegelt und elegant, ganz und gar nicht wie im richtigen Leben. Es wurde auch so gut wie nicht gesprochen. Alles, was zu sagen war, geschah durch Winken und Nicken, was mir ganz und gar nicht lag. Zu essen und zu trinken bestellte man, indem man den kleinen Finger hob. Nicht einmal das Geschirr verursachte irgendwelche Geräusche. Völlig unvermittelt erschienen und verschwanden die Hostessen.

Schließlich sagte der Araber doch etwas und rief damit ein Geraune im Saal hervor. Was hatte er gesagt? Alles, was ich verstanden hatte, war: *einen.*

»Sehr wohl, Sir«, sagte der Croupier. »Einen Augenblick bitte!«

Damit sammelte der Croupier alle Jetons ein, zählte sie durch und wartete. Wir alle warteten.

Worauf, wußte ich nicht.

Jetzt stellte er sich mir vor. »Ibrahim Hassan ist mein Name.« Ich erwiderte, meiner wäre Joshua Kane.

Er sagte: »Setzen Sie sich auf den Ankerplatz, Joshua Kane!«

Das tat ich. Ich setzte mich, und ohne ihn anzustarren, musterte ich ihn von oben bis unten. Er war recht massiv gebaut, das heißt, er verfügte — nach meiner Einschätzung — über eine ungewöhnliche Kraft. Dieser Mann wußte, wer er war. Er stellte mehr als Selbstvertrauen dar. Er war Macht. Er war *Allgegenwart.*

Die Frau bei ihm war eine ganz andere Geschichte. Sie regte mich auf. Für meine Begriffe hatte sie etwas Verächtliches an sich. Sie war locker in ein vielfarbiges Kleid gehüllt und sah blendend aus; aber im Gegensatz zu ihm war sie nicht *hier.*

Diesen Typ hatte ich bereits im Nahen Osten gesehen. Sie waren einfach »die Frauen«. Dazu gab es nichts weiter zu sagen. Ibrahim Hassan, nein, diesen Typ hatte ich noch nie gesehen. Es gab sie, das wußte ich, draußen in der Wüste. Sie waren auf dem Kamel und im Flugzeug gleichermaßen zu Hause.

»Ich bin Ihnen eine Erklärung schuldig«, begann er.

»Nicht nötig«, erwiderte ich.

»Sehen Sie, Sie haben mir Glück gebracht.«

»Glauben Sie an Glück?« fragte ich.

Er lachte. »Glück ist alles. Wußten Sie das nicht?«

Doch, ja, dachte ich, Glück ist alles. Das war mir mein ganzes Leben lang klar gewesen; ich hatte allerdings nie so deutlich darüber nachgedacht.

»Leisten Sie uns ein bißchen Gesellschaft!« bat er. »Es soll Ihr Schaden nicht sein. Okay?«

»Ja.«

»Möchten Sie etwas zu trinken?«

»Eine Pepsi wäre mir recht.«

Meine Antwort gefiel ihm. Er war Moslem und trank keinen Alkohol. Ob auch daheim, wenn er allein war, wer weiß?

Irgendwie hatte ich Angst. Mir war unheimlich zumute. Was wurde wohl von mir *erwartet?*

Ich zwang mich, mich daran zu erinnern, daß ich einst nicht so viel Angst vor ihnen gehabt hatte.

Worauf wir auch warten mochten, wir warteten immer noch.

»Das dauert seine Zeit«, sagte er.

»Was *das* nur sein mochte«, fragte ich mich.

»Haben Sie bitte Geduld!«

Schließlich wurde *das* gebracht — ein Stoß Zettel, jeder von der Form und Größe einer gewöhnlichen

Quittung. Das Bündel wurde Ibrahim Hassan ausgehändigt, und er plazierte einen Zettel auf seinem Feld und dann auf meinem, unmittelbar vor mir, und geschrieben auf dem Stück Papier stand in Worten: *eine Million Dollar.*

Ich blieb gelassen, ließ mir nicht anmerken, wie erstaunt ich war.

Der Croupier teilte rasch die Karten aus, und Ibrahim reagierte mit den traditionellen Black-Jack-Zeichen: Finger nach unten bedeutete noch eine, Handfläche nach unten, keine mehr. Von seinen Entscheidungen ließ ich mich nicht beeindrucken, insbesondere, wenn er Zehnen teilte. Das war allereinfachstes Black Jack.

Aber ich hatte nichts dazu zu sagen, nicht einmal in bezug auf die Karten, die ich bekam. Ich saß da und brachte ihm Glück. Glück? Er bekam eins übergebraten!

Millionen wanderten in die verkehrte Richtung. Er war einfach zu dreist.

Ich begann, meine Box zu schützen. Ich ärgerte mich fürchterlich, wenn er falsche Entscheidungen traf; wie zum Beispiel, wenn der Bankhalter als Aufkarte eine Sechs hatte und er auf »meine« dreizehn Punkte noch eine Karte verlangte — und verlor. Ich schüttelte den Kopf.

Er lachte. »Spielen Sie doch!« sagte er.

Ich schüttelte den Kopf.

»Na los doch!« drängte er. »Nehmen Sie noch eine!«

Das hatte ich schon fast erwartet, dennoch war es ein berauschender Augenblick.

Zu Anfang, das war mir klar, mußte ich etwas Spektakuläres tun, um das Blatt zu wenden. Die ersten Karten, die ich bekam, waren ein As und eine Sieben, also schwache achtzehn Augen, denn das As konnte ich entweder mit einem oder mit elf Punkten zählen. Die Aufkarte des Bankhalters war eine Acht; und angenommen, er bekam als Nächstes eine Zehn, dann stünden wir gleich, es wäre also unentschieden. Darum war es klug, weiterzumachen.

Und ganz im Gegensatz zu meinem anfänglichen Meckern wagte ich es, doch noch eine Karte zu kaufen, und bekam eine Drei.

Damit hatte ich einundzwanzig.

»Ah!« rief Ibrahim triumphierend.

Damit war der Anfang gemacht. Von nun an kamen ständig die richtigen Karten, und der Bankhalter geriet immer tiefer in eine Pechsträhne. Er mußte — den Regeln gemäß — immer noch eine Karte kaufen, solange er unter siebzehn Punkten blieb, und dann kam er immerzu über einundzwanzig. Das war herrlich! Mein Glück war dermaßen unwahrscheinlich: Wenn ich vierzehn hatte, bekam ich eine Sieben dazu, bei sechzehn eine Fünf. Das höchste Zeichen meines Glücks bestand darin, daß ich den Croupier häufig nur mit einem Punkt mehr besiegte. Meine neunzehn Punkte schlugen seine achtzehn, meine zwanzig seine neunzehn.

Bei mir lief es wie am Schnürchen. Und das große Geld gewann ich, als ich zwei Achten teilte. Als jeweils zweite Karte bekam ich dann eine Drei und eine Zwei und verdoppelte auf beiden Händen, so daß ich schließlich vier Millionen Dollar gesetzt hatte. Mit den zwei Bilderkarten, die ich anschließend zog, übertraf ich in beiden Fällen die Achtzehn des Bankhalters und erzielte somit einem Gewinn von vier Millionen Dollar.

Das heißt, der Gewinn war ja für Ibrahim.

Gewiß verlor ich ab und zu auch, aber nicht viel.

Auf dem Ankerplatz — dem Angelpunkt oder der Schlüsselposition, da er der letzte Platz auf der Spielerseite und somit für das weitere Ziehen des Bankhalters maßgebend ist — spielte ich ein gerissenes Spiel. Ich paßte mit einer Neun (eine Sünde!) gegenüber seiner Drei als Aufkarte, in der Erwartung, daß er sich als zweite Karte eine Zehn gab, somit mit dem Ziehen fortfahren mußte und sich verkaufte — was auch tatsächlich geschah.

Mit solchen Taktiken, gegen alle Regeln der Kunst, schonte ich Ibrahims Konto. Nun, hier ging es nicht um Regeln der Kunst, sondern um Temperament, und ich war high. Das war es, diese einzigartige Gelegenheit, da man nichts falsch machen kann. Man läßt sich tragen von seiner Selbstsicherheit, emporheben von seinen Instinkten.

Ich provozierte ein Raunen im Saal und einen Tadel vom Croupier, als ich bei achtzehn noch eine Karte zukaufen wollte — er hatte eine Neun als Aufkarte. Das tat absolut niemand, außer vielleicht ein äußerst gewiefter Mitzähler.

»Noch eine?« vergewisserte sich der Croupier.

Ich nickte.

Ibrahim grinste. Ich war sein Mann.

Der Croupier gab meine Entscheidung dem Saal bekannt. »Spieler kauft eine Karte bei achtzehn«, sagte er laut, damit kein Zweifel bestand, daß das meine Entscheidung war und kein Fehler der Bank. Er gab mir ein As, und das führte lediglich zu einem Unentschieden, aber damit war der Einsatz gerettet.

Ibrahim machte das Ganze Spaß. Er grinste wieder, fast väterlich. Er hatte etwa mein Alter, war vielleicht etwas jünger. Solche perfekten Zähne! Immerzu strahlten sie, als wären sie gewachst und poliert. Seine Nägel waren es ganz gewiß. Seine schwarzen Haare sahen prächtig aus. Seine Augen, die konnte er ein- und ausschalten, und ich bemerkte den Unterschied. Mit mir, das war eine Sache; gegenüber dem Croupier und den Leuten im Saal war er ziemlich kurz angebunden, beinahe grob.

»Sie müssen ein gutes Leben führen!« sagte er plötzlich.

Ich war überrascht. Er sollte den Spielfluß lieber nicht unterbrechen.

Anscheinend war es ihm langweilig geworden.

Ist es denn die Möglichkeit, fragte ich mich, sich bei allem langweilen zu können, selbst bei guten Dingen?

Es heißt, man könne niemals zu reich sein oder zu arm. Nun, was arm sein angeht, weiß ich es nicht. Aber reich? Vielleicht kann man doch zu reich sein. Vielleicht kann man auch zu hübsch sein, und vielleicht kann das Leben zu gut sein, so gut, daß es langweilig ist.

Ganz gewiß wendete sich das Glück einmal.

Daß es Zeit war aufzuhören, wurde mir klar, als ich einen Black Jack bekam und der Bankhalter mit einem Black Jack seinerseits gleichzog. Das war das Anzeichen dafür, daß sich das Blatt wendete.

Ibrahim, obgleich er ein mittelmäßiger Black-Jack-Spieler war, wußte das auch.

Er erhob sich von seinem Sessel, wie sich ein König von seinem Thron erhebt, und dieser Akt ließ jeden erkennen, daß das Spiel zu Ende war.

»Vielen Dank!« sagte er, und alle Leute im Saal nickten. Einige verbeugten sich. Der große Boß sagte:

»Es war uns ein Vergnügen, Mr. Hassan.«

Ich fragte mich, ob wir hier nicht noch eine Weile bleiben konnten. Wir mußten ja nicht spielen. Einfach noch etwas verweilen, dachte ich, noch ganz im Bann, gehüllt in den Siegesglanz.

Doch es war vorbei.

So, wie er mich zu Anfang ignoriert hatte, so ignorierte er mich auch jetzt, am Ende.

Was, dachte ich, ich bekomme nichts?

Ich war wie der Fuchs, der nach den Früchten im Garten lechzte. Er hungert, um unter dem Zaun hindurch zu passen, zwängt sich hinein, tut sich gütlich und muß dann aufs Neue hungern, um wieder hinausgelangen zu können.

Leer eintreten, sich vollstopfen, leer hinausgehen.

Das war, hatte ich gelernt, eine Parabel über das Leben — und sie stimmte totsicher.

Doch ich hatte nichts zu meckern. Das Geld hatte mir ja nicht gehört — genauso wenig wie die Früchte im Garten. Ich hatte meinen Spaß gehabt, hatte meine Phantasie ausleben können, und das genügte. Obgleich vielleicht . . . vielleicht hatte ich mir ein Anrecht auf eine Belohnung verdient.

Ibrahim Hassan dachte nicht so. Er hatte mich bereits vergessen. Doch dann wandte er sich von den Leuten ab, die ihn umringten, und sagte: »Vielen Dank, Joshua Kane!« Er schüttelte mir die Hand und fügte hinzu: »Wir sollten zusammenarbeiten!«

Ja, sicher, dachte ich.

Kapitel 2

Als ich in unser Zimmer im Galaxy Hotel und Kasino — etwa fünf Minuten vom Versailles entfernt, wo ich mit Ibrahim zusammengewesen war — zurückkam, war es schon nach Mitternacht. Der Fernseher lief noch und redete auf Joan ein. Sie aber schlief schon. Selbst im Schlaf war sie einmalig. Sie war meine Main-Line-Blondine, mein hochwohlgeborenes Schätzchen von Bryn Mawr, Absolventin von Shipley's und Vassar und weiteren teuren Orten hier und im Ausland.

Okay, sagte ich mir, wenn du auch in bezug auf Geld kein Glück hast, so sieh dir doch das hier an! *Sieh dir das an!*...

Wenn nicht sie die schönste Frau auf dem ganzen Erdenrund war, wer dann?

Ja mehr noch: Sie war intelligent und besaß diesen besonderen amerikanischen Kick — Unverfrorenheit.

Doch das Allerbeste: Sie war mein!

Bisweilen fragte ich mich, wie es zwischen uns hatte zustandekommen können. Die beste Erklärung, die ich mir geben konnte, war die, daß wir uns verliebten, weil wir uns *nicht* verstanden, und aus demselben Grund verliebt blieben — diesem erregenden Gefühl der Erneuerung, diesem Zauber der ewigen Entdeckung. In ihren poetischen Momenten sagte sie, wir »frischten« unser Leben immer wieder durch unsere Konflikte auf. Und von diesen hatten wir massenhaft.

Da waren zunächst unsere Flitterwochen, in denen sie ihre Periode bekam. Sie hielt es für wahnsinnig komisch, daß ich nicht mit ihr schlafen wollte.

»Was bin ich denn?« wollte sie wissen. »*Unrein?* Josh, ich sage dir, das ist ja so *altmodisch!*«

Vielleicht war es das; sie war die Zukunft, ich war

die Vergangenheit. Sie war Amerika, ich war Europa. Ach was, Europa — ich war Abraham, der sich im Ur der Chaldäer auf den Weg machte. Und doch war es, wie sie sagte, genau dieses »Hebräische«, dieses *Sich-Hingeben,* wovon sie sich angezogen fühlte.

Sie sagte: »Dich stelle ich mir aus der Wildnis kommend vor, auf der Suche nach *etwas*. Ich halte dich für jenen einzigartigen Menschen, der fest mit seinen Prinzipien verwurzelt ist; die Welt auf der einen Seite und du auf der anderen.«

Sie hielt mich für *romantisch*. Französischer Charme und all das. Und wie ich — anders als andere Männer — einer Frau in die Augen sah. Ich war kurzsichtig!

Sie glaubte, ich hätte ein abenteuerliches Leben geführt — und das hatte ich tatsächlich. Ich war vor Hitler über die Pyrenäen geflohen. Allerdings als kleines Kind, und da war mir das Abenteuer nicht bewußt gewesen.

Doch dann, 1967, hatte ich mich entschieden, für Israel zu kämpfen; und das war schon eine *Entscheidung* gewesen. Und solche hatte es noch mehrere gegeben. Zum Beispiel hatte ich die aufregende Stellung bei einer Zeitschrift sausen lassen, als man versuchte, meinen Namen unter den Artikel eines anderen zu setzen. Sie war der Meinung, das zeugte von *Charakterstärke*. Auf dem Arbeitsamt dachten sie nicht so.

In jeder Hinsicht zählte ich mich zu den Versagern, sie buchte mich als Erfolg.

Wenn sie sagte, ich wäre »vollkommen«, wozu dann streiten?

Sie sagte, ich erinnerte sie an den einstigen Filmstar John Garfield. Sie mochte meine »markigen« Gesichtszüge.

»Ich dachte, eher eine Art Cary Grant zu sein«, hatte ich zu ihr gesagt.

»Nein, nein, nein! Du bist der Außenseiter. Der Benachteiligte. Der Kämpfer. Der Einzelgänger. Der Wanderer. Du bist alles, was ich suche.« Sie sagte, andere Männer wären so *seicht.* »Einem Mann wie dir begegnet man nur einmal. Darf dich nicht wieder entwischen lassen! Du bist Abraham, Isaak und Jakob. Und David natürlich. Nicht zu vergessen, David.«

Wenn ich Abraham, Isaak und Jakob war, dann war sie Grace Kelly, Marilyn Monroe und Lauren Bacall. Joan verkörperte mehr als den amerikanischen Traum. Für ein Einwandererkind wie mich war sie Amerika.

So gab ich ihretwegen eine Frau und zwei Kinder auf. Sie verließ meinetwegen ihren Mann, einen wohlhabenden, angesehen Menschen. Nun, da ich sie besaß, galt es, sie zu halten!

Auf jeden Fall hätte man uns als Liebespaar bezeichnet, aber auf keinen Fall als sicheres Paar. Wir hatten gegenseitig Angst. Als Gegenleistung für das, was wir aufgegeben hatten, forderten wir ewige Treue, und das war zwar leicht zu versprechen, aber unmöglich zu garantieren. Insbesondere weil unsere Ehe in Sünde wurzelte. Sie hatte ihre Familie verlassen und ich meine, und wer hätte schon vorauszusagen vermocht, welche Schikanen das Schicksal bereithielt?

Wir hatten darüber diskutiert, über die Möglichkeit, daß wir uns noch einmal jemand anderem zuwenden könnten — und sie hatte es ins Lächerliche gezogen.

»Glaubst du denn, daß hier Rachebazillen herumschwirren?« fragte sie.

»Ja«, erwiderte ich.

»Lächerlich!«

Joan glaubte an einen barmherzigen Gott. Für ihren Gott gab es keine Vergeltung. Wenn Gott gut war — und sie glaubte, daß er es war —, dann war auch sie gut. Schließlich war sie nach seinem Bilde geschaffen. Solange wir noch mit anderen Partner verheiratet gewesen waren, hatten wir Ehebruch begangen, aber nicht in ihren Augen. Liebe konnte keine Sünde sein.

Für Joan war die Welt so rein und hell wie ein Kindergarten. Alles war gesund. Alles war recht. Nichts konnte schieflaufen.

Jetzt saß ich auf der Bettkante und starrte teilnahmslos auf den Bildschirm. Mir ging das Erlebnis mit dem Araber noch einmal durch den Kopf, eine ebenso wenig greifbare Begebenheit wie ein Traum. Ich hatte nichts vorzuweisen, kein Zeichen, keinerlei Beweismittel, und Joan würde mit Recht bezweifeln, daß das Ganze überhaupt stattgefunden hatte — genau wie ich es bezweifeln würde. Hatte es stattgefunden? Ja. Was mochte es wohl zu bedeuten haben? Das wußte ich nicht.

Möglicherweise bedeutete es, daß ich auf die Probe gestellt worden war und sie bestanden hatte. Doch meine Rechtschaffenheit war über Gebühr beansprucht worden, und es beunruhigte mich, daß ich so leicht zu verführen war. Nicht, daß ich es tatsächlich gewesen wäre, aber es hatte nicht mehr viel gefehlt. Ich war anfällig.

Es stand außer Frage, Geld war mir eine Schwäche geworden, und das um so mehr, seit ich Joan hatte. Eine solche Frau benötigte einiges, wollte verwöhnt werden. Sie war es wert und verlangte auch mehr als ein Leben auf der Basis eines dürftigen Einkommens.

Außerdem, mit oder ohne Joan, ich hatte es satt,

arm zu sein. Der große Treffer — ganz plötzlich, darauf war ich aus. Das war es, was mich auf die Rennbahn zog, in die Kasinos. Der große Treffer.

Ich war zum Spieler geworden. Ich verlor mehr, als ich gewann. Allerdings zog ich das Verlieren dem Stagnieren vor, die Chance eines Jackpots gegen die Gewißheit der Armut. Natürlich hatte ich ein Einkommen, mit dem wir leben konnten. Natürlich waren wir nicht erklärtermaßen arm. Wir waren jedoch nicht reich — und das ist arm. Das verstehe ich unter arm.

Und das hatte ich satt; ich war es leid, zu einem gewöhnlichen Arbeitslohn verdammt zu sein, so wie mein Vater und meine Mutter zu lebenslanger Armut verurteilt gewesen waren . . . beginnend mit ihren Erlebnissen in der Neuen Welt.

Denn in der Alten Welt, in Frankreich, waren sie reich gewesen. Und dann war Hitler gekommen. Sie hatten alles verkaufen müssen, um die Schmuggler, die sie über die Pyrenäen führten, bezahlen zu können. Als sie in Montreal ankamen, besaßen sie keinen Pfennig Geld mehr, und das, weil mein Vater die Flucht von noch zweiundzwanzig Familien finanziert hatte.

In Montreal waren sie also völlig mittellos, und sie blieben es auch später in Philadelphia. »Dein Vater hat leider Gottes ein besonderes Talent zu versagen«, sagte meine Mutter einmal, und da er es tatsächlich nicht zu etwas brachte, mußten sie borgen gehen.

Sie borgten bei Freunden, Bekannten, Fremden und selbst bei jenen Familien, die sie in Paris vor der Deportation bewahrt hatten. Es dauerte nicht lange, bis ihnen auch diese Türen verschlossen blieben. Das waren nicht gerade die schönsten Augenblicke für mich, wenn sie mich mitnahmen und ich mit anhören mußte, wie sie die Leute anpumpten — »damit wir wieder auf die Beine kommen«.

Auf die Dauer verkraftete meine Mutter diese Demütigung nicht. Eines Tages hörte sie auf zu sprechen und zu lachen, und dabei blieb sie, innerlich leer und teilnahmslos, bis sie starb. Da schwor ich mir: Nichts dergleichen für mich! Nicht so ein Leben! Nein, nein, niemals! Und doch war es so, nicht ganz, aber ziemlich dasselbe, und die Angst, Joan könnte es wie meiner Mutter ergehen, quälte mich und setzte mich ständig unter Druck.

So schleppte ich sie in die Kasinos, und obgleich sie eine bereitwillige Komplizin war, spielte sie kaum und folgte mir auch nur selten in die Spielsäle. Und wenn sie es tatsächlich einmal tat — war sie völlig fehl am Platze!

Ihre Schönheit war von erhabener Art. Sie stach völlig von den Schwärmen winziger Frauen mit orangefarbenen Frisuren ab, die nach den Spielautomaten gierten.

Das war nicht Joan.

Sie konnte ziemlich hochnäsig sein und ihre Main-Line-Erbanlagen durchkommen lassen, um rasch Eindruck zu schinden, wie als sie in Collingswood, New Jersey, wegen zu schnellen Fahrens Strafe zahlen mußte und sie den Kopf zurückwarf und den Beamten anfuhr: »Wissen Sie, wenn mein Vater wollte, könnte er diese ganze Stadt *kaufen!*«

Das hätte er tatsächlich gekonnt.

Wahrhaftig, ab und an kam diese Überheblichkeit durch. Meist jedoch war sie ruhig und zurückhaltend, sittsam und bescheiden. Sie hatte ein reiches Erbe gemacht und natürlich ihr Debüt gegeben, und sie hatte Englisch und Psychologie studiert, schrieb Gedichte, las pro Woche ein Buch, liebte Kunst und weinte, wenn sie sich das *Concierto de Aranjuez* anhörte. Somit stellte sich die Frage: Was machte ein Mädchen wie sie an einem Ort wie diesem? Sie war hier, weil ihr Mann hier war, und er war hier, weil er einen Auftrag hatte — *reich zu werden!*

In den Zeiten, in denen ich den vollkommenen Black-Jack-Tisch zu finden trachtete, wie andere die vollkommene Welle oder den vollkommenen Sonnenuntergang zu erhaschen bestrebt waren, ging sie »Kleider anprobieren« — und angesichts unserer Finanzen war das so ziemlich alles; sie konnte sich alles anschauen, aber nichts kaufen.

»Das macht doch nichts«, sagte sie jedesmal, »solange wir glücklich und zusammen sind.« Das stimmte, zumindest soweit es das Zusammensein betraf, und es stimmte nur halb in bezug auf das Glücklichsein. Ich war nicht glücklich darüber, so völlig abgebrannt zu sein, daß Joan in der abgedroschenen Redewendung Zuflucht suchen mußte: »Geld ist nicht alles.«

Das war es aber doch! Und das war uns gerade erst wenige Tage zuvor, zu Hause in Philadelphia, klargeworden, als wir gerade ins Auto steigen wollten, um hierher in Urlaub zu fahren, und Joan sich gegen meinen Rat entschloß, noch die Post durchzusehen.

Es war doch tatsächlich eine Rechnung von der IRS über 1.989 Dollar dabei, was insofern bemerkenswert war, daß diese Summe beinahe auf den Penny genau unseren gesamten Ersparnissen entsprach! Doch — wir hatten noch etwas Geld auf unserem Girokonto, und der Urlaub war gerettet. Es war uns egal, daß wir mit der Miete einen Monat im Rückstand waren und unser Vermieter sich weigerte, die Haustür streichen zu lassen — die Farbe blätterte ab, als wäre die Tür von Lepra befallen. Das war ein so häßlicher Anblick, daß Joan, obgleich wir in einem ziemlich netten Viertel wohnten, niemals ihre Main-Line-Freunde zu uns einlud.

Sie schämte sich. Das hätte sie nie zugegeben, aber es war so, sie *schämte sich*. Sie sagte stets, sie sei zu beschäftigt, um jemanden einzuladen, denn sie hatte ja einen Job. Sie half anderen, Arbeit zu finden, den Armen und den Behinderten, wurde dafür jedoch nicht bezahlt. Sie mußte es aber tun, weil diese Leute, wie sie sagte, sie *brauchten*.

Sie engagierte sich sehr für die Unterdrückten und Benachteiligten und zermarterte sich den Kopf über die Kubaner, die sich in amerikanischen Gefängnissen befanden, über Apartheid, die hungernden Kinder in Äthiopien, die Tauben, die Blinden, die Gebrechlichen, die Alten und sogar über Bob Brennan. Jawohl, Bob Brennan, den Millionär aus New Jersey, der wegen einer zweifelhaften Sicherheitsangelegenheit »60 Minuten« lang fertiggemacht worden war«.

Als man ihn ein paar Monate später als Sommerwiederholung noch einmal durch den Kakao zog, war Joan außer sich. »Das ist doch ungerecht!« verkündete sie und schickte einen Brief an CBS, in dem sie schrieb: »Sensationsmacherei an sich ist ja noch zu vertreten, aber nicht zur bloßen *Belustigung*.«

Was uns betrifft, uns sah sie nicht als unterdrückt an. Benachteiligt, vielleicht — aber das war weiter nichts. Damit wurde sie fertig, und im übrigen hatte sie Vertrauen. »Josh«, sagte sie, »ich weiß, du schaffst es eines Tages. Eines Tages werden andere in dir dasselbe sehen, was ich in dir sehe, und dann werden wir feiern.«

Jetzt saß ich auf der Bettkante zwischen Joan und David Letterman. Er war eine Reprise, und sie schlief, und ich hatte große Neuigkeiten und konnte sie niemandem erzählen. Ich war immer noch heftig erregt wegen der Millionen — *um Millionen hatte ich gespielt!*

Das mußte verkündet werden. *Joshua Kane ist da!*

Ich erzählte Joan immer, wenn sich das Blatt zu meinen Gunsten wandte. Das war meine *Pflicht*. Und jetzt, da es geschehen war, schlief die Welt. Daher stubste ich sie, bis sie halb aufwachte und fragte: »Warum weckst du mich denn? Brennt es?«

Joan schlief genauso leidenschaftlich gern, wie sie wach war.

»Nein«, antwortete ich.

»Also laß mich schlafen! Gute Nacht!«

»Ich muß dir etwas erzählen«, sagte ich. »Etwas ganz Außergewöhnliches ist passiert.«

Doch sie war schon wieder eingeschlafen, das Gesicht tief im Kopfkissen vergraben, die Arme um den Kissenbezug, wie eine ertrinkende Frau, die sich an ein Floß klammert.

Ich hatte um Millionen gespielt. Ja, aber nicht um meine eigenen!

Dieser Gedanke traf mich jetzt fast wie ein Schlag.

Aber ich war so dicht dran gewesen — so dicht, daß mein Leben, unser Leben, bereits eine Wendung genommen hatte. Die Durststrecke hatte ein Ende. Ich spürte *große Dinge*. Große Dinge standen bevor!

Ich zog mich aus, kroch unter die Zudecke und streichelte ihr goldenes Haar. Es dauerte Stunden, bis ich einschlief. Mein letzter Gedanke war: *Dieser Frau darf nichts Schlimmes zustoßen. Ich werde sie beschützen. Ja, das werde ich. Ich werde es ihr beweisen.*

Ich werde es ihnen allen beweisen. Nur das Beste für sie! Nur das Beste!

Kapitel 3

Am nächsten Morgen duschten wir zusammen. Ich hatte die Seife fallen lassen, sie bückte sich, um sie aufzuheben, und gerade in dem Augenblick hörte ich das Telefon klingeln. Sie sagte, ich sollte es einfach klingeln lassen, doch ich stürzte schon los, nackt und tropfend, um ein Haar auf den Fliesen ausrutschend, und als ich schließlich hin kam, hatte es aufgehört zu klingeln, und ich sollte nie erfahren, wer es war. Oder vielleicht doch?

Ich rief die Vermittlung an und erfuhr: »Ja, für Sie wurde eine Nachricht hinterlassen, von Ibrahim Hassan. Er ruft später noch einmal an.« Meine Gefühlslage schwankte zwischen Angst und Verzückung.

»Natürlich glaube ich dir«, sagte sie, und es war offenkundig, daß sie es tat, aber mit Vorbehalt, was heißen soll, daß sie es nicht so ganz ernst nahm, dieses große Ereignis vom Abend vorher. Sie war in übermütiger Laune.

Wir frühstückten im Galaxy Coffee Shop, und obgleich es schon ziemlich spät war, hatten wir uns in eine herrliche Fensternische mit Blick auf den Ozean und den Boardwalk gesetzt.

Während wir so hinausschauten, brannte sich die Sonne allmählich durch die Wolken, Dunst lag noch über dem Wasser, und der nächtliche Wind war zu einer warmen Brise abgeflaut. Jogger und Radfahrer tauchten auf und verschwanden wieder wie auf einer

Bühne, und wir waren die Zuschauer, die die Show genossen. Wir waren glücklich. Glücklich, daß Sommer war und wir hier an der Küste, in Atlantic City, sein konnten, wo wir Sonne und Meer hatten und das Spiel, so daß alles Mögliche passieren konnte — und letzte Nacht ja auch beinahe passiert war. Wenn ich es doch Joan nur hätte klarmachen können! Die Studenten aus England schoben ihre weißen zweisitzigen Rollstühle, auf der Suche nach Passagieren, und jetzt zuckelte die Boardwalk-Tram vorbei, nur zur Hälfte besetzt.

Joan trug etwas Lockeres, Pinkfarbenes, und das brachte ihr blühendes Gesicht so richtig zur Geltung: so frisch, zart und rein. Ihre Augen strahlten. Sie war unglaublich schön. Ich versuchte, sie mir als alte Frau vorzustellen, und konnte es nicht. Unmöglich! Ich verscheuchte ein Bild, das sich heimtückisch in meine Gedanken einschleichen wollte: Joan tot.

Niemals! Manche sollten einfach nie sterben. Es wäre nicht fair.

Ich erzählte ihr, daß Ibrahim Hassan angerufen hatte und noch einmal anrufen würde.

»Ist das derselbe Abraham«, fragte sie, »von dem du mir erzählt hast?«

»Wie viele Abrahams kennen wir denn?« fragte ich zurück. »Und übrigens heißt er nicht Abraham, sondern Ibrahim.«

»Oh, verzeih!«

»Du bist heute aber liebenswürdig!«

»Ich verstehe bloß den ganzen Rummel nicht, Josh, mein Liebling.«

»Du hättest das eben erleben sollen!« sagte ich.

»Was will er denn?«

»Was heißt: Was will er denn?«

»Nun, du hast doch gesagt, er ruft zurück. Also, was will er?«

»Das ist mir zu hoch.«

»Na, er muß doch was wollen.«

»Also komm, Joan!«

»Wo hast du denn deinen Zynismus gelassen?« wollte sie wissen.

»Den bringe ich nicht mit nach Atlantic City.«

»Er will doch etwas«, fing sie wieder an.

»Ich habe nichts zu geben.«

»Wir alle haben etwas zu geben.«

Sonderbar, daß sie so vorsichtig war. Sie, die als erste von ihrer Studentinnenclique mit einem Schwarzen ausging (und ihre Unschuld bewahrte, bis sie heiratete), die in Virginia Vollblutpferde ritt, in Kalifornien surfte und sogar einmal auf einem Hell's-Angels-Motorrad mitgefahren war. *Das* war Joan!

»Ich habe Ibrahim gestern Glück gebracht«, sagte ich. »Vielleicht ist es das, was ich zu geben habe.«

»Du sagst, er ist Milliardär, dieser Abraham . . .«

»Ibrahim, Joan.«

»Dieser Ibrahim. Du sagst, er ist Milliardär — und *der* benötigt dein Glück?«

»Vielleicht brauche ich seines.«

»Aha! Jetzt kommt's raus. Du willst etwas von ihm. Gib's zu, Josh!«

»Das will ich nicht.«

»Doch.« Sie schüttelte den Kopf, und dann machte sie liebevolle Augen. »Bisweilen, Josh, bist du so durchsichtig. Du kannst so ein Kind sein. Männer werden doch nie erwachsen! Aber gerade das ist es ja, was uns hilflosen Frauen so den Kopf verdreht.«

»Joan, gestern abend hat sich mein Leben verändert. Das ist alles.«

»Ach?« gab sie mit ihrem strahlendsten Lächeln von sich. »Aber du siehst noch genauso aus.«

Na also, dachte ich, jetzt kommt wieder ihre Main-Line-Stichelei durch, verteufelt respektlos und neckisch. Sie machte sich zum Spaß selbst zu einem schlechten Mädchen und genoß die Entrüstung, die sie provozierte.

Da war sie also wieder — ihre Furcht, ihre Individualität an den Menschen zu verlieren, den sie liebte. Und um ihre Einmaligkeit zu verteidigen, rebellierte sie, und zwar nicht nur gegen mich, sondern gegen alles, was irgendwie nach Autorität roch. Es gab da eine Geschichte, die sie auch nicht bestritt: Als ihr Englischprofessor einmal erklärt hatte, Kafkas Talent würde zu hoch bewertet, hatte sie — diese Tochter des Geldes und der protestantischen Ethik — ihm den Vogel gezeigt.

»Lassen wir heute also den Strand sausen?« fragte sie.

»Wieso?«

»Ich dachte, wir bleiben in unserem Zimmer und warten darauf, daß Abraham anruft.«

»Das ist gar nicht komisch, Joan! Doch ja, ich werde auf seinen Anruf warten.«

»Aber du weißt nicht, warum?«

»Nein, ich weiß nicht, warum.«

»Aber du erwartest etwas Aufregendes? Wie zum Beispiel, daß er dich zum Prinzen krönt?«

»Gewissermaßen hat er das bereits. Wie der Mann, der in der New Yorker Börse J. P. Morgan die Hand schüttelte. Er bat: ›Mr. Morgan, könnten Sie mir einen Gefallen tun?‹ Und Morgan entgegnete: ›Das habe ich bereits, mein Herr.‹ Verstanden? Mit Ibrahim ist es dasselbe. Joan, hör mir zu. Ich habe um *Millionen* gespielt!«

»Seine«, verkündete sie, »nicht deine.«

»Gut gesagt.«

»Bist du wirklich so besessen vom Geld? Das solltest du nicht sein. Es schickt sich nicht.«

Ihre Bemerkung brachte mich in Verlegenheit, und ich bat den Kellner um die Rechnung. Das Galaxy-Restaurant füllte sich ohnehin, wenngleich das die Leute waren, die ich mochte. Meine Landsleute, meine Brüder und Schwestern. Wie ich waren auch sie hier zur Kur. Für uns, die finanziell Lahmen, war das hier wie Lourdes. Hier hofften wir auf Besserung. Doch das Ganze hatte einen Fehler. Unser Gebrechen war uns nicht angeboren, wir hatten nur versäumt, das Geld mit unserer Hände Arbeit zu verdienen. So waren wir hier, es Fortuna abzuringen. Der Himmel hatte vergessen, uns zu segnen. Vielleicht erhörte ein Spielautomat oder ein Black-Jack-Tisch unser Gebet!

Selbst die Reichen waren aus dem gleichen Grunde hier. Kann überhaupt jemand reich genug sein?

Wir unternahmen einen Spaziergang auf dem Boardwalk, wie wir es nach dem Frühstück immer taten, und es stimmt, daß ich jeden Schritt widerwillig tat, der mich vom Galaxy und Ibrahims Anruf weiter entfernte. Was mochte er wollen? War es etwas Gutes oder etwas Schlechtes? Oder ganz und gar nichts?

»Vielleicht ruft er überhaupt nicht wieder an«, unterbrach Joan das Schweigen, »und du mußt als ganz normaler Mensch weiterleben.«

Das Hänseln machte mir nichts aus, aber das, was sie vorher gesagt hatte, das wurmte mich, das von wegen unschicklich sein, daß ich so vom Geld besessen sei. Apropos Geld: ihre Mutter, die Main-Line-Matriarchin, hatte versucht, uns auseinanderzubringen. Als wir Joans Eltern zu Weihnachten in Bryn Mawr besucht hatten, hatte mich ihre Mutter beiseite genommen und mir gesagt: »Meine Tochter spielt Tennis und Golf. Was spielen Sie?«

Spielen, dachte ich. Muß denn ein jeder spielen?

»Sie reitet.«

»Ich bin auch schon mal geritten«, sagte ich. »Das Pferd hieß Malcolm.«

»Gehören Sie etwas an?«

»Ganz und gar nichts«, hatte ich erwidert.

»Ich meine Klubs, Verbindungen, Handelskammern und so. Joan gehört allem an.«

»Allem?« fragte ich.

»Allem!« entgegnete sie.

»Ich nehme an, das ist möglich, aber vielleicht nicht wünschenswert.«

»Was ist Ihre Passion?«

Wagte ich in der Main Line zu sagen: Israel? War das höflich?

Ich sagte es, und sie erwiderte: »Das ist ein Land.«

»Ich weiß.«

»Sind Sie schon einmal in Europa gewesen?«

»Ich *komme* aus Europa.«

»Sie wird nicht lange halten, diese Ehe«, erklärte sie. »Joan hat einen teuren Geschmack.«

»Ich weiß, daß sie nicht lange halten wird«, gab ich zurück.

»Sie wissen das?«

»Wir sind der Meinung, wir sollten es mal ein, zwei Jahre miteinander versuchen.«

»Das finde ich gar nicht komisch!«

Ihr Vater, der war lustig. Er erzählte den berühmten Witz über Jesus, die vier Merkmale, an denen man erkennt, daß er Jude war: »Er verließ erst mit dreißig das Elternhaus. Er erlernte denselben Beruf wie sein

Vater. Seine Mutter hielt ihn für Gott. Er hielt seine Mutter für eine Jungfrau.«

»Vater!« fuhr Joan ihn an. »Das ist aber wirklich ungehörig!«

Worauf ihr Vater erwiderte: »Kind, nichts ist ungehörig.«

Später fragte ich sie: »Vater? Du nennst deinen Vater Vater? Nicht Dad oder Daddy?«

»Ich liebe ihn«, erklärte sie, »aber wir sind uns nicht sehr ähnlich. Offen gesagt, ich kann kaum glauben, daß sie meine Eltern sind. Wirklich!«

Zu dieser Zeit war sie meinetwegen schon enterbt worden.

»Wieviel«, fragte ich sie, »ist er denn wert?«

»Auch nicht mehr oder weniger als anderes Fleisch.«

»Du weißt schon, was ich meine.«

»Ach, worin liegt da der Unterschied, Josh? Du oder Geld?«

»Ich möchte es schon wissen! Das ist ein ganz schön prickelndes Gefühl.«

»Zehn Millionen, heißt es.«

»Dollar?«

»Alles fest angelegt.«

»Und das hast du für mich sausen lassen? Du mußt verrückt sein!«

»Ich habe keine Ahnung, wieviel ich davon mal bekommen hätte. Und ich mache mir auch keine Gedanken darüber. Auf alle Fälle wären es einige hunderttausend gewesen, also bilde dir nicht so viel ein! Außerdem hätte er erst sterben müssen, und er stirbt nie!«

Joan nahm ihren Vater nie in Schutz und ihre Mutter nur ein einziges Mal. Ein Schuldirektor hatte sich einmal beklagt, Joan wäre sehr empfindlich, worauf ihre Mutter erwidert hatte: »Genau. Joan ist dazu *erzogen* worden, empfindlich zu sein.«

Joan gefiel es und mir auch.

Von dem Gespräch mit ihrer Mutter habe ich Joan nie etwas erzählt, und ihrer Mutter habe ich nichts davon gesagt, daß ich Hockey und Baseball spielte, denn Hockey ist nicht das gleiche wie Tennis und Baseball nicht das gleiche wie Golf. Ich habe ihr auch nicht erzählt, daß ich — was sind schon Pferde? — im Sinai Kamele geritten habe und auf dem Golan Panzer gefahren.

Als wir am Ocean One Pier angelangt waren, spürte Joan meinen inneren Drang zurückzukehren, und wir drehten um, wobei sie mich fragte: »Immer noch Großes im Sinn?«

»Hör zu«, sagte ich, »noch vor Ende des Jahres kaufe ich dir einen Nerzmantel. Ich kaufe uns ein Haus, und dir kaufe ich ein Auto. Jawohl, ein Auto. Ich bin drauf und dran, sage ich dir. Es wird ja auch Zeit!«

Das Auto, unser einziges, war ein inzwischen dreizehn Jahre alter Malabu. Dieses Vehikel hatte ein fürchterliches Problem — bei einem Menschen würde man sagen: Blähsucht.

Ständig hatte es Fehlzündungen, so daß es aus dem Auspuff knallte und knatterte wie Maschinengewehrfeuer. Den lautesten Knall gab es immer, unmittelbar nachdem der Motor abgestellt wurde. Fensterscheiben erbebten. Leute gingen in Deckung.

Als wir wieder ziemlich nahe beim Galaxy waren, brachte diesmal sie das Gespräch auf Ibrahim, und sie sagte auch nicht Abraham.

»Du sagst, er sieht gut aus?« fing sie an.

»Allerdings — und gestern abend ist noch etwas geschehen. Ich habe etwas bewiesen.«

»So?«

»Daß ich solchen Leuten kein Sklave bin.«

»Oh?«

»Hör auf, Joan!«

»In Ordnung! Was heißt das, du bist solchen Leuten kein Sklave?«

»Ich habe für ihn das viele Geld gewonnen, und er hat mir versprochen, mir meine Mühe zu vergelten.«

»Vielleicht ein paar Millionen rüberreichen?«

»Das ist doch nicht dein Ernst, Joan?«

»Er hat sein Wort nicht gehalten, stimmt's? Wie eben ein Araber.«

»Joan, du bist aber bösartig!«

»Nun, hast du das nicht sagen wollen?«

»Nein!«

»Haßt Du nicht die Araber?«

»Ich hasse niemanden.«

»Nicht einmal Araber?«

»Das ist eine andere Geschichte, und davon reden wir jetzt nicht.«

»Stimmt, wir reden von Ibrahim.«

»Er ist so reich«, sagte ich, »daß er nicht einmal mehr Araber ist.«

Sie lachte. »Dieser Araber, der nicht mehr Araber ist, ist also so reich . . .«

»Ihm gehören Menschen, Joan.«

»Niemandem *gehören* Menschen, Josh.«

»Doch, ihm schon! Aber ich habe ihm letzte Nacht nicht gehört.«

»Wie das?«

»Ich habe nicht um das Geld gebeten. Ich war

zwar schon drauf und dran gewesen, aber ich habe den Mund nicht aufgemacht und gebettelt.«

»Ja, ich weiß«, sagte sie, »wie deine Eltern. In der Beziehung bist du immer noch sehr empfindlich und würdest keinen Penny nehmen, der dir nicht gehört. Gestern abend das wäre aber kein Borgen gewesen, Josh. Tut mir leid, aber dir hätte eine Bezahlung zugestanden.«

»Hast du schon mal was von Selbstachtung gehört?«

»Wenn du Selbstachtung besäßest, Josh, dann hättest du eingefordert, was dir gehört.«

»Nein.«

»Doch! Er hat dich ausgenutzt, und das hasse ich. Machen sie das nicht auch zur Genüge so, wo du arbeitest?«

»Ich werde bezahlt.«

»Sie haben ihren Nutzen von dir, Josh. Und den hatte auch Ibrahim. Weißt du, was ich denke? Ich denke, deswegen will er dich anrufen. Ich glaube, er ruft an, weil er dich bezahlen will, für das, was du gestern abend für ihn getan hast. Das ist nur recht.«

Ich gab ihr recht. Er war mir etwas schuldig, und es wurde Zeit, daß er bezahlte.

Als wir wieder an unserem Hotel angelangt waren, waren wir sehr froh, zu dieser einleuchtenden Schlußfolgerung gekommen zu sein. Als wir eintraten, sahen wir die rote Lampe am Telefon blinken.

»Ruf noch nicht an!« sagte Joan. Als sie aus ihren Kleidern schlüpfte, kam ich ebenfalls zu der Ansicht, daß es unschicklich von mir wäre, allzu besorgt um Ibrahim zu sein. Wir schliefen miteinander, probierten sogar etwas Neues aus, und als sie zum Orgasmus kam, stöhnte sie laut und seufzte und wimmerte

40

dann; und das, dachte ich, diese Laute — die waren viel mehr wert als alles andere.

Wir schliefen immer noch wie in ständiger Gefahr miteinander, gar nicht wie Leute, die schon fast drei Jahre verheiratet sind. Wie Ehebrecher.

Anschließend rief ich an der Rezeption an und erhielt die Information.

»Ibrahim«, informierte ich Joan, »hat seine Nummer hinterlassen. Er möchte, daß ich zurückrufe.«

»Hm?«

»Ich weiß nicht recht.«

»Aber du warst doch so erpicht darauf. Als ob dein ganzes Leben davon abhinge.«

»Jetzt denke ich eben noch mal darüber nach.«

Ich war mir nicht sicher. Ich war beunruhigt. Ich hatte dem Mann gar nicht gesagt, wo ich wohnte, und doch wußte er, wo er mich erreichen konnte. Ein Mann wie er hatte natürlich seine Möglichkeiten. Das war es nicht, was mich beunruhigte.

Eine normale Freundschaft stand außer Frage. Ich bewegte mich nicht in den gleichen Kreisen wie er, auch nicht annähernd. Er wollte etwas von mir, nun gut. Aber selbst am Black-Jack-Tisch, wo er von unserem Spiel gefesselt gewesen war, hatte ich den Druck seiner Aufmerksamkcit gespürt. Er *kannte mich.*

Selbst als ich ein beliebiges Gesicht in der Menge war, spürte ich seine Anziehungskraft. Er hatte mich ausgesucht. Als er mich zu sich hin winkte, war diese Geste, die Bewegung seiner königlichen Hand, kein spontaner Impuls. Das hatte er geplant. Je mehr ich darüber nachdachte, desto mehr kam ich zu der Überzeugung, daß ich bewußt ausgesucht worden war.

Aber wozu?

Das war natürlich ein Jux — daß ich ihm Glück brachte. Er wollte etwas anderes.

»Ich bin bereit, den Abend in der Stadt mit dem reichsten Mann der Welt zu verbringen«, sagte Joan. »Wie steht's mit dir?«

Joan war zu allem bereit, immer. Sie lebte nach der Philosophie, daß man alles ausprobieren sollte. Sie glaubte nicht an ein Jenseits. Dieses Leben hier war Anfang und Ende.

Ich wählte Ibrahims Nummer im Versailles, die Nummer seiner Suite, aber es ging niemand ran. Siebenmal ließ ich es klingeln, dann hängte ich wieder auf. Joan war enttäuscht — doch dann läutete unser Telefon.

»Ist da Joshua?«

»Ja.«

»Danke, daß Sie zurückgerufen haben!« sagte Ibrahim.

Ich fragte ihn, woher er wisse, daß ich angerufen hatte. Er wußte noch mehr als das.

»Sie haben das Telefon siebenmal läuten lassen«, sagte er.

Was ihm etwas verriet: daß ich Interesse hatte. Niemand ließ es siebenmal klingeln, wenn er nicht viel Interesse hatte; und Ibrahim war am anderen Ende gewesen und hatte gezählt, hatte den Grad meiner Empfindlichkeit gemessen.

»Wir haben uns gestern abend viel zu schnell getrennt«, sagte er. »Ich hatte nicht einmal Gelegenheit, mich für Ihre Freundlichkeit erkenntlich zu zeigen. Das war sehr unhöflich von mir. Sie waren ganz außergewöhnlich, Mr. Kane. Ich möchte es wiedergutmachen. Würden Sie mit Ihrer Frau heute abend mit uns essen?«

Woher wußte er, daß ich verheiratet war? Mein Trauring, natürlich!

»Wir haben bereits Pläne für heute abend«, erklärte ich, um den Vorteil der Gleichgültigkeit wiederzuerlangen.

»Das ist aber schade!« beteuerte er.

»Vielen Dank für Ihren Anruf!« sagte ich.

»Dann morgen abend? Ja, morgen abend essen wir zusammen. Ich bestehe darauf!«

Wir verabredeten uns, und nachdem ich aufgelegt hatte, sagte ich: »Der Prinz besteht darauf.«

Joan war begeistert. Sie drehte eine Pirouette und umarmte mich — oder war es jemand anderes?

Kapitel 4

Am nächsten Tag gingen wir recht früh an den Strand, weil Joan sagte, sie wolle sich unbedingt sonnen — stellenweise war sie noch »zu weiß«. Ein eifersüchtiger Mensch mochte sich über ihren Entschluß gewundert haben. Wir sollten also den Abend mit Ibrahim zusammensein. Glücklicherweise war ich nicht eifersüchtig und fragte nicht, wieso diese Dame, die sich sonst um ihr gutes Aussehen nicht viel kümmerte, plötzlich so eitel war.

Wie eine Leiche lag sie flach hingestreckt auf der Decke, das Gesicht nach oben, die Augen fest geschlossen und vorläufig stumm. Daß sie lebte, wußte ich, denn so, wie die Sonne sich bewegte, bewegte sie sich mit, aus Sorge, einen einzigen Sonnenstrahl zu verpassen.

Um uns herum lagen noch mehr Körper, links und

rechts soweit das Auge reichte, einige unter rotweißen Sonnenschirmen. Jedermann war locker und gelöst und bewegte sich in einem dem Strandleben angemessenen, gemächlichen Tempo, und die Geräuschkulisse aus Unterhaltung, Gelächter und Radioklängen war schwach, gedämpft von den Wellen, die glitzernd ans Ufer rollten.

Ich vernahm das gewohnte Dröhnen und blickte empor. Ein Flugzeug flog mit einer Werbung für ein Fischrestaurant über uns hinweg. Unten am Wasser gingen Pärchen Hand in Hand, die Jungen warfen sich Frisbees zu, und die noch Jüngeren bauten Sandburgen.

Joan hatte den Walkman mitgebracht, und wir hörten Má Vlast — sie hatte ein besonderes Geschick, stets den richtigen Sender aus dem Schwarm von Hard Rock herauszufinden —, und ich fragte mich, woran sie wohl dachte.

Auf dem College, an der NYU, hatte ich einmal eine Kurzgeschichte über einen Mann geschrieben, der unverhofft nach Hause kommt. Er ist glücklich verheiratet, und seine Frau liebt ihn abgöttisch. Nein, er erwischt sie nicht mit einem anderen Mann im Bett, sondern er hört, wie sie telefoniert und sagt: »Ach, er ist doch so ein Arschloch!«

Auf der Stelle dreht er um und kehrt nie mehr nach Hause zurück. Bis an sein Lebensende kommt er nicht darüber hinweg.

Die Geschichte basierte auf einem tatsächlichen Ereignis, und wenn sie auch nie veröffentlicht wurde, war ich ständig von einem Gedanken fasziniert — daß man nie weiß, was ein anderer Mensch denkt. Das menschliche Herz kennen wir nicht. Nicht einmal unser eigenes.

Nachdem wir Má Vlast gehört hatten, bekam ich eine Gänsehaut, da spielten sie im Radio nämlich die Moldau, die Smetana auf einen tschechischen Fluß geschrieben und die Israel zu seiner Nationalhymne »Hatikwa« auserkoren hatte. Als der Refrain erklang, drehte Joan sich kurz um, lächelte und tätschelte meine Wange. »Das bist du«, flüsterte sie. »Mein Held!«

Manchmal brachte sie Verständnis auf und manchmal nicht. Mit Sicherheit hatte sie es sich damals nicht richtig überlegt, als sie gesagt hatte, sie frage sich, ob es das wert sei, ein Land zu besitzen, wenn das bedeutete, unschuldige Menschen zu töten. Womit sie sicherlich die Araber gemeint hatte, zweihundert Millionen, alle unschuldig, im Gegensatz zu dreieinhalb Millionen Juden, alle schuldig, wie üblich!

Im wesentlichen war sie jedoch Pazifistin und hatte es nicht böse gemeint. Ich regte mich über das Ganze nur immer zu sehr auf. Zum Teil war daran mein Vater schuld.

Es hatte im Mai 1948 begonnen, in Montreal. Es war noch gar nicht so lange her, daß wir Hitler entkommen waren und den Rest der Familie verloren hatten. Mein Vater war auf der Fairmount Street eine jiddische Zeitung kaufen gegangen und kam mit Tränen in den Augen zurück, aber nicht wegen der Schlagzeile, die verkündete, daß der Staat Israel gegründet worden war, sondern wegen des prächtigen Bildes auf der ersten Seite. »Seht mal«, sagte er, »ein jüdischer Soldat!«

Und das wurde ich 1967, kein Held, aber ein jüdischer Soldat. Ich stieg in ein Flugzeug und begegnete einem Mann namens Dovid ben Yiddidya. Dieser sagte: »Wir suchen einen Werfer.«

»Softball oder Hardball?« fragte ich.

»Granaten!« erwiderte er.

Ich wurde Werfer für Zahal, die israelischen Streit-kräfte — keiner verstand zu werfen —, und man gab mir eine Uniform und sagte: Folgen Sie diesen Män-nern!

Ich lernte Shmuel und Shlomo kennen, Moshe und Doodoo, Gavie und Hezie, Avi und Avri, Yonah und Yanni. Wir waren im Sinai und warfen gegen Ägypten. Als der Sinai eingenommen war, brausten wir zurück, und ich warf gegen Jordanien, und ich wußte, daß wir gewonnen hatten, als wir am West-Wall standen und ich den Schofar hörte, und alle weinten.

Das mochte keiner je verstehen.

Nun hatte ich allmählich genug vom Strand und machte mir Sorgen um den bevorstehenden Abend mit Ibrahim. Dann überkam mich der Drang zu spie-len. Vielleicht würde ich sie gerade jetzt haben, die Millionen-Dollar-Strähne, und dann brauchte ich nie-mandem mehr in den Hintern zu kriechen!   »Ich ge-he schon voraus, will noch ein kleines Spiel riskie-ren«, sagte ich zu Joan. »Kommst du nach?«

Sie war überrascht.

»Keine Ruhe?«

»Vermutlich.«

»Du bist ein schlimmer Kerl.«

»Ich weiß.«

»Ich bleibe hier. Hol mich dann hier ab!«

Frauen — Frauen wie Joan — konnten den *Drang* nicht begreifen. Wo sich doch direkt vor diesem Strand alles abspielte, im Kasino. Black-Jack-Tische, Reihe für Reihe, *warteten*.

Was für eine Verschwendung, was für ein Verbre-chen, was für eine Sünde, diese mit grünem Filz bezo-genen schicksalsträchtigen Stätten warten zu lassen! *Jede Menge Geld wartete darauf, gewonnen zu wer-*

den. Angenommen — und hier erreichte der Drang das Ausmaß fieberhafter Erregung — angenommen, dir wäre eine unglaubliche Glückssträhne vorbestimmt, und du wärst nicht da! Du wärst am Strand.

Also ging ich und spielte etwa fünfzehn Minuten. Das war alles, was ich brauchte, um fünfundsechzig Dollar zu gewinnen.

Doch dann spielte ich weitere fünf Minuten.

Kapitel 5

Joan war noch da, wo ich sie zurückgelassen hatte.

»Schon zurück?

»Ich wollte nicht gar zu viel gewinnen. Sie bei Laune halten.«

»Was?« lachte sie.

»Weißt du noch, als ich mal dreihundert Dollar gewonnen hatte? Was damals passiert war?«

»Vielleicht ist es Zeit für ein neues Hobby«, sagte sie.

»Ja, wie zum Beispiel Briefmarken sammeln«, gab ich ihr recht.

»Ist es dir noch nie in den Sinn gekommen, daß man in einem Kasino niemals reich werden kann?«

»Nein!«

»Die sind nicht dazu da, dich reich zu machen, Josh. Sie werden betrieben, um ihre Besitzer reich zu machen.«

»Wie sollten wir es deiner Meinung nach dann schaffen, Joan, wenn nicht mit Spielen? Mit Arbeit doch gewiß nicht!«

»Du schaffst es, Josh! Ich weiß es. Du schaffst es mit deinem Talent.«

»Mein Talent ist das Spielen!«

»Ach?«

Ich setzte mich neben sie, und wir schwiegen eine Weile. Dann fragte ich: »Wird dir die Sonne noch nicht zuviel?«

»Ich fühle mich so wohl!« erwiderte sie. »Ich wünschte, wir könnten den ganzen Sommer hierbleiben!«

Wir konnten froh sein, die eine Woche zu haben — und in nicht einmal drei Tagen war auch sie wieder vorüber, und dann ging unser alter Trott in Philadelphia weiter. Der Pressesprecher vom Galaxy, Sy Rodrigo, war ein Freund aus meiner Pressezeit, und durch ihn hatten wir das Zimmer für den halben Preis bekommen.

»Du bist braun genug.«

»Gleich.«

»Ich mag meine Frau nicht durchgebraten.«

»Lieber halb roh, was?«

»Zart.«

Sie lauschte den Wellen oder was immer es sein mochte, dem Frauen lauschen, wenn sie in sich gehen.

»Ich möchte niemals sterben«, fing sie wieder an.

»Ich habe auch schon darüber nachgedacht«, sagte ich.

Ihre Augen sahen plötzlich rot und verquollen aus.

»Das kann man sich kaum vorstellen«, sagte sie. »Ich meine, all diese Leute hier am Strand, eines Tages sind sie alle tot. Sogar die Kinder.«

»Nanu? Bist du dermaßen unglücklich?«

»Nein, ich bin glücklich. Darum bin ich ja so traurig.«

»Du bist glücklich?«

»Ja, sehr glücklich. Wirklich!«

Warum, fragte ich mich, ist sie so glücklich?

Ich sagte: »Er ist ein ganz ansehnlicher Bursche, dieser Kerl.«

»Dessen bin ich mir sicher.«

»Ehrlich gesagt, ich kann ganz schön eifersüchtig sein.«

»Ich bin immer eifersüchtig.«

»Wegen mir?«

»Ich sehe doch, wie sie dich anschauen.«

»Ich nicht.«

»Aber ich.«

»Du solltest erst einmal sehen, wie sie ihn anschauen. Die Dame, die neben mir stand, eh ich zu ihm hingegangen bin, sagte unaufhaltsam, wie phantastisch er aussieht. Sie muß ein paarmal einen Orgasmus gehabt haben, da im Spielsaal.«

»Haha!« lachte sie, wobei sich ihre Stimme zu jenem Ausdruck des Entzückens hob, der unverwechselbar ihr eigen war.

»Das ist mein völliger Ernst.«

Sie lag mit dem Gesicht nach oben und hatte die Augen gegen die Sonne zusammengekniffen.

»Ich halte Eifersucht für etwas Gutes«, sagte sie.

»Du hältst alles für etwas Gutes.«

»Man ist nur glücklich, wenn man traurig ist.«

»Dann weiß ich, woher das kommt.«

Sie drehte sich um. »Massiere mir den Rücken!«

Ich tat es und merkte, daß mir meine Badehose zu eng wurde.

»Hör auf damit!« sagte sie.

»Hör auf womit?«

»Du weißt schon, was ich meine. Du bist ungezogen. Du bist so ein ungezogener Kerl! Wie war es überhaupt?«

»Wo?«

»Als du in der Wüste warst. Ist es das, wovon du geträumt hast? Ist es das, wovon Männer träumen?«

»Ja.«

»Hast du jemanden getötet? Das wirst du mir nie sagen, stimmt's?«

»Gewisse Dinge erzählt ein Mann einer Frau niemals.«

»Es gibt auch gewisse Dinge, die eine Frau einem Mann niemals erzählt.«

»Zum Beispiel?« fragte ich.

»Halt, halt! Erst du!«

»Wenn ich es sage, sagst du es auch?«

»Vielleicht. Stimmt es, daß Männer bei Kampfeinsätzen Erektionen haben?«

»Was für Main-Line-Scheiß ist das nun schon wieder?«

»Das hab' ich gehört.«

»Scheißgeschwätz!«

»Also gut, dann erzähl' ich es dir nicht.«

»Was erzählen?«

»Meine Geheimnisse. Stell dir vor, ich kann stumm sein wie ein Grab.«

»Main-Line-Weiber sind nicht stumm wie ein Grab. Sie sind geschwätzig wie eine Party.«

»Was weißt du schon von Main-Line-Weibern!«

»Ich will auch gar nichts von ihnen wissen.«

»Sei still und massiere!«

»Du bist dran!«

»Später.«

»Aha.«

»Was für schmutzige Gedanken!«

»Wieso ist das gut?«

»Was?«

»Eifersucht.«

»Darum!«

»Du bist mir schon eine rätselhafte Frau!« sagte ich.

»Es freut mich, daß du ein Kriegsheld bist.«

»Ich dachte, du haßt Krieg.«

»Das tue ich auch. Aber ich mag Helden. Ich habe das Gefühl, du könntest mich vor etwas beschützen.«

»Ich weiß nichts von *etwas*, Joan.«

»Ich habe auch nie etwas gesagt, aber eine Frau hat gern das Gefühl, von einem Mann beschützt zu werden. Sag mir, was ein Mann will!«

»Ich weiß nicht.«

»Du weißt nicht?«

»Ich weiß nicht. Das ist nicht einfach.«

»Also, zum Beispiel, was willst du von mir?«

»Alles, glaube ich.«

»Alles? Das ist es, was ein Mann will von einer Frau?«

»Ich weiß nicht.«

»Du bist mir schon eine große Hilfe!«

»Bei Prüfungen bin ich nie gut.«

»Laß uns niemals eifersüchtig sein!«

»Ich bin dabei!«

Sie richtete sich auf.

»Wir wollen immer glücklich sein«, verkündete sie.

»Das gilt für jeden?«

»Ja.«

»Da bin ich mir nicht so sicher.«

»Du mußt dich nur dafür entscheiden, das ist alles.«

»Wirklich?«

»Die Menschen treffen diese Wahl«, sagte sie, »unmittelbar zu Beginn ihres Lebens. Sie treffen die Wahl.«

»Mitunter trifft die Wahl sie. Die Dinge ereignen sich einfach.«

»Nicht, wenn man nicht will, daß sie geschehen.«

»Joan.«

»Es ist eine Wahl.«

»Na gut.«

»Wenn man morgens erwacht, entscheidet man sich, fröhlich oder traurig zu sein. Jeder tut das, bewußt oder unbewußt.«

»Angenommen, du beschließt, fröhlich zu sein, und sie warten auf dich?« warf ich ein.

»Wer?«

»Du wüßtest es wohl nicht?«

»Und du?«

»Ich rede nicht von mir.«

»Klingt so ominös. Sie warten auf dich!«

»Das ist es ja, was ich meine.«

»Also, ich hab' keine Ahnung, wovon du sprichst.«

»Doch, du weißt es.«

»Also gut, sagen wir einfach, ich will es nicht wissen. Nicht heute. Ich habe beschlossen, glücklich zu sein.«

Sie drehte sich um und präsentierte ihren reizenden Main-Line-Hintern. In ihren Bikinis sind Frauen so vereinfacht, eins von dem, eins von dem, zwei von diesen, und mitunter fragt man sich, worum die ganze Aufregung geht. Ich gab ihr einen leichten Klaps auf den Po.

»Wir haben es nie probiert«, sagte sie. »Ich meine SM.«

»Was weißt du über SM?«

»Oh, ich habe darüber gelesen.«

»Wo hast du was über SM gelesen?«

»In der Bibel. Wieso sind religiöse Menschen auch nicht besser als andere?«

»Gewöhnlich sind sie noch schlimmer.«

»Ich weiß«, sagte sie. »Seltsam. Sie sollten besser sein.«

»So sind eben die Menschen.«

»Man würde sie für besser halten, wenn man all diese Gebote kennen würde. Erinnerst du dich noch an jenen Rabbi?«

»An jenen Priester?«

»Er war kein Priester«, sagte sie.

»Also gut.«

»Er war nicht katholisch.«

»Schön.«

»Das ist nicht egal. Da irrst du dich.«

»Er war ein Geistlicher, ein Schriftgelehrter.«

»Meiner Meinung nach brauchen wir keine Bibel«, sagte sie.

»Das gäbe Chaos!«

»Die Leute würden auch so die Regeln kennen.«

»Selbst mit den Regeln kennen die Leute die Regeln nicht. Sieh doch, was los ist!«

»Was ist denn los?« fragte sie.

»Joan!«

»Also gut, ich weiß, was los ist. Ich möchte es nur nicht wissen.«

»Gut für dich.«

»Das Thema hatten wir schon einmal«, sagte sie. »Das ist keine Unterhaltung für den Strand. Gute Nacht!«

Ich legte mich aufs Handtuch, schloß die Augen und versuchte, das gleiche zu tun wie die anderen.

»Am Strand kann ich nicht schlafen«, sagte ich.

»Entspann dich!«

»Das ist es ja gerade. Ich kann mich nicht entspannen.«

»Hmmm«, flüsterte sie zärtlich. »Es ist wie im Himmel.«

»Bei fünfunddreißig Grad ist man wohl dem genau entgegengesetzten Ort näher. Wie kannst du bloß unter dieser Sonne schlafen?«

»Ich kann es nicht. Nicht, wenn du dauernd quasselst.«

»Es ist Zeit, hineinzugehen«, sagte ich.

»Nein. Ich weiß, an was du denkst.«

War das nicht genauso, wie es überhaupt mit uns angefangen hatte?

Als wir uns zum erstenmal begegneten, war sie die einzige Frau unter uns zwanzig, die wir im sechsundfünfzigsten Stock des Empire State Buildings zu einer von meiner Firma gesponsorten Tagung über Wirtschaftsethik zusammengekommen waren.

Sie war sehr hübsch und sehr sachkundig. Sie trug ein blaues Kostüm, das alles außer ihren langen amerikanischen Beinen verbarg, und als ich an ihre Beine dachte, während wir um einen großen Tisch saßen und über Ethik sprachen, zog sie ihren Rocksaum über die Knie. Ich wußte, daß wir miteinander kommunizierten, wenn auch nicht gerade über Ethik.

»Ich weiß, was Sie denken«, sagte sie in einer Kaffeepause.

Erschreckt fragte ich: »Was?«

»Für Sie ist das alles ein Jux.«

»Und für Sie? Reden wir wirklich über Ethik oder darüber, wie man jemanden reinlegt?«

»Ich glaube, diese Leute hier sind alle seriös«, sagte sie.

»Ich bin mir da nicht einmal sicher, ob das überhaupt Leute sind. Das sind Firmies.«

»Firmies?« fragte sie. »Ihr Wort?«

»Ja.«

»Und Firmenleute sind keine Leute?«

»Sie sind Firmenleute. Firmies.«

»Und was sind Sie?« fragte sie.

»Ich bin auch ein Firmie.«

»Bin ich ein Firmie?«

»Sehen Sie sich an!« sagte ich. »Kostüm. Sogar eine Krawatte. Aktentasche statt Handtasche. Dieses verkniffene Lächeln.«

In Wirklichkeit war es aber ganz und gar nicht verkniffen, dieses Lächeln. Ganz im Gegenteil, es war wie etwas sehr Lebendiges.

»Weiter!« forderte sie mich auf. »Sagen Sie mir noch mehr!«

Moment mal! dachte ich mir. Das sieht ja nach einem Flirt aus.

»Sie sind ein Firmie«, sagte ich, »zumindest nach außen hin.«

»Oh«, hauchte sie, »wissen Sie denn, was drinnen steckt?«

»Ich sehe genau durch Sie hindurch.«

»Haha!« Sie rauschte davon, wobei sie die Schultern hob und dehnte. Ich mochte solche breiten

Schultern, die so typisch für die Reichen und die Verwöhnten sind. Ich schätzte die Dame ein als willensstark, intelligent und irgendwie glücklich verheiratet. Aber auch ein wenig unzufrieden. Etwas fehlte in ihrem Leben. Das Lachen verriet es. Etwas von einem Weinen steckte da mit drin.

Als die Tagung zu Ende war, schüttelten sich alle die Hände und sagten: »Eine gelungene Begegnung!« Ich traf sie am Fahrstuhl wieder — wir waren beide rein zufällig dort, nachdem alle anderen schon gegangen waren —, und sie sagte: »Eine gelungene Begegnung!«

»Sagen Sie niemals ›eine gelungene Begegnung‹!« sagte ich.

»Warum nicht?«

»Das klingt so nach den Achtzigern.«

»So nach Firmies, meinen Sie?«

»Männer und Frauen fragen sich gewöhnlich etwas anderes.«

»Oh, zum Beispiel?«

»Bist du dazu gekommen?«

»Sie meinen sexuell?«

»Heute sagt man, hattest du eine gelungene Begegnung?«

»Nicht sexuell. Verstehe. Also das ist Ihr Problem.«

»Problem?«

»Frauen bedeuten Sex für Sie. Ja, das ist ein Problem.«

»An all den falschen Orten, das steht fest.«

»Sie sind ein sehr altmodischer Mensch«, sagte sie. »Ich sage nicht, daß das schlecht ist. Ich sage aber auch nicht, es ist gut. Aber so sind Sie eben.«

»Und Sie können in mich hineinschauen?« fragte ich.

»Allmählich.«

»Gut oder schlecht?«

»Wie ich schon sagte. Ich weiß es nicht. Aber interessant.«

»Hatten Sie eine gelungene Begegnung?«

»Ja«, lachte sie. »Und Sie?«

»Würden Sie gern ganz nach oben fahren? Soviel ich weiß, kann man bei klarem Wetter Camden, New Jersey, sehen.«

Wir sahen natürlich auch New York, und es war windig, dort oben auf dem Empire State Building. Sie benutzte vier Finger, um mir die Haare aus der Stirn zu streichen, und fragte mich schließlich, wieso ich einen Spazierstock benutzte.

»Das linke Knie«, sagte ich. »Der Krieg, verstehen Sie.«

»Kann man das nicht operieren?«

»Das möchte ich nicht. Habe nur einmal im Jahr für ein paar Wochen Ärger damit.«

»Ich würde das in Ordnung bringen lassen.«

Ich mußte ihr erklären, daß einem immer irgend etwas Beschwerden bereitete, und wenn man das eine in Ordnung bringen ließ, bereitete einem gewiß bald etwas anderes Beschwerden, das noch schlimmer war.

»Aberglaube!« meinte sie. »Mein Gott!«

»Ich bin nicht abergläubisch. Das ist nur einfach Pech.«

»Ich gebe zu«, sagte sie, »der Stock hat etwas an sich. Romantik? Zumindest hat er dazu beigetragen, daß Sie mir aufgefallen sind.«

»Solche Unterstützung habe ich nicht nötig!«

Wir nahmen ein Taxi nach Greenwich Village, und ich zeigte ihr die Bleecker Street und ließ sie für sie so wiedererstehen, wie sie in den Sechzigern war. Ich zeigte ihr das »Bittere Ende«, wo ich Portier gewesen war und wo am Abend eine ganze Generation zum Leben erwachte. Ich nannte Namen wie Lenny Bruce, Bob Dylan, Peter, Paul und Mary.

Wir gingen bis dicht an das Gebäude heran, und sie sagte: »Heute ist es eine Bar.«

»Ja«, bestätigte ich.

Sie schlug vor: »Fahren wir wieder in den Norden, zum Algonquin Hotel, um dort etwas zu essen! Ich wollte schon immer mal so tun, als wäre ich Dorothy Parker. Die Leute waren damals so flott und witzig.«

Wir stimmten darin überein, daß manche Leute, vielleicht sogar die meisten, ob durch Reinkarnation oder wie auch immer, sich danach sehnten, in eine andere Zeitepoche versetzt zu werden. »Sie gehören ganz bestimmt nicht in die Achtziger«, sagte sie. »Warten Sie. Ich würde sagen, Sie gehören . . .«

»Ich gehe zurück zur Zeit König Davids.«

»Das dachte ich mir. Er ist Ihr Idol.«

»Liebhaber, Dichter, Krieger, Sünder, König, jawohl, er ist genau der Richtige für mich.«

»Welcher von den allen sind Sie?« fragte sie.

»Einer — aber ich weiß nicht, welcher.«

Sie lachte. »Mir wäre der Dichter am liebsten.«

»Was ihn vor allen Dingen zu meinem Idol macht«, erklärte ich, »ist der unermeßliche Glaube, den er besaß. Ich habe auch hin und wieder meine große Stunde, scheine ihn aber nicht meistern zu können, diesen mächtigen Glauben. Und — er war so verletzlich. Seine große Frustration war, daß Gott nicht zu ihm sprach, wie er zu den Propheten gesprochen hatte, angefangen bei Abraham. Darum sprach er statt dessen zu Gott. So kommt es, daß es die Psalmen gibt.«

»Sie lesen tatsächlich die Psalmen?« fragte sie.

»Was sollte man denn sonst lesen?«

»*Der Fänger im Roggen.*«

»Ihr Buch?«

»Ja«, sagte sie. »Ich habe das Buch geschrieben.«

»Weiß J. D. Salinger das?«

»Das ist ja das Geheimnis. Jede, die das Buch liest, denkt, sie habe es geschrieben.«

»Ich glaube, das Gefühl habe ich manchmal, wenn ich Beethoven höre. ›Sie‹ haben Sie gesagt?«

»Haben Sie etwas dagegen?« wollte ich wissen.

»Holden Caulfield ist aber ein Junge.«

»Er ist das, was man in ihm sieht. Für mich ist er ein Mädchen.«

Wir sprachen noch über andere bedeutende Bücher und darüber, was sie für große Flops hätten sein können, wären ihre Titel umgedreht gewesen. Ich bot *Frieden und Krieg* an, sie aber triumphierte mit *Die Karamasow-Brüder*.

»Vielleicht sind Sie doch nicht so ein Firmie«, sagte sie.

Sie drückte meine Hand und sagte: »Joshua, ich bin eine glücklich verheiratete Frau. Ich habe nur eine einzige Affäre gehabt, und das ist Jahre her. Ich hatte es meinem Mann für eine Nacht heimzahlen wollen, die er, wie er eingestand, mit einer Nutte aus der Stadt zugebracht hatte. Wir kamen nicht miteinander aus. Jetzt kommen wir gut miteinander aus, und ich brauche nichts anderes. Ich meine, alles ist gut, so wie es ist. Ich bin sehr beschäftigt und habe keine Zeit für ein Verhältnis. Ich mag Sie. Sie sind nett. Sie sind anders. Sie sind reizvoll. Sie sind erfrischend. Aber . . .«

Ich sagte nichts, betrachtete statt dessen Manhattan.

»Ja«, sagte sie, »ich fühle mich zu Ihnen hingezogen. Und ich glaube, Sie wissen das. Wir wissen beide, daß etwas geschehen ist. Wir sind keine Kinder. Doch es ist alles Chemie, nichts weiter als Chemie, und ich werde darüber hinweg sein, eine Stunde, nachdem sich unsere Wege getrennt haben werden. Ich bin schon vorher in Versuchung geführt worden, und ich werde wohl auch wieder in Versuchung geführt werden. So ist das Leben. Aber nichts wird geschehen. Ich habe meine Entscheidung getroffen.«

Ich war mir nicht sicher, aber sie schien zu schluchzen. Ihre Augen wurden feucht.

»Ich weine sehr leicht«, sagte sie. Dann fügte sie hinzu: »Das stimmt nicht. Ich habe schon seit Jahren nicht mehr geweint.«

»Tut mir leid, daß ich Sie traurig mache.«

Sie gab mir einen leichten Klaps auf die Wange. »Seien Sie nicht so arrogant!«

»Arrogant?«

»Ja, arrogant. Sie wissen, es ist das Gegenteil. Das ist so ein Gefühl . . . und ich mag dieses Gefühl.«

»Aber es ist alles Chemie«, sagte ich.

»Moleküle und so.«

»Es geschieht nichts.«

»Nichts«, sagte sie. »Das garantiere ich.«

»Geld zurück?«

»Geld zurück.«

»Was ist mit meinen Gefühlen?«

»Sie haben keine Gefühle. Sie sind ein Mann.«

»Guter Standpunkt.«

»Also gut. Wollen Sie damit sagen, daß Sie sich von mir angezogen fühlen? Ich meine, auf eine ganz besondere Weise?«

»Nun, ich habe dieses Gefühl, das mir sagt, ich brauche Sie.«

»Oh, sagen Sie nie, Sie brauchen mich! Ein schlimmes Wort.«

Ich fragte sie: »Brauchen Sie niemals jemanden?«

»Niemals.«

Sie beugte sich herüber und küßte mich auf die Wange.

»Ist das ein Main-Line-Kuß?« fragte ich.

»Woher wissen Sie, daß ich aus der Main Line stamme?

»Ich habe es Ihnen gerade gesagt. Dieser Kuß.«

»Der sagt Main Line?«

»Ja, sicher. So heidnisch.«

»Wie küßt man da, wo Sie herkommen?«

»Ich komme aus Frankreich«, sagte ich und zeigte es ihr.

Dann fragte sie: »Wie habe ich mich angestellt?«

»Immer noch Main Line. Braucht mehr Übung«, seufzte ich. »Aber du hast dich ja schon dazu entschlossen.«

»Stimmt, ich habe meinen Entschluß gefaßt.«

Wieso hätte ich anderer Meinung sein sollen?

»Sieh mich nicht so an!«

Ich hatte nämlich auf ihre Zähne gestarrt. Sie hätte für Zahnpasta Werbung machen können. Ihr Haar — sie hätte für Shampoos Werbung machen können. Ihre Haut — Noxzema hätte ihr für eine Empfehlung sicher ein Vermögen gezahlt. Ihre Oberlippe jedoch war auf der linken Seite, wenn auch leicht, aber doch erkennbar wulstig. Das war die Ursache dafür, daß sie gelegentlich etwas lispelte.

»Benigne Tumor«, erklärte sie.

»Wo?«

»Die Lippe. Es wurde eine Gewebewucherung festgestellt, die sich jedoch als gutartig erwies. Ich habe sie entfernen lassen, und es gab keinerlei Komplikationen.«

»Und ich dachte, du wärst die perfekte . . .«

»Schickse?«

»Wie kommst du denn darauf?«

»Weil das ein Grund dafür ist, daß wir einander anziehend finden. Wir sind so verschieden, und es ist aufregend, das Unbekannte. Du bist König David, und ich bin Dorothy Parker.«

»Dann schon eher Batseba«, sagte ich.

»Ist Schickse ein schlechtes Wort?«

»Kommt drauf an, wie es verwendet wird.«

»Wenn wir uns zuerst begegnet wären, wäre ich vermutlich deine Schickse geworden.«

»Dir gefällt das Wort offenbar.«

»Schickse? Ja. Ich mag jiddische Wörter. Wie Shmate und Schmuck. Du bist ein Shmate.«

»Das bedeutet Lumpen.«

»Wirklich? Und was bedeutet Schmuck?«

»Bin ich ein Schmuck?«

»Ja, du bist ein Schmuck. Ich bin eine Schickse, und du bist ein Schmuck.«

»Bin ich ein großer Schmuck?«

»Ja, du bist ein großer Schmuck.«

»Schmuck bedeutet Pimmel.«

»Das stimmt nicht!«

»Doch.«

»Du bist wirklich schrecklich! Wie du mich in die Falle gelockt hast! Fürchterlich! Für dich gibt's nur ein Wort.«

»Welches?«

»Schmuck.«

Der Speisesaal vom Algonquin war leer so spät am Nachmittag, aber alle Tische waren mit weißem Leinen gedeckt. Von einem hochnäsigen Kellner wurden wir plaziert und bestellten zweimal Apfelstrudel und Kaffee.

»Wo sind die denn alle?« fragte sie.

»Keine Dorothy Parker. Kein George S. Kaufmann. Was für eine Enttäuschung!«

Sie regte sich darüber auf, daß der Strudel kalt war. Ihre gute Laune schien dahin zu sein. »Ich denke, wir sollten mit dem nächsten Zug nach Philadelphia zurückfahren«, sagte sie. »Ich möchte nach Hause!«

»Bereit für jene Stunde?«

»Welche Stunde?«

»Du hast gesagt, eine Stunde nachdem sich unsere Wege trennen, wirst du mich vergessen haben.«

»Hab' ich das gesagt?«

»Ja.«

»Ich kann mich gar nicht daran erinnern. Na gut, vielleicht dauert es auch zwei Stunden.«

Dann kam die Rechnung. Ein enormer Betrag.

»Wir hätten uns vorher nach dem Preis erkundigen sollen«, sagte ich.

»Das ist bloß für Apfelstrudel und Kaffee?« fragte sie ungläubig. »Die Rechnung kann doch nicht stimmen!«

»Für das viele Geld«, sagte ich, »sollten sie uns ein Zimmer dazugeben!«

»Also gut, nehmen wir eins!« pflichtete sie bei.

In dem Zimmer im Algonquin setzten wir uns auf die verschiedenste Weise gegenseitig in Erstaunen, der Höhepunkt jedoch war, als sie dastand, unerschrocken aufrecht, so stabil und so zerbrechlich, so blond und so weiß, und, mir fest in die Augen blikkend, aus ihrem rosa Slip stieg.

»Ich denke, du kannst hier nicht schlafen«, fragte sie jetzt hier am Strand in Atlantic City.

»Ich habe nicht geschlafen.«

»Worüber hast du dann nachgedacht?«

»Über nichts.«

Kapitel 6

Joan machte sich schick und zog ein hübsches Abendkleid, ganz in Weiß, an. Dinner sollte um sechs sein, und es war schon spät. Sonst brauchte sie nie viel Zeit, um sich zurechtzumachen, aber heute war es etwas anderes. Unter ihrem rechten Auge hatte sie ein Fältchen entdeckt. Im Grunde genommen war es nichts, aber sie starrte so lange darauf, bis ich sagte, daß es ein Fehler im Spiegel wäre und nicht in ihrem Gesicht.

Sie kicherte und sagte: »Du weißt gar nicht, wie recht du hast. Manche Spiegel sind dermaßen unschmeichelhaft.« Sie trug Lippenstift auf und fügte hinzu: »Manche Spiegel lassen einen so gut aussehen. Wie unser Spiegel zu Hause. Aber dieser hier ist peinlich genau und unbarmherzig. Josh, ich werde alt!«

»Zum Glück bist du da nicht die einzige.«

Aus irgendeinem Grund kam sie zu mir und küßte mich. Sie roch gut und frisch und jung. Sie war allerbester Laune.

Gerade als ich mir den Schlips band, fragte sie: »So was trägst du?«

»Warum warten Frauen stets, bis man angezogen ist, und sagen einem erst dann, was man *nicht* anziehen sollte?«

»Weil wir schlecht sind. Wir sind alle schlecht. Wir tun, was wir können, um euch Kerlen das Leben schwerzumachen. Weißt du das nicht?«

»Natürlich weiß ich das.«

»Na, nun mach den Schlips wieder ab und zieh das Hemd aus! Hier!«

Also tat ich, wie mir geheißen, denn in dieser Beziehung war sie der Boß, und sie sagte: »So, das ist besser. Jetzt siehst du schmuck aus. Glaube, ich habe dir noch nie gesagt, daß ich dich wegen deines Aussehens geheiratet habe. Mir genügte ein einziger Blick, und ich sagte mir, das ist *er*!«

»Aha.«

»Tatsächlich! Ist das nicht komisch? Ich meine Anziehung. Eigentlich weiß man gar nicht so recht, was es ist. Es ist so ein Mysterium. Wie es dazu kommt, daß zwei Menschen sich verlieben, hat nichts zu tun mit Logik oder Vernunft.«

»Du hast mal gesagt, es sei alles nur Chemie.«

»Nun, das ist es auch«, sagte sie, als sie die Halskette mit dem Diamantentropfen zuhakte und die Entfernung maß zwischen ihm und ihrem Brustansatz, wenn man ihn als einen solchen bezeichnen konnte. Sie war da nicht üppig, nur vollkommen, ihre Brüste hatten genau die ideale Größe zum Lieben, und es gab keine aufregenderen Brustwarzen als ihre, so fest, so lang und so standhaft, wenn sie erregt waren. »Es ist doch mehr als nur Chemie«, sagte sie. »Ich will dir ein Geheimnis verraten. Unmittelbar bevor wir uns damals in New York begegnet sind, etwa zwei Wochen vorher, hatte ich einen Traum. Ich kann mich nicht mehr daran erinnern, worum es da im einzelnen ging, außer, daß ich dich in diesem Traum gesehen habe. Dein Gesicht — ganz deutlich. Ich sah dein Gesicht, Josh, und hatte dich überhaupt noch nicht kennengelernt. Gespenstisch!«

»Und was war mit diesem Dingsbums?«

»Das mit ihm war nur eine Probevorstellung. Du bist der Richtige. Du bist Broadway.«

»Werden wir immer dermaßen überschwenglich sein?« wollte ich wissen.

»Aber ja! Ich schon. Was dich betrifft, werde ich stets so überschwenglich sein. Manchmal möchte ich dich einfach verschlingen. Ich sage das nicht in sexueller Hinsicht, obschon das vielleicht der Ausdruck dafür wäre. Es ist etwas anderes. Ach, du würdest das nicht verstehen.«

Bereit zum Gehen, saß ich auf dem Bett, hier in unserem gemütlichen Zimmer im Galaxy, während sie noch vor dem Spiegel stand. Irgendwie war mir unbehaglich und flau zumute, und ich wünschte, wie immer einmal, daß alle Menschen fortgehen würden, nur Joan nicht. Manchmal sagte sie dasselbe: »Wenn es doch nur uns beide geben würde! Insbesondere keine anderen Frauen. Ich hasse andere Frauen.«

»Es wird allmählich spät«, ermahnte ich sie.

»Ich bin fertig«, sagte sie darauf − was mindestens noch zehn Minuten bedeutete.

»Wieso machst du dir einen Pferdeschwanz?«

»Weil mein Haar zu lang ist. Was hast du dagegen?«

»Nichts. Du siehst großartig aus. Die Frisur steht dir.«

»Ich muß mir die Haare abschneiden lassen, wenn wir wieder in Philadelphia sind.«

»Mußt du diesen Ort erwähnen?«

»Du bist sicher, daß es in Ordnung geht?«

»Frauen müssen sich ständig um ihr Haar Sorgen machen. Als gäbe es gar nichts anderes auf der Welt.«

»Da haben wir's.«

»Das stimmt. In der U-Bahn zum Beispiel sprechen alle Frauen nur über eines, ihr Haar. Niemals über Politik oder Sport. Auch im Büro, da gehen sie rum und sagen: ›Hübsch, dein Haar, Sue.‹ Wieso werden alle Mädchen im Büro Sue genannt?«

»Du bist ein verdammter Sexist!«

»Weiß ich. Ist das nicht wundervoll?«

Sie warf etwas nach mir.

»Meilenweit daneben! So trifft eben eine Frau!«

Ibrahim wartete in der Vorhalle auf uns, und er war ebenfalls in Weiß gekleidet, genau wie Joan. Nur wenige Männer konnten sich leisten, einen weißen Anzug zu tragen. Er allerdings konnte es, und er sah auch noch phantastisch darin aus. Beim Vorstellen grinste er so breit, daß es den Anschein hatte, als hätte er tausend Zähne.

»Das ist Joan«, sagte ich, »meine Frau.«

Er ergriff ihre Hand und verbeugte sich, und sie

machte einen Knicks. Und schon sahen die Leute zu uns her.

»Das ist Riva«, sagte er.

Ich grüßte: »Hello, Riva!« Sie aber erwiderte nichts, und ich hatte schon Sorge, ich könnte ihr womöglich zu nahe getreten sein.

»Für uns sind Plätze reserviert im Il Verdi's im Tropicana«, verkündete Ibrahim. »Ich hoffe, das findet Ihre Zustimmung!«

»Oh, das klingt wundervoll!« sagte Joan.

Wir hatten dort schon einmal gegessen, damals, als ich die besagten dreihundert Dollar gewonnen hatte.

»Also, worauf warten wir noch?« fragte ich.

»Ja, gehen wir!« sagte Ibrahim. Das Restaurant war nur ein paar Blocks weiter am Boardwalk. Wir liefen ziemlich schnell, so als ob das Tropicana ein Zug wäre und wir uns beeilen müßten, um ihn noch zu erreichen, ehe er abfuhr. Das Il Verdi's war dunkel und von Kerzen erleuchtet. Die Frauen an den Tischen sahen bezaubernd aus, aber keine war wie Joan; und keiner der Männer war wie Ibrahim.

Wir wurden ins beste Séparée geführt, und Ibrahim bestellte den Wein.

Er fragte mich, ob ich einen Weinkeller hätte.

Ich sagte ja.

Er sprach über die Kellerei, die er in Frankreich besaß, und ich konnte diesem ganzen Gerede über Wein nicht so recht folgen. Mit Namen und Jahrgängen warf er nur so um sich. Er kannte alle guten Jahre und alle schlechten, und ich kannte sie auch, aber ich maß sie nicht am Wein. Er hatte keine Hemmungen, über seinen Reichtum zu sprechen, er tat es sogar ziemlich prahlerisch, doch das paßte zu dieser besitzergreifenden Persönlichkeit.

Er sagte: »Wein ist eines von den wenigen Dingen, die mit zunehmendem Alter gewinnen. Wein und schöne Frauen.«

Ich glaubte, er würde Joan zutrinken, aber er tat es wohl nicht.

Wie dem auch sei, wir hatten diesen Vers alle schon einmal gehört, und es war hier anfänglich irgendwie unbehaglich. Die Fröhlichkeit war nur äußerlich. Die Konversation war eher gezwungen. Und man hatte das Gefühl, zumindest ich hatte es, daß Ibrahim *arbeitete*, wie ein Versicherungsagent, der unbedingt einen Abschluß tätigen mußte. Alles, was er sagte, und alles, was er nicht sagte, schien auf etwas ganz Bestimmtes abzuzielen.

Er war bemüht, Eindruck zu machen, und ich hatte geglaubt, diese Last würde mir zukommen.

Wenn er schwieg, schien er zufrieden zu sein, einfach nur dazusitzen und zu dominieren. Seine gewaltige Statur und sein mächtiger Kopf überragten uns alle. Seine großen dunklen Augen, so theatralisch, sprachen für ihn. Von Zeit zu Zeit landeten sie auf Joan. Wenn das der Fall war, dann wandte sie sich ab. Bisweilen aber hielt sie seinem Blick stand.

Wenn er sprach, bestätigte er meine schlimmsten Befürchtungen über diese Begegnung. Abgesehen von Weinkellereien besaß er Gebäude und Ranches und Ställe mit Araberpferden und Autos und Flugzeuge. Über all das sprach er, ja sogar über eine Insel, die er zur Hälfte besaß. Ich fragte mich, ob ich meinen dreizehn Jahre alten Malibu erwähnen sollte, den ich ganz besaß.

»Das Leben ist schön«, sagte er. »Daran sollte man denken, wenn man traurig ist.«

Joan war nicht traurig. Sie strahlte wie immer und warf mir vergnügte Blicke zu. Wir verstanden beide, daß das eine weitere Erfahrung für unseren gemeinsamen Erinnerungsschatz war. Diese Erfahrungen besaßen wir wie niemand anders, und darum waren wir über Weinkellereien und Flugzeuge hinaus reich.

Auf einmal fragte sie: »Stimmt es, daß Sie ein Prinz sind?«

Ihr Bemühen, ungezwungen zu sein, schlug fehl, weil es keine Möglichkeit gab, diese Frage zu stellen und nicht als Schulmädchen zu erscheinen, unschuldig zumindest, und bestenfalls ausgesprochen blamiert.

Er schonte sie jedoch, indem er sagte: »Dort, woher ich komme, sind wir alle Prinzen. Und sind nicht alle Prinzessinnen, da, woher Sie kommen?«

Sie wurde rot und fragte: »Wo liegt der Ort, von dem Sie kommen, wo alle Prinzen sind?«

»Irgendwo im Nahen Osten.«

»Oh. Bin ich zu indiskret? Ich bin gelegentlich etwas zu neugierig. Entschuldigen Sie bitte!«

»Nichts zu entschuldigen!« Er wandte sich an mich: »Ist es denn wirklich von Belang, woher ein Mensch kommt?«

»Es verrät einem seine halbe Lebensgeschichte«, erwiderte ich.

»Ja, und wie es scheint, haben Sie ebenfalls eine Geschichte, Joshua Kane. Sie waren doch im Sinai dabei?«

»Jawohl — und ich habe das Gefühl, Sie wissen mehr über mich als . . .«

»Kümmern Sie sich nicht darum, was ich weiß,

Joshua Kane, sondern sagen Sie mir eines: Ist das wahr, das mit Dayan? Man hat mir erzählt, er habe einen Ort ausgesucht, wo das ägyptische Bombardement am schlimmsten war — sich langgestreckt und geschlafen. Um ihn herum schlugen Bomben ein, und er schlief. Kann das wahr sein?«

»Ja.«

Ibrahim schüttelte den Kopf. »Was für ein Mann das war! Was für ein Volk ihr seid! Doch auch ich entstamme einem Volk. Unsere Spur reicht zurück bis zu den Amalekitern. Ein uralter Stamm und furchtlos!«

»Und auch brutal. Gutes Beispiel für ein Volk, gegen das man einen Widerwillen hegen muß.«

Die Amalekiter waren nicht gerade mein Fall. Ein altes Volk, gut. Für die Hebräer waren sie eine ständige Bedrohung gewesen. Sie waren eben die Nachkommen von Esau — damals. Und selbst heute noch waren sie die Nachkommen von Esau. Saul verlor seine Königswürde, als er den Befehl zurücknahm, ihren König zu töten, und zwar aufgrund jener hebräischen Schwäche, die da heißt: Mitleid.

Bei meinen unhöflichen Worten zuckte Joan zusammen.

Sie wußte, daß ich lange Geduld hatte, aber nicht ewig. Sie hatte Angst vor meiner Schattenseite, wie wenn eine Wagenladung weißes Pack sich auf der Straße mit uns anlegte und ich mich von ihnen zur Seite drängen ließ, dann aber tat, was ich tun mußte. Sie war beeindruckt, aber unglücklich. Dabei sagte sie: »Der Ausdruck in deinem Gesicht! Ich hätte nie gedacht, daß du so einen Gesichtsausdruck haben und solche Dinge tun könntest.« Ich erwiderte, ich hätte keine andere Wahl gehabt. Sie oder wir! hätte die Devise gelautet. Sie verstand, aber sie verstand es nicht. Auch das verstand sie nicht!

Ich sagte ihr gewöhnlich, die ganze Welt wäre nicht Bryn Mawr. Aber auch nicht Auschwitz, erwiderte sie darauf.

Ibrahim warf Joan einen liebevollen Blick zu, und mir gegenüber sagte er diese bedächtigen, wohlgewählten Worte: »Ich hege keinen Groll, Mr. Kane. Nur Hoffnung.«

Mich würgte es.

»Ach, und erwecken Sie selbst eine Hoffnung?«

»Vielleicht.«

»Und worin besteht diese Hoffnung?«

»Warten Sie's ab, Mr. Kane!« sagte er. »Das hat Zeit.«

Gerade rechtzeitig, um die kritische und sich noch verschlimmernde Situation zu retten, kam Sy Rodrigo, PR-Mann vom Galaxy und mein Kumpel, schon aus der Zeit, als ich bei einer Zeitung eine ständige Kolumne betreute und er Presseagent eines Nachtklubs war.

»He, hallo!« rief er und tat so, als wäre er ganz erstaunt, uns hier zu sehen.

»Hallo!« erwiderte ich und machte ihn bekannt mit Ibrahim und Riva, die wirklich weder hier noch sonst irgendwo zu sein schien.

Sy war in Begleitung einer Dame. Er war Mitte fünfzig, ein Mann mit einem schrecklichen Teint, dem Überbleibsel von Akne in der Jugendzeit. Dennoch hatten Frauen für Sy nie ein Problem dargestellt. Er war bereits zweimal verheiratet gewesen, und gearbeitet hatte er hauptsächlich als PR-Mann für Entertainer, Boxer, Ringer, Stripper und sogar für

Top-Ganoven, die ihn dafür bezahlten, daß ihre Namen nicht in die Zeitungen kamen.

»Was tut ihr denn hier?« wollte er wissen. »Ich dachte, ihr gehört in mein Hotel.«

»Dasselbe könnte ich dich fragen, Sy.«

»Ich? Teste die Konkurrenz. Das ist mein Job.«

»Übler Job.«

»Ja. Aber man verdient sich den Lebensunterhalt damit. Wie geht's dir, Josh?«

»Ganz gut. Und dir?«

»Super!«

»Wir sind hier als Gäste von Mr. Hassan.«

»Das hab' ich bemerkt.«

Sy bemerkte alles, und ich wußte nie so recht, woran ich bei ihm war. Sy war weder ein guter noch ein schlechter Mensch. Sy war Sy, Promoter und Opportunist mit einem aufrichtigen Zug, aber man konnte nie ganz sicher sein, wann er aufrichtig war.

Jedermann kannte ihn, und er kannte jeden. PR war sein Geschäft, Menschen sein Produkt. Er kannte Philadelphia in- und auswendig, Atlantic City wie seine Westentasche. Sogar in New York war er kein Fremder.

Er prahlte gern damit, daß er jedermann ans Telefon bekam, selbst den Präsidenten.

Freunde hatte er keine. Er hatte Kumpel.

In seinem Geschäft waren Gefälligkeiten — nicht Geld — das Tauschmittel. *Eine Hand wäscht die andere. Erwähne mich in deiner Kolumne, und ich besorge dir ein Interview mit Frank!*

»Im Galaxy würden wir Sie gern zu unserem Besucherkreis zählen, Mr. Hassan. Wir machen dort ganz wunderbare Sachen.«

»So?« gab Ibrahim zur Antwort.

»Versuchen Sie es doch einmal!«

Er meinte natürlich die Spieltische.

Ich kam Ibrahim zu Hilfe. »Ständig bei der Arbeit. Nicht wahr, Sy?«

»Darauf kommt es ja an!«

Sein Lieblingssatz: *Darauf kommt es an!*

»Muß mich beeilen«, sagte er schließlich. »Unser Tisch ist bereit. Schau mal vorbei, Josh!«

»Werd' ich.«

»Super!«

Ich hatte das Gefühl, daß Ibrahim und Sy einander nicht hätten vorgestellt werden müssen. Die beiden kannten sich. Nichts Spezifisches, woran ich es gemerkt hatte. Es war einfach nur ein Gefühl, und es mußte natürlich nichts zu bedeuten haben. Die High-rollers sollte man kennen. Sy würde sagen: Darauf kommt es an!

Jetzt tranken wir unseren Kaffee, und das war der Teil des Essens mit Fremden, bei dem man sich fragt, ob man sie jemals wiedersehen würde oder — um genau zu sein — wie sehr man sich wohl zum Narren gemacht hatte.

Ibrahim war, seit der rechtzeitigen Störung durch Sy, wieder nett und gesprächig, und Joan befand sich ebenfalls in bester Stimmung.

»Spielen Sie?« fragte er sie.

»Nein!« Ein paar Haarsträhnen waren ihr über das rechte Auge gerutscht, und so starrte sie ihn von der Seite an und lächelte.

»Aber natürlich spielen Sie!« widersprach er. »Wenn Sie Auto fahren, setzen Sie darauf, daß alle anderen Fahrer nüchtern sind. Wenn Sie spazieren gehen, setzen Sie darauf, daß Sie nicht überfallen oder von einem tollwütigen Hund angefallen werden. Wenn Sie essen, setzen Sie darauf, daß Ihre Speise nicht vergiftet ist. Wenn Sie atmen, setzen Sie darauf, daß die Luft nicht voller Schadstoffe ist. Wenn Sie Ihren Gatten zur Arbeit schicken, setzen Sie darauf, daß er nicht zu einer anderen Frau geht. Tausendmal am Tag setzen Sie auf etwas. Alles, was Sie tun, ist ein Glücksspiel. Was ist es also Besonderes, Geld auf ein Pferd zu setzen oder auf Karten? Es ist genau wie alles andere!«

Joan war bezaubert. »Sie sind sehr überzeugend.«

»Ja?«

»Und Sie haben mich soeben zur zwanghaften Spielerin gemacht. Einfach so!«

Vor Lachen warf Ibrahim den Kopf zurück. Nicht, daß Joan etwas so Lustiges gesagt hätte. Nein, er brachte damit nur die Freude eines Menschen zum Ausdruck, der mit sich vollkommen zufrieden ist. Auch eine gewisse Geringschätzung schwang in dem Lachen mit, der vernichtende Ton eines Gewinners, eines Gewinners in einer Welt von Verlierern.

Genaugenommen, wenn ich jetzt so mit ansah, wie ungezwungen er sich seiner Freude hingab, so mächtig in seinem Lachen ... mußte ich ganz einfach annehmen, daß dies eine Welt von Verlierern war. Wir waren alle Verlierer. Und hier war ein Gewinner. Hier war ein Gewinner!

»Ich bin vermutlich selber zwanghaft«, sagte er. »Ich spiele um alles. Sogar um Liebe.«

»Hoho!« gab Joan von sich, rückte sich auf ihrem Stuhl zurecht und gab sich Mühe, seinem starren Blick standzuhalten.

»Mit Geld, wissen Sie«, fing er wieder an, »ist alles möglich.«

»Nein, das stimmt nicht!« protestierte sie.

»Alles!«

»Stimmt nicht!«

»Alles ist käuflich. Alles und jedermann!«

»Oh«, sagte Joan, allzu lässig und nonchalant. »Ich nehme an, Menschen sind käuflich?«

»Selbstverständlich!«

»Haben Sie schon welche gekauft?«

»Fürs Geschäft, ja.«

»Für die Liebe?« fragte sie.

Er überlegte ein wenig. »Noch nicht.«

»Na also«, triumphierte Joan. »Liebe ist nicht käuflich!«

»Oh, für den richtigen Preis . . .«

»Es gibt keinen Preis . . . Liebe ist . . .«

Er hob seine königliche Hand. »Bitte! Ich weiß, *was Liebe ist*. Ich weiß auch, was Geld ist.«

Er war so offen und ehrlich, daß er sogar etwas gefährlich Tiefsinniges sagte — alle Lieder über die Liebe habe er gehört. Wenn die Menschen aber wirklich ehrlich wären, würden sie mehr Lieder über das Geld schreiben.

»Wie schade!« sagte Joan darauf.

»Schade?« fragte er.

»Daß man sich seinen Weg durchs Leben erkaufen muß.«

Er lachte ein großes, breites Lachen. »Eins zu null! Aber Sie irren. Man nennt es: herausfinden, wie weit man gehen kann. Frauen tun sich schwer, das zu verstehen.«

Gereizt konterte sie: »Sie würden überrascht sein, was Frauen alles verstehen!«

»Das wäre ich gewiß. Frauen mangelt es an . . .
Schneid.«

»Ach Gott!«

»Ja, ja! Frauen mangelt es an Schneid. Man weiß
genau, wie sie reagieren.«

»Ist das schlecht?«

»Sie sagen es.«

»Ich glaube . . . Ich glaube, genau zu wissen, wie
jemand reagiert, kann schlecht sein, jawohl. Aber es
kann auch gut sein. Das kommt darauf an. Es kommt
auf die Umstände an. Es kommt auf den Zeitpunkt
an. In manchen Augenblicken mag, was gewöhnlich
falsch ist, richtig sein. Es hängt davon ab, was einem
das Gefühl sagt.«

Er schlug auf den Tisch und brüllte: »Dann sind
Sie vermutlich eine kühne Frau!«

»Vielleicht bin ich es«, sagte sie geziert, »vielleicht
bin ich es nicht!«

Mir kam es sehr seltsam vor, wie Ibrahim die ganze Zeit hindurch seine Frau ignorierte. Diese Riva,
war sie tatsächlich ein lebendiges Wesen? Sie sagte
kein einziges Wort. Na, meinetwegen. Aber auch
Joan war es gelungen, mich auszuschließen.

Jetzt merkte sie es und sagte etwas über ihren
Mann, den Redenschreiber. Das veranlaßte Ibrahim
zu sagen: »Genauso, wie man nicht für jemand anders zur Toilette gehen kann, kann man auch nicht
seine Reden schreiben. Aber ich schreibe gerade ein
Buch, Joshua Kane. Vielleicht können Sie mir dabei
behilflich sein.«

Ich erwiderte darauf, heutzutage schreibe jeder
ein Buch.

»Nein«, erklärte er, »mir ist es ernst.«

Ich wiederholte, daß ich nur Reden schriebe.

»Doch als Sie einst anfingen«, bohrte er, »wollten Sie doch sicherlich ein richtiger Schriftsteller werden?«

Das war überflüssig, insbesondere in Joans Gegenwart.

Sie beging einen taktischen Fehler. Sie kam mir zu Hilfe. »Joshua«, sagte sie, »ist der Beste in dem, was er tut.«

Wenn mich wieder mal jemand so verteidigt, sagte ich mir, werde ich sofort verduften.

»Dessen bin ich mir sicher«, sagte Ibrahim gemächlich.

»Worüber ist das Buch?« wollte ich wissen.

»Ich dachte, es interessiert Sie nicht?«

»Das dachte ich auch«, sagte ich.

Er hatte schon den Titel. »*Die vollkommene Rache*. Es hat doch jeder eine Geschichte in sich, die mit Rache zu tun hat. Wir möchten doch alle mit irgend jemandem abrechnen, und manche von uns tun es auch. Das kann recht faszinierend sein. Und darum möchte ich die besten dieser Geschichten in einem Buch vereinen. Was halten Sie davon?«

»Klingt gut.«

»Ich meine, das müßten wahre Geschichten über echte Personen sein. Sie könnten das Recherchieren übernehmen und selbst das Schreiben, unter meinem Namen, oder wir könnten auch unser beider Namen verwenden. Wir sollten noch einmal darüber reden!«

»Aber nicht jetzt!«

»Ich bin mir sicher, daß das Buch auch gedruckt und veröffentlicht wird«, sagte er. »Ich besitze nämlich einen Verlag.«

»Eigentlich«, sagte er, »könnte das die erste Geschichte sein. Der Mann, dem der Verlag gehörte, hat ein Buch von mir abgelehnt. Darum habe ich das Unternehmen aufgekauft und den Mann gefeuert. Das verstehe ich unter Rache, Joshua Kane. Sein Name war Cohen. Das ist es, was ich unter vollkommener Rache verstehe.«

Ich weigerte mich, den Blick zu erwidern, den Joan mir zuwarf.

Ibrahim erzählte weiter, er habe auch jüdische Freunde. Habe sogar unter dem berühmten Marcus Rosen Judo und Karate gelernt. Schamhaft gestand er, einen schwarzen Gürtel zu besitzen, aber *nur* den ersten Dan. Joan warf ein, ich hätte einen braunen Gürtel in Krav Maga.

»Sie haben bei Avri Ben Ish trainiert?« fragte Ibrahim.

»Eine Zeitlang«, sagte ich. »In Pardes Chana.«

»Dort war ich auch«, sagte er. »In Natanya bin ich sogar Imi begegnet. Sie kennen ihn?«

»Ja, er ist der Vater von Krav Maga. Demnach kennen Sie also Krav Maga, Mr. Hassan?«

»Nein«, sagte er, »aber ich höre, das sei das beste System für den Nahkampf. Immerhin, wenn die Israelis es anwenden, dann muß es gut sein. Ich bin stets bereit zu lernen. Vielleicht könnten Sie mir Stunden geben.«

»Oder möchten Sie mir Stunden geben, Mr. Hassan?«

»Hier gibt es einen Boxring, den wir benutzen könnten — wenn Sie möchten.«

»Sie fordern mich heraus?«

»Ich sehe, Sie haben kein Interesse. Vielleicht ein andermal.«

Ich wurde gewahr, daß ich mich bereits in einem Kampf befand und am Verlieren war, aber das war mein Stil, am Anfang. Ich liebte es, unterschätzt zu werden, angeblich der Schwächere zu sein, sogar als der Sündenbock zu gelten.

Ehrlich gesagt, anders als die Pfadfinder war ich nie allzeit bereit. Wenn ich angegriffen wurde, war meine erste Reaktion stets, der Betreffende meine es doch nicht ernst. Ich dachte immer, die Leute machten bloß Spaß. Wenn mir dann klar wurde, daß es doch ernst gemeint war, fragte ich mich: Was habe ich denn getan?

Gewöhnlich, soweit ich das beurteilen konnte, nichts.

Man muß nur lange genug abwarten, dann hat man gewiß irgend jemandem etwas getan.

Dieser Ibrahim, fragte ich mich, ob der es wohl ernst meinte?

Er sagte: »Einen klassischen Krav-Maga-Griff habe ich gelernt. Ich würde gern wissen, ob ich ihn Ihnen zeigen kann.«

Er fragte mich, ob ich den Cavalier kannte, und natürlich kannte ich den Cavalier: die Hand packen und Druck auf das Handgelenk ausüben, um das Gelenk über den normalen Bewegungsbereich hinaus zu biegen.

Mit anderen Worten: fürchterliche Schmerzen!

Gelernt hatte ich den Griff in Pardes Chana und praktiziert in Philadelphia unter dem Träger des schwarzen Gürtels, zweiter Dan Alan Feldmann, der ihn direkt von Imi gelernt hatte. Dieser Griff versagte nie, einen Mann zu Fall zu bringen. Wirklich ein Griff, beide Hände des Angreifers mit den Fingern zusammengefaltet und die Hand des Opfers hilflos dazwischen und ein kurzer Ruck, und es war aus, Handgelenk gebrochen.

Oder das Ganze konnte auch langsam gemacht werden, wenn man nur Schmerzen verursachen und sehen wollte, wie der Betreffende auf die Knie sank und bettelte.

Ich sah Ibrahim nach meiner linken Hand greifen. Ich hätte ihn blockieren können, bevor er mich überhaupt berührt hatte. Selbst wenn er mich schon gehalten hätte, hätte ich noch herauskommen können mit einem der sechs Befreiungsgriffe.

Aber nein, ich ließ ihn. Das war ja schließlich alles nur Spaß.

Obgleich ich überrascht war... hier, in der Öffentlichkeit.

Also ließ ich ihn mich packen, und als er das tat, veränderte sich etwas in seinen Augen, und sein Gesicht verzog sich zu einer Grimasse. Eine Stimme sagte mir, daß ich einen Fehler gemacht hatte. Wir machen alle einen Fehler pro Tag.

»Ich wünschte, das wäre nicht nötig!« sagte Joan streng und tadelnd. Ihre Stimme enthielt ein gewisses Maß Angst, eine Spur Empörung und einen Hauch Verzweiflung. »Das ist verrückt!« sagte sie und meinte uns alle beide, obgleich ich mich bereit erklärt hatte, das Opfer zu spielen.

Und wieso — gute Frage. Sonderbare Generation, diese Generation, der ich angehörte, die in einem einzigen Leben sowohl den Traum Hitlers als auch den Traum Herzls hat wahr werden sehen, und das in einem Abstand von nur etwa einem halben Jahrzehnt.

Darauf aus, menschliche Hybriden zu schaffen,

Menschen, die immer noch unsicher waren, wem sie folgen sollten, Akiba oder Bar Kochba.

Doch schließlich wurde eine Wahl getroffen, und im Augenblick hatte ich so entschieden.

Er schloß also meine Hand in seine zur »69« geformten Hände ein, perfekte Cavalierform, und ging ans Werk. Langsam zunächst, doch mir begannen schon die Ohren zu klingen. Dann begann er das Verdrehen, in Uhrzeigerrichtung, von ein Uhr zu zwei, drei, vier, fünf, sechs, sieben Uhr. Mein Handgelenk bog es in die eine Richtung und die Handfläche in die andere, eine Vergewaltigung der zarten Balance des menschlichen Körperbaus.

Abgesehen vom Schmerz. Ich war bereits dabei, mich zu verletzen.

»Aufhören!« rief Joan, sich nicht bewußt, daß wir bereits abwesend waren, fort aus ihrer Welt. An unserem eigenen Ort mit Sand und Zelten, Kamelen und Wadis, Nomaden und den weinenden Frauen.

Riva saß gelassen da.

Ibrahim verstärkte seine Kraft, indem er die Hebelwirkung seines Körpers nutzte, und so drückte er mich immer weiter nach unten.

Seine Finger wirkten jetzt wie eine glühende Zange, und ich dachte, okay, er kennt den Griff, und es ist an der Zeit, das zu gestehen; jedoch: Vom Hermon-Gebirge bis zu den Quellen von En-Gedi schauen sie zu.

So ließ ich es zu, daß er mich bis auf acht Uhr drückte, bis auf neun und dann, dann klopfte ich mit dem Fuß, das Zeichen unter Gentlemen und Kampfsportlern, daß die Schmerzgrenze erreicht ist — ich klopfte mit dem Fuß, er indessen drückte mich bis auf zehn.

»He!« schrie ich, mit dem Gesicht nach unten, und Schweiß drang aus meinem ganzen Körper. Diese Hitze!

Wiederum klopfte ich mit dem Fuß. Er aber lachte und drückte mich bis auf elf.

»Aufhören!« rief Joan.

Ihm gelang es, mich bis auf um zwölf zu drükken, und jetzt . . . jetzt war es unerträglich.

Wieder und wieder klopfte ich mit dem Fuß, und bald würde die Kraft auch dazu nicht mehr reichen.

»Genug!« rief Joan. »Genug!«

Riva — ich dachte, jetzt müßte es für sie Zeit sein, aufzuwachen und etwas zu sagen. Ich sah sie an, und sie blickte sogar zurück, aber absolut ausdruckslos. Für sie war ich gar nicht *anwesend*. Jetzt wurde mir klar: Für sie existierte kein Mann und keine Frau außer Ibrahim. In ihren Augen war er mehr als Vollkommenheit. Er war Schöpfung.

»Mache ich es richtig?« wollte er wissen.

»Genug!« sagte Joan.

»Mache ich es richtig?«

»Genug!«

»Sie brauchen mir bloß zu sagen, ob ich es richtig mache.«

Aber ich konnte die Worte einfach nicht mehr hervorbringen.

»Herrgott noch mal, Sie machen es richtig!« sagte Joan.

Nun ließ er los, und im selben Augenblick begannen wir alle zu lachen. Ich war in Ordnung. Ausgezeichnet.

»Gut?« fragte Ibrahim.

»O ja!« erwiderte ich.

»Ihr Imi würde stolz sein?«

Meinetwegen nicht, dachte ich, meinetwegen nicht!

Doch dann, vielleicht doch. Ich erinnerte mich an den Tag mit Imi in Natanya am Meer. Wir saßen mit ihm im Ugati um einen Terrassentisch und aßen Käsekuchen. Er hielt uns einen Vortrag über das Wesen der Gelassenheit. Er setzte sich gerade auf und richtete den Blick weit hinaus aufs Mittelmeer, hielt die Fäuste in die Taille gestemmt und sagte: »Während alle um euch herum hüpfen und springen und dies und das tun ... sitzt ihr einfach da! Ihr *sitzt* einfach da! Ihr achtet nicht auf das, was hier geschieht, sondern auf das da draußen! Und sitzt einfach da! So wie jetzt! So wie jetzt! Versteht ihr? So wie jetzt!«

Genauso saß ich jetzt einfach da, aber ich sagte mir: Merk dir das! Vergiß das nicht!

Kapitel 7

Wir ließen Ibrahim und Riva für einen Spaziergang auf dem Boardwalk zurück. Ibrahim hatte uns eingeladen, mit ihm ins Kasino zu gehen, aber ich war nicht in der Stimmung dazu und Joan auch nicht. Joan war schlechter Laune. Es war etwas geschehen. Was mich betrifft, zu viel Sonne am Vormittag und Ibrahim am Abend.

Die Sterne funkelten, und der Ozean zu unserer Rechten, mit seinem ewigen Rauschen, war einfach herrlich. Zu unserer Linken passierten wir die Fun

Spot Arcade, den Ice Cream Parlour, den Jackpot Souvenir Shop, die Pier 21 T-Shirt Factory, Reader and Advisor und das Süßwaren- und Nußgeschäft A. L. Roth's, allesamt Anachronismen im Vergleich zu den Spielhochburgen Bally's Grand, The Versailles, Tropicana, The Galaxy, Atlantis, Trump Plaza, Caesar's, Bally's Park Place, Claridge, The Sands bis hin zu Resorts und Showboat.

Früher war die sechs Meilen lange Promenade Boardwalk gleich nach dem Ozean die wichtigste Attraktion des Badeortes gewesen. Die Reichen und die Wochenendreichen pflegten da in ihrem Sonntagsstaat zu promenieren. Heutzutage sind die Kasinos alles, und die Leute, die in ihnen spielen, wohnen auch da, und der Boardwalk bleibt zum größten Teil dem Rest überlassen, den es aus dem Landesinneren und dem Busdepot in der Arctic Avenue heranschwemmt.

Genau hier, in dem Gebiet, das die Boardwalk-Veteranen als Chelsea in Erinnerung haben, hier das Geländer entlang, saßen die Begüterten in ihren abgestellten Rollstühlen. Die Männer, fett und kahl, rauchten Zigarren, und die Frauen, Nerzstolas umgehängt, mampften Papageienfutter und spuckten die Schalen auf die Holzplanken.

Die Leute tanzten damals und trugen Abendkleider und aßen im Sid Hartfield's oder im Kent's, und sie wohnten im Ambassador, im Marlboro-Blenheim, im Brighton, im Breakers.

Selbst die Sprache war anders. Alles bezeichnete man als *feudal*.

Der Pier, an dem wir jetzt vorbeikamen, Ocean One, ein ausgedehntes Einkaufszentrum auf dem Wasser, war einst der Million-Dollar-Pier gewesen, wo die Leute nach der Musik von Eddie Morgan getanzt hatten.

Doch mir gefiel es hier immer noch.

»Hast du dich gut amüsiert?« fragte ich Joan, nachdem wir eine Weile geschwiegen hatten.

Sie antwortete nicht — so nachdenklich war sie.

»Ich hab' es dir absichtlich einfach gemacht. Ja oder nein?«

Immer noch nichts.

»Okay. Blinzle einmal für ja, zweimal für nein!«

»Er hat mir einen unsittlichen Antrag gemacht«, sagte sie.

Ich blieb auf der Stelle stehen. Sie ging weiter. Ich rannte hinterher.

»Was?«

»Du hast schon verstanden.«

»Wie?«

»Er bat mich, mit ihm ins Bett zu gehen. So.«

»Wann?«

»Während du mit Sy gesprochen hast.«

»Das war doch bloß eine Sekunde!«

»Dazu braucht man ja auch nicht länger.«

»Was hast du gesagt?«

Jetzt blieb sie stehen. »Was denkst du denn?«

»Weiß nicht.«

»Du weißt es nicht?«

»Ich hoffe . . .«

Ihre rechte Hand kam angeflogen und traf mich links im Gesicht. Dann rannte sie davon, und ich ging langsam hinterher. Ich verlor sie aus den Augen, als sie den Eingang zum Galaxy erreichte. Ein paar Minuten später war ich auch dort, nahm den Fahrstuhl hinauf, und als ich eintrat, war sie unter der Dusche. Ja, sie benötigte ein Duschbad.

Ich setzte mich aufs Bett. Ich fühlte nichts, eine innere Stille, um einen Schrecken zu überdecken.

»Es tut mir leid!« sagte sie, als sie aus dem Bad kam.

»Mir auch.«

»Hat es weh getan?«

»Nicht so sehr, wie ich dir weh getan habe. Vergib mir!«

»Wir sollten von jetzt an unsere Freunde einfach sorgfältiger auswählen.«

»Er ist kein Freund von mir«, erklärte ich.

»Er erwartet mich allen Ernstes morgen um sechs in seiner Suite.«

»Ich werde für dich hingehen!«

»Nein, das wirst du nicht. Es ist vorbei.«

»Das ist es nicht.«

»Josh, ein Mann hat mir einen unsittlichen Antrag gemacht. Ich fühle mich billig und dreckig — aber es ist nichts geschehen. Kompliziere die Sache nicht!«

»Etwas stinkt!« sagte ich.

»Was?«

»Ich weiß es nicht. Aber ich werde es herausfinden.«

»Wir dürfen nicht vergessen, daß das ein sehr reicher Mann ist. Seine Werte sind nicht unsere Werte!«

»Was genau hat er gesagt?«

»Josh . . .«

»Das muß ich wissen.«

»Er sagte: ›Wollen wir miteinander schlafen? Bei mir, morgen um sechs.‹ Okay?«

»Was hast du gesagt?«

»Nichts.«

»Nichts? Du meinst, du hast darüber nachgedacht?«

»Nein, ich habe versucht, es ins Lächerliche zu ziehen, habe überlegt, was ich Ulkiges dazu sagen könnte.«

»Also *was* hast du gesagt?«

»Ich sagte nein. Natürlich habe ich nein gesagt. Josh, wenn ich dich nicht so sehr lieben würde, würde ich dich jetzt hassen.«

»Ich hasse mich selber. Ich habe dich da hineingebracht.«

»Okay, jetzt bin ich wieder raus.«

Ich stand auf und drückte sie fest an mich. So oft hat diese Umarmung unsere Probleme schon gelöst. Diesmal aber lösten wir uns voneinander, innerlich leer. Sie weinte nicht einmal, sie war zu entrüstet oder zu *irgendwas*, um zu weinen.

Also Moment mal, dachte ich. Niemand ist vergewaltigt worden oder so. Ein Mann hatte es auf meine Frau abgesehen. Direkt vor meinen Augen. Empörend, ja, aber nicht tragisch und gewiß nicht irreversibel. *Nichts ist geschehen*, wie Joan sagte.

Aber vielleicht ist doch etwas passiert.

»Warst du in Versuchung?« fragte ich.

»Ganz und gar nicht.«

»*Bist* du vielleicht jetzt geneigt?«

»Josh — warum tust du das?«

»Ich bin eifersüchtig wie die Hölle.«

»Worauf?«

»Daß er dich dazu gebracht hat, darüber nachzudenken.«

»Ich denke nicht darüber nach. Laß das, Josh! Es kann gefährlich werden.«

Wie geschickt er es angestellt haben mußte, dachte ich. Ich habe nicht einmal gemerkt, daß er überhaupt mit Joan gesprochen hat, während ich mit Sy sprach. Wie lange mochte das überhaupt schon so gegangen sein? Von dem Augenblick an, als er sie zum erstenmal gesehen hat, heute abend in der Eingangshalle, oder nach und nach während des Dinners?

Und überhaupt, *war* das denn das erstemal, daß er sie gesehen hat? Vielleicht hat er sie schon vorher gesehen? Seltsam, dachte ich, wie zufällig Sy hereingeschneit war. Nein, Sy hatte damit nichts zu tun. Das ging zu weit.

Gut, ein Mann hatte es auf meine Frau abgesehen. Darüber sollte ich überhaupt nicht erstaunt sein. Sie ist immerhin eine außergewöhnlich hübsche Frau. Immerhin hatte ich es ja auch auf sie abgesehen, als sie noch einem anderen gehörte, und sie bekommen. Ja, vielleicht war das mit ihr immer so! Wenn ich sie stehlen konnte, dann konnte das auch jemand anders!

Seine Werte, wie sie sagte, sind nicht unsere Werte. Aber was sind unsere Werte? Einst hatten wir betrogen. Das waren nicht unsere Werte. So hatten wir ein Abkommen getroffen. Wir waren übereingekommen, daß wir nicht wirklich betrogen hatten, weil wir so sehr verliebt gewesen waren.

So sehr verliebt, daß es einfach recht sein mußte. Wenn wir einmal verheiratet wären, wollten wir zu unseren Werten zurückkehren und uns in altmodischer, spießbürgerlicher Treue einrichten. Das war das Abkommen, und dieses Abkommen galt noch.

Das hier — das war etwas anderes. Das war keine Liebe. Das war eine versuchte Verführung.

Joan war immer noch mein. Aber es gab Zweifel. Es mußte Zweifel geben.

Sie hatte nicht sofort nein gesagt. Sie hatte innegehalten. Zweifel, in ihrem Kopf, in seinem, in meinem?

Schließlich hielt sie sich nicht mehr zurück. Tränen liefen ihr übers Gesicht.

»Weißt du denn nicht«, fragte sie, »daß ich dich mehr als alles liebe? Selbst wenn ich in Versuchung gekommen wäre — und ich bin es nicht —, ich würde niemals etwas tun, das das ruiniert, was wir besitzen. Ich bin dein, Joshua, ganz und gar und für immer! Nichts kann sich zwischen uns drängen. Nichts! Hörst du?«

Kapitel 8

Am nächsten Morgen frühstückten wir wieder im Galaxy Coffee Shop, mit Blick auf den Boardwalk und den Ozean. Es war angenehm, die Atmosphäre des Restaurants. Wir sprachen übers Wetter — was für Glück wir hatten, daß es so warm und sonnig war.

Doch Joan ging heute nicht an den Strand. Vielleicht, meinte sie, würde sie sich an den Pool setzen, drinnen.

»Du kannst mir Gesellschaft leisten«, sagte sie, »oder den ganzen Tag Black Jack spielen.«

Ich war genauso lustlos wie sie. Mir war auch nicht danach, an den Strand zu gehen, auch nicht an den Pool, und ich hatte auch keine Lust zum Spielen. Mit einem Mal war nichts zu tun.

Die Kellnerin brachte unsere Eier und den Toast.

»Ich habe einen Muffin bestellt!« sagte Joan zu

der Kellnerin, und zwar in einem Ton, der ihren sonstigen Charme vermissen ließ.

Die Kellnerin entschuldigte sich, nahm den Teller mit dem Toast wieder und sagte, sie wolle den Muffin holen. Als sie zurückkam, waren die Eier kalt. Sie bot an, die Eier zurückzubringen, aber dann würde inzwischen der Muffin kalt.

Die Situation schien hoffnungslos — so wie wir an diesem Morgen alles empfanden.

»Schon gut!« sagte Joan. »Ich esse das jetzt so, wie es ist.«

Doch sie tat es nicht. Sie nippte nur am Kaffee.

»Ich halte ohnehin gerade Diät«, sagte sie.

Ich starrte aus dem Fenster, um mich ihrer Trübsinnigkeit zu entziehen — und dem, was am Abend vorher zwischen uns vorgefallen war.

Etwas sagte mir, daß Joan über Nacht erwachsen geworden war. Bis jetzt hatte sie sich dem Erwachsenwerden entzogen, und nun hatte es sie plötzlich überkommen.

»Ich habe das Gefühl, dich verloren zu haben«, sagte sie schließlich.

»Niemals!«

»Hör einfach nur zu! Sage kein Wort! Ich fühle, daß ich dich verloren habe. Aber ich werde dich zurückgewinnen. Laß uns einfach diesen Urlaub ohne weiteren Schaden überstehen! Okay? Das ist es, was wir zu tun haben. Diesen Urlaub überstehen. Du vertraust mir nicht. Ich weiß, du hast es nie getan. Aber ich werde dein Vertrauen gewinnen. Es wird seine Zeit dauern. Jahre! Aber ich werde dein Vertrauen gewinnen, wie ich einst deine Liebe errungen habe. Eins nach dem andern!«

Sie hatte mir verboten zu reden, und so sagte ich nichts. Ich starrte nur aus dem Fenster.

»Ich weiß, was du denkst«, sagte sie. »Mit deinem Bibelverstand stellst du dir vor, daß Gott sich allen möglichen Unfug einfallen läßt, um uns gleich zu werden. Weil wir untreu gewesen sind. Nun, jetzt sind wir nicht untreu, und wir werden es auch nie wieder sein, und wenn dein Gott kein vergebender Gott ist, dann ist er nicht mein Gott! Mein Gott ist ein Gott der Liebe und der Vergebung. Wir sind gute Menschen, Josh. Warte nicht auf Vergeltung! Wir sind gute Menschen.«

Ja, das sind wir, dachte ich. Wir sind gute Menschen. Gibt es überhaupt Menschen, die sich für schlecht halten?

»Laß uns das vergessen!« sagte sie und brachte mir damit die ganze Aufregung des letzten Abends wieder ins Gedächtnis.

»Schon vergessen!«

»Gut«, erwiderte sie.

Schweigen. Wir wandten uns voneinander ab, um eventuellen Blicken auszuweichen.

»Völlig vergessen«, erklärte ich.

»Dann laß uns also nicht mehr davon sprechen!«

»Wovon? Ich hab's vergessen.«

Sie lächelte, und der Zauber kehrte zurück, nahezu.

»Du bist doch so ein . . .«

»So ein was?«

»So ein Kerl.«

»Du hast geflirtet, weißt du?«

Ich konnte es nicht ändern, es kam einfach heraus.

»Geflirtet?« fragte sie. »Geflirtet? Ich habe geflirtet?«

»Geflirtet. Du hast geflirtet.«

»Ich kann es nicht glauben, daß du das sagst, Josh.«

»Ich auch nicht.«

»Ich flirte nie . . . außer mit dir.«

»Vielleicht irre ich mich.«

»Aber völlig!«

»Aha.«

Sie sagte: »Einen Fehler habe ich gemacht. Als ich sagte, du bist der Beste bei allem, was du tust. Das war verrückt. Aber er hat dich verächtlich behandelt. Die Art und Weise, wie er dich herabgewürdigt hat . . . da konnte ich nicht einfach dasitzen und still sein.«

»Hat mir nichts ausgemacht.«

»Aber mir. Ich bin so stolz auf das, was du tust. Und du *bist* der beste Redenschreiber auf der ganzen Welt, und niemand weiß das, nicht einmal du. Ich weiß nicht, wie du das machst, die Reden für diese hohen Tiere schreiben, ohne jemals ein Wort der Anerkennung zu hören.«

»Ist schon okay.«

»Da machst du ganze Arbeit, und sie ernten den Erfolg. Sie sollten wenigstens bekanntgeben: ›Diese Rede hat Joshua Kane geschrieben.‹«

Ich konnte mir nicht helfen, ich mußte lachen.

Einmal hatte der Generaldirektor eines Unternehmens, das zu den fünfhundert größten gehörte, einen genialen Vortrag über das Thema »Wir sind ein Teil der Weltwirtschaft« gehalten. Zwölfmal war er von Applaus unterbrochen worden, und am Schluß hatte man ihm eine Ovation bereitet.

Ich war dabei anwesend gewesen, im Hintergrund, und Joan ebenfalls. Ich hatte den Fehler begangen, sie mitzunehmen.

»Erwähnt er dich denn überhaupt nicht?« fragte sie.

»Natürlich nicht.«

»Das waren doch alles deine Worte!«

»Pst!«

»Ist das immer so?«

»Es wird nicht anders erwartet.«

»Das ist ja kriminell!«

»Auf diese Weise kann ich bescheiden bleiben«, erwiderte ich darauf. »Was hast du gegen Bescheidenheit?«

»Bist denn nicht du derjenige, der sagt, alles mit Maßen?«

»Sogar Mäßigung«, sagte ich.

»Das meine ich ja!«

»Was meinst du?«

»Zuviel Bescheidenheit«, sagte sie, »ist auch eine Form von Eitelkeit.«

»Das ist aber eine trübe Feststellung!«

»Du hast nichts vorzuweisen hinsichtlich dessen, was du bisher geleistet hast, Josh. Ist dir das bewußt?«

»Ich habe ja dich!«

»Reizend, Josh. Aber ich weiß, du hast auf dem College einen Batting-Titel gewonnen. Hit 400, stimmt's?«

»Hit 406, wie Ted Williams. Woher weißt du das?«

»Weil man dir immer noch Briefe schickt und dich aufforderst, deine Trophäe abzuholen.«

»College-Baseball zählt nicht.«

»Doch, der zählt«, sagte sie. »Alles zählt. Hast du

94

nicht so etwas wie die Tapferkeitsmedaille für die Kriege in Israel erhalten?«

»Ich habe verschiedene Medaillen bekommen. Und sogar darüber beschwerst du dich.«

»Nein, das tu' ich nicht. Aber, wie dem auch sei, wo ist denn die bedeutendste davon?«

»Irgendwo.«

»Du triffst gerade eine Feststellung, Josh.«

»Uh-oh.«

»Ja, genau das ist es, was du sagst . . .«

»Ich möchte nichts hören!«

»Du sagst gerade: ›Ich bin niemand!‹«

»Ganz im Gegenteil, mein Liebling. Ich brauche keine Medaillen, um mich zu beweisen.«

»Du bist genau wie dein Vater. Sehr stark, wenn es darum geht, sich für andere einzusetzen.«

»Ist das nicht gut?«

»Doch, aber du hast nie gelernt, für dich selbst einzutreten. Und ich sage dir, wieso. Das ist der Immigrant in dir.«

»Ich bin genausosehr Amerikaner wie du.«

»Du glaubst nicht, daß du dazugehörst. Du hast Angst, bemerkt zu werden — sie könnten dich ja deportieren oder so. Du fürchtest dich, etwas zu besitzen, weil du glaubst, es ohnehin zurücklassen zu müssen. Jawohl, Josh, das stimmt, und aus irgendeinem Grund warst du sogar eifersüchtig auf . . . auf diesen Araber.«

Keine Argumente weiter von meiner Seite, sagte ich mir — zumindest für den Augenblick —, gegen die Kräfte deduktiven Folgerns dieser Dame. Geradewegs nach der Schule Aristoteles', ihres Lieblings-Griechen.

In Augenblicken wie diesen waren wir ein Herz

und eine Seele, und da war es so offenkundig, daß wir füreinander bestimmt waren, daß es uns seltsam vorkam, daß auch andere Menschen sich verlieben konnten.

Sie hatte vermutlich recht mit allem. Diese Auffassungsgabe und Vorstellungskraft, das war eine Wonne! Die Wahrheit zu kennen, selbst die verborgene, und zur rechten Zeit das Richtige zu sagen! Sie beherrschte das Timing und kannte den rechten Augenblick. Sie gab Geistesblitze von sich, wie wenn sie sagte, daß alles zählt. Tiefgründig. Dieser Toast am Abend unserer Hochzeit: »Mögen wir uns immerzu gegenseitig das Leben bereichern!«

Das taten wir immer noch — aber es bestand kein Zweifel, sie hatte geflirtet.

Kapitel 9

Sys Büro befand sich im fünften Stock im Galaxy und war Teil eines Verwaltungskomplexes, der sich vom Kasino darunter und den Hotelzimmern darüber abhob. Sein Büro war der Angelpunkt des Geschäfts.

Als ich eintrat, telefoniert Sy gerade, wie üblich. Er teilte jemandem mit, daß Rückenmassagen nicht Bestandteil des Vertrags wären, und im übrigen sei der Masseur krank und gar nicht da.

In Sys Büro war schon jemand, ein berühmter Komiker, und als Sy aufgehängt hatte, sagte der Mann: »Ich kann es einfach nicht, Sy!«

»Es hat mich meine ganze Kraft gekostet, dich in

der Show unterzubringen. Ich dachte, du wolltest die Publicity.«

»Ich brauche keine Scheiß-Publicity! Hältst du mich etwa für abgetakelt?«

»Ich halte dich für gar nichts! *Wir* brauchen Publicity, okay?«

»Ich bin nicht angewiesen auf dieses Kaff. In Vegas kann ich für die doppelte Gage auftreten.«

»He, das muß aber nicht sein!«

»Du sagst es«, erwiderte der berühmte Komiker und stapfte hinaus.

»Komischer Mensch«, fing ich an.

»Lache eine Minute! Willkommen am Ende der Welt, alter Knabe! Amüsierst du dich gut? Joan sieht großartig aus. Du siehst allerdings nicht so gut aus. Kümmert sich unser Haus genug um dich? Wenn nicht, laß es mich wissen! Ich kann dir nur keine Rückenmassage besorgen, das ist alles, und ich kann dich nicht in ›Good Morning America‹ unterbringen. Hast du diesen Burschen gesehen? Unsere Star-Attraktion dieses Wochenende. Bettelt mich an, ihn in ›Good Morning America‹ unterzubringen. Also bringe ich ihn unter, was nicht leicht war — er hat seine besten Jahre bereits hinter sich —, verstehst du, und was tut er? Steigt aus bei mir.«

»Er ist nicht umsonst aus dem Geschäft. Je kleiner die sind, kann ich dir sagen, desto kleiner sind sie. Das Mädchen, das mit ihm auftritt, verlangt eine Rückenmassage. Sie könne ohne Rückenmassage nicht weitermachen! Schon mal solche Babys gesehen. Die sind alle Babys. Alles machen die zum Notfall. Hier kann jede Minute das Ende der Welt sein. Aber das weißt du ja bereits! So, was kann ich für dich tun?«

»Dieser Mann, Ibrahim«, fragte ich, »kennst du ihn?«

Eine Frau in einem seriösen Kostüm trat ein und sagte: »Die T-Shirt-Anzeige lief mit den falschen Daten.«

»Können Sie keine neue Anzeige schalten?«

»Wir bekommen Ersatz, aber für die Zwischenzeit brauchen wir eine Pressenotiz.«

»Ich will sehen, was ich tun kann.«

»ASAP«, sagte sie beim Hinausgehen.

»T-Shirts«, sagte Sy. »Ja?«

Seine Sekretärin war an der Tür.

»Die Dame hier sagt, sie sei von einem unserer Busfahrer belästigt worden.«

Sy schüttelte den Kopf.

»Fällt in den Bereich Sicherheit. Bringen Sie sie zur Sicherheit!«

»Sie ist außer sich.«

»Sie meinen, sie verlangt Schadenersatz? Laden Sie sie zum Essen ein! Bringen Sie sie aber vorher zur Sicherheit!« Als wir wieder allein waren, fragte Sy: »Also, was kann ich für dich tun?«

Das Telefon klingelte. »Sie sagen, Ihr Name ist wie?« fragte Sy den Anrufer. »Und Sie sind von welcher Zeitung? Verstehe. Schicken Sie uns Ihre Bitte per Post, auf *Times*-Briefpapier. Dann werden wir sie in Betracht ziehen. Ehrlich gesagt, nein, ich habe nie von Ihnen gehört. Allerdings, es gibt viele Leute, von denen ich noch nie etwas gehört habe. Ebenfalls!« Er legte auf und sagte: »Wieder so ein Reporter von der *Times*. Möchte freies Zimmer und Essen für *eine Woche*. Er ist genausowenig von der *Times* wie ich. Also, was kann ich für dich tun?«

»Dieser Ibrahim, kennst du ihn?«

»Natürlich kenne ich ihn. Ich kenne alle High-rollers. Das ist mein Job. Ein sehr reicher Mann. Bei der letzten Zählung war er drei Milliarden Dollar schwer — *Milliarden* habe ich gesagt. Er ist irgend so ein Sultan. Regiert sein eigenes Land, wo es Öl regnet. Mahareen, glaube ich, heißt es. Muß in der Nähe des Iraks sein. Etwa achtzigtausend Einwohner. Sind alle Vettern. Sein Vater war sogar noch reicher als Ibrahim. Wurde bei einem Putsch getötet, sein Vater. Der Putsch, unter uns, muß von Ibrahim ausgegangen sein. Harter Bursche . . . aber in den besten Schulen Europas ausgebildet. Hat tadelloses amerikanisches Englisch in Texas gelernt. Hat dort zwei Jahre in einem Militärlager verbracht. Streng geheim. Hat in einem Krieg ein Auge verloren. Hast du's bemerkt?«

»Nein«, sagte ich.

»Frag mich nicht, in welchem Krieg. Sie führen ständig Krieg, wie du weißt. Heilige Kriege noch dazu. Die Frau bei ihm ist seine Ehefrau. Wie ich höre, hat er zu Hause noch mehrere. Riva stammt aus Spanien. Sagt kein einziges Wort, wie du bemerkt hast. Schön, aber stumm, und ich meine stumm im wahrsten Sinne des Wortes. So erziehen sie ihre Frauen da, im Nahen Osten. Wenn wir es nur auch so gut hätten, du weißt, was ich meine?«

»Ich würde verrückt werden mit so einer Frau«, erwiderte ich.

»Ich glaube, du hast recht. Mich würde es auch verrückt machen. Und ihn eigentlich auch. Er riskiert gern ein Auge. Wie Freud fährt er auf amerikanische Frauen ab. Liebt Blondinen. Gibt nicht sehr viele Blondinen da, in der Wüste. Aber mir ist nicht bekannt, daß er tatsächlich einer nachstellt.«

Aber mir, dachte ich.

Sy sah mich prüfend an, als er das sagte. Oder vielleicht hatte ich mir das bloß eingebildet.

»Er sammelt alte Autos«, fuhr Sy fort. »Meisterhafter Polo-Spieler. Spielt Schach. Sehr gut, soviel ich weiß. Spielt auch Bridge, nimmt an den Turnieren teil. Kommt jedes Jahr einmal hierher, wegen der Freuden, die unsere Stadt zu bieten hat. Ist Moslem, trinkt aber, wenn er hier ist. Sehr aktiv in arabischen Angelegenheiten, haßt aber die Juden nicht. Warum willst du das eigentlich alles wissen?«

»Nun, wie du weißt, sind wir miteinander bekannt«, sagte ich.

»Die ganze Stadt weiß das. Jeder kennt die Geschichte im Versailles. Hat er dir wenigstens ein Taschengeld für deine Mühen gezahlt? Vielleicht fünfzig oder tausend?«

»Nein, aber natürlich hatte er uns zum Dinner eingeladen. Ich habe euch bekannt gemacht, und ihr habt euch wie Fremde aufgeführt.«

»Das war Etikette. Es wäre ja anmaßend, einen Sultan zu *kennen*. Was ist los?«

»Nichts.«

»Er ist kein Schwindler, wenn du das meinst. Er ist bekannt dafür, daß er an einem einzigen Abend drei Millionen verspielen kann — und davongehen, als wäre nichts geschehen. Warum nicht? Während er bloß mal pissen geht, bringen seine Ölquellen den Zaster wieder ein. Wir versuchen schon seit mehreren Jahren, ihn hierher zu bekommen, aber er weigert sich, an unseren Tischen zu spielen. Wenn er und seine Cousins ihr Geschäft hierher brächten, brauchten wir nicht mehr dem T-Shirt-Handel nachzujagen. Verstehst du, was ich meine?«

»Er ist noch nie hier gewesen?« fragte ich.

Sy mochte diese Frage nicht.

»Einmal *war* er hier.«

»Wann?«

»Eigentlich erst vor ein paar Tagen. Kam rein, sah sich um, ging wieder. Mochte die Atmosphäre nicht, nehme ich an. Spieler lassen sich von Stimmungen leiten, ganz besonders die High-rollers, und dieser Mann ist ein High-roller mit den allerhöchsten Einsätzen. Schon mal so viel Geld gehabt, daß man gar nicht verlieren kann? Daß man, selbst wenn man verliert, gewinnt?«

»Nein, Sy. So viel Geld habe ich noch nie gehabt.«

»So ist es aber bei diesem Burschen. Selbst wenn er verliert, gewinnt er. Ist das Leben gerecht?«

»Für ihn ja.«

»Ja, aber nicht ganz und gar. Kein Mensch hat alles, wie jeder weiß. Er ist Diabetiker. Ist auf Insulin angewiesen. Ein Arzt reist mit ihm, wohin auch immer. Gehört zu einem umfangreichen Gefolge. Man sieht sie nicht, aber täusch dich nicht, sie sind da! Um ehrlich zu sein, Josh, ich war überrascht. Ich meine darüber, daß ihr euch beide miteinander eingelassen habt. Wie ich weiß, hast du siebenundsechzig gegen sie gekämpft. Erinnere mich noch genau, wie du gar nicht schnell genug nach Israel kommen konntest. Du bist ein glühender Zionist, Joshua.«

»Ich hasse Araber nicht, Sy. Ich hasse sie nur, wenn sie mich hassen.«

»Gesprochen wie ein echter Christ! Noch etwas?«

Nein, dachte ich. Nichts weiter. Obgleich ich immer noch nichts über Ibrahim wußte. Mit Ausnahme von dem bißchen medizinischer Information. Da gab es ganz gewiß noch mehr zu erfahren.

Er war nicht unbesiegbar. Hatte alles Geld in der

Welt, aber nur ein Auge, und trotz all seiner Macht und seines guten Aussehens war er zuckerkrank. Also war er nicht vollkommen, und in diesem Fall hatte ich eine Chance!

Ich mußte das wissen, um ihn unterzukriegen und in gewisser Hinsicht in Joans Augen herabsetzen zu können. Trotz all ihrer Proteste würde Ibrahim, der *Zauber* von Ibrahim, bei ihr bleiben, selbst wenn der Mann längst abgereist wäre. Es sei denn, ich könnte die Mittel finden, ihn zu vertreiben. Nein, Ibrahim würde nicht so ohne weiteres verschwinden, und ich konnte es nicht zulassen, daß er in die arabische Wüste zurückkehrte und Joans Herz mit sich nahm. Ich mußte hier mit ihm fertig werden, solange er noch Realität war — und bevor er entkommen und zu ihrem Phantasiegespinst werden konnte.

Ich fragte Sy, wie wichtig es für das Galaxy wäre, einen Mann wie Ibrahim an seinen Tischen spielen zu haben.

»Sehr wichtig«, sagte er. »Sehr, sehr wichtig. Darauf kommt alles an.«

Ich fragte ihn, was das Galaxy tun würde, sich einen Mann wie Ibrahim zu angeln.

»Alles, was dir einfällt«, sagte er.

Mir fiel nichts ein, aber ein paar Sachen gingen mir schon durch den Kopf.

Sy erläuterte, daß das Galaxy nie ein Ort für Highrollers gewesen war. Das Versailles, Caesar's, Resorts, Trump's — das waren die richtigen Orte. Doch es waren bereits Pläne in Arbeit, »Qualitäts-Spieler« ins Galaxy zu ziehen.

Für den neuen Top-Mann vom Galaxy, Roy Stavros, besaß das höchste Priorität. Architekten waren bereits dabei, separate Abteilungen zu entwerfen, wo es nur Tische mit einem Mindesteinsatz von hundert Dollar geben sollte — rote Vorhänge, Kronleuchter, Kartengeber im Smoking und eine Hosteß für jeden einzelnen Spieler, die ihm jede Laune erfüllte.

Ja, alles — alles und jedes für die zahlungskräftigen Spieler!

Was mochte wohl Sy — mein Freund Sy — was mochte *er* wohl tun, um die Geldsäcke anzulocken? fragte ich mich im stillen.

Doch er schien die unausgesprochene Frage vernommen zu haben.

»Wir prostituieren uns alle, Josh. Das weißt du. Du bist ja auch nicht von gestern.«

Sy war immer anständig zu mir gewesen. Als ich vor Jahren die Zeitungsarbeit für das lukrativere Redenschreiben aufgegeben hatte, war er es gewesen, der mich darauf hingewiesen hatte, daß das in Ordnung ging — ich hätte mich nicht verkauft.

Am Leben bleiben, hatte er gesagt, darauf kommt alles an. Wir tun alles, um am Leben zu bleiben. Einer frißt den anderen, um selbst zu überleben.

Diesbezüglich bin ich nie mit ihm einer Meinung gewesen. Wir tun das Äußerste, um am Leben zu bleiben — aber alles hat seine Grenzen.

Darum sagte ich: »Na komm, Sy! Wir haben uns nicht prostituiert, nicht alle von uns. Nicht einmal die meisten von uns.«

Sy lachte. »Soviel Unschuld!« sagte er. »In diesem Alter! Noch dazu von einem ehemaligen Zeitungsmenschen! Weißt du denn nicht, was gespielt wird? Wohl nicht. Zumindest in diesem Geschäft kaufen wir jeden Tag Menschen. Wir karren sie mit dem Bus ran, mit dem Auto, mit dem Flugzeug. Wir beherbergen sie. Wir füttern sie. Wir geben ihnen zu trinken. Wir verhätscheln sie. Was wir machen, Josh – was wir wirklich machen: Wir kaufen sie! Die Menschen sind *anfällig,* Josh, und ich sage dir, warum. Sie sind anfällig, weil jeder immer etwas *Besseres* will. Hörst du? Jeder will etwas Besseres vom Leben. Niemand ist zufrieden mit dem, was er hat. Darum floriert unser Geschäft hier. Wir stellen uns darauf ein, auf diese Schwäche, die in *jedem* steckt – selbst in den Ibrahims dieser Welt.«

Er hielt mir den Vortrag, den er für seinen Chef nie hätte schreiben können, und vertraute mir die internen Wahrheiten an, die der PR-Mann eines Unternehmens für sich zu behalten hatte, und mir wurde nicht ganz klar, ob aus ihm Wut oder Stolz sprach oder beides zugleich. Dann fuhr er fort: »Es stimmt, Josh. Jeder glaubt, er sei vom Leben betrogen. Du kennst das, Josh. Du bist ja kein Kind. Wir glauben alle, wir seien übers Ohr gehauen worden. Niemand ist zufrieden mit seinem Los, und du kennst das Sprichwort: ›Wer ist reich? Derjenige, der mit dem zufrieden ist, was er hat.‹ – Und ist das jemand?

Du weißt es, und ich weiß es, daß niemand, aber auch *gar niemand* zufrieden ist mit dem, was er hat. Es ist niemals genug. Selbst Leute, die alles haben, haben nicht genug, und machen wir uns doch nichts vor, die meisten Menschen haben wirklich nichts! Nichts ist ein großes Wort, aber du weißt, was ich meine.

Somit befinden wir uns in einer herrlichen Lage, verstehst du? Ich meine, wir hier in dem Geschäft. Wir können niemals pleite gehen, und falls irgendein Kasino tatsächlich mal in die roten Zahlen geraten sollte, dann ist das einzig und allein auf Mißmanagement zurückzuführen, denn Leute sind ja genug da, und alle von ihnen trachten nach dieser einen schwer faßbaren Sache: nach dem *besseren* Leben.

Etwas Besseres, Josh. *Etwas Besseres!* Das ist der Schlachtruf des Menschen.

Bei Tieren ist es nicht anders. Tiere rennen, Vögel fliegen, Fische schwimmen meilenweit den Strom hinauf, weil es *dort* besser ist als hier. Instinkt — das Streben nach etwas Besserem. Selbst ein Fisch glaubt, sein Schöpfer hätte ihm unrecht getan.

Die Menschen, das ist wahr, werden nicht so schnell klug. Du wirst bemerkt haben, daß das Gros unserer Kundschaft mittleren Alters ist. Das ist kein Zufall, Josh. Diese Jungen glauben stets, das ganze Leben liege noch vor ihnen.

Später merken sie plötzlich: Halt mal, mein Leben ist ja schon zur Hälfte rum! Und was habe ich davon gehabt? Das ist nicht recht! Das ist nicht *fair!* Ich bin betrogen worden! Ich sollte *lieber* zu mir kommen! Und hier sind sie, Josh — sieh sie dir an, an den Tischen, sieh sie dir an, an den Automaten!

Schau ihnen ins Gesicht und sage mir, ob sie spielen! Spielen sie? Sie spielen nicht. Das ist kein Spiel. Das ist nicht einmal Spaß. Das ist Ernst. Schon mal jemanden lächeln gesehen beim Black Jack oder Bakkarat oder an den Automaten?

Schon mal gesehen, daß jemand sich unsere Varieté-Nummern anschaut? Wir holen das Beste ran, und wozu?«

»Vergnügen«, sagte ich. »Die Leute kommen her, um sich zu amüsieren.«

Sy lachte. »Das kenn' ich: ›Sonniges Vergnügen‹. Hör zu, hier kommen Leute her, die nicht einmal wissen, daß auf der anderen Straßenseite ein *Ozean* ist. Gewiß, wir verkaufen es als Vergnügen, das ganze Paket. Du hast unsere Anzeigen gesehen, und es ist auch das Element Vergnügen dabei, aber den Leuten ist es ernst, Josh, zu ernst!

Hatte neulich mal einen hier, der spielte weit, weit über seine Verhältnisse Roulett. Ich meine, er hatte Höllenqualen auszustehen, verlor ein Bündel Scheine nach dem anderen, schwitzte wie verrückt und fluchte. Nie einen Kerl so elend gesehen. Da kommt sein Vater, faßt ihn am Ärmel, verstehst du, um ihn wegzuziehen, um ihm zu sagen, er solle noch etwas Geld für Frau und Kinder übriglassen. Der Kerl dreht sich um und sagt: ›Laß mich in Ruhe, Dad! Siehst du denn nicht, daß ich mich *amüsiere?*‹

Laß dir das von mir gesagt sein, Josh. *Anfällig* ist das richtige Wort. Und genau da setzen wir an.

Der Kerl, der das Glücksspiel erfunden hat . . . was für ein Genie! Er wußte, wo man den Zapfhahn ansetzt.

Und so machen wir's: Wir legen einen Köder aus. Wir sagen, kommt her, holt sie euch, gewinnt diese Million Dollar! Und sie kommen. Sie kommen in Scharen.

Hier, eine Zahl für dich: *dreißig Millionen!* So viele Menschen strömen hier im Laufe eines Jahres in die Kasinos. Keinen anderen Ort gibt es auf Erden, wohin so viele Menschen kommen. Dreißig Millionen. Gehen so viele Leute in die Kirche?«

Ich erwiderte, wenn alle Kirchen der Welt an einem Ort wären, dann kämen seine dreißig Millionen zusammen.

»Nie im Leben!« sagte er. »Die Menschen haben die Religion aufgegeben. Sie gehen wohl in die Kirche, ihre Aufwartung machen, und zwar aus Ehrfurcht. Für den Fall, daß es doch einen Gott gibt. Man braucht jedoch kein *Gottvertrauen,* um an einen Spielautomaten zu glauben. Setz dich einfach in den Bus, und los geht's! Ziehe einfach an dem Griff, und, wer weiß, vielleicht brauchst du nicht mehr für ein besseres Leben zu *beten.*

Das ist es, was wir hier machen, Josh. Wir versprechen ein besseres Leben, das, worauf wir alle aus sind, auch du. Stimmt, wir *geben* jede Menge Geld *aus,* aber das hat seinen Grund. Mehr Geld! Wir geben vielleicht eine Million Dollar aus, um eine Treppe von hier nach da zu versetzen. Und warum? Weil uns das am Ende noch eine Million einbringt. Die Sache ist die: Im Kasino-Geschäft ist Geld der Anfang, das Ende und alles zwischendrin. Hier am Boardwalk, vom Anfang bis zum Ende, betreiben wir alle das Geschäft, Menschen zu *kaufen.* Manchmal genügt da schon ein T-Shirt. Manchmal muß es etwas mehr sein. Aber ich bin noch niemals dem Mann oder der Frau begegnet, der oder die nicht zu kaufen wäre. Die Frage ist nur der Preis!«

Kapitel 10

Ein Extra-Fahrstuhl, dem Blick der Öffentlichkeit verborgen, führte zu den Suiten der ganz Reichen hinauf. Sein Eingang befand sich in einer abgelegenen Ecke, in einem Raum, in dem ausrangierte Spielautomaten abgestellt wurden.

Dorthin wurde ich vom Leiter des Pagendienstes vom Versailles geführt, nachdem er zunächst ein Telefongespräch geführt und meinen Namen angegeben hatte. So wußte Ibrahim, daß ich kam. Anstelle von Joan.

Ich drückte den Knopf für den Fahrstuhl, und als er kam, überlegte ich es mir noch einmal. Fahrstühle waren alles andere als mein Lieblingsvergnügen. Ich hatte keine Höhenangst, keine Angst vorm Fliegen, nicht einmal vor Kampfeinsätzen oder irgendwelchen anderen Dingen, aber Fahrstühle waren mir ein Graus.

Eingesperrt zu sein! Schlimmer noch, *vergessen* zu sein — ja, das war meine größte Angst. Womöglich im Fahrstuhl steckenzubleiben, und keiner merkte es. Stunden, Tage, Wochen, Monate, Jahre. Keiner würde mich so sehr vermissen, um es zu merken oder um sich Sorgen zu machen. Vergessen sein! Ich könnte mir nichts Schlimmeres vorstellen.

Tot sein wäre nicht halb so schlimm — wenn die Leute wüßten, daß man tot war. Aber angenommen, man wäre tot, und keiner wüßte es. Das wäre schrecklich.

Angenommen, man lebte, und es wüßte keiner, daß man lebte. Das wäre noch schlimmer — das Allerschlimmste!

Im Fahrstuhl, während ich zum achtzehnten Stock hinauffuhr, überlegte ich, was ich sagen wollte. Hören Sie auf, meiner Frau nachzustellen? Das ging nicht. Ich überlegte, was ich tun sollte. Ihn zum Duell fordern? Das war längst außer Mode. So hatte ich im Grunde nur den einen Plan, einfach aufzutauchen und etwas mehr als meine Neugier zu befriedigen. Einiges mehr als Neugier.

Mir kamen echte Zweifel, ob das, was ich vorhatte, wirklich richtig wäre. Mit Joan hatte ich fast den ganzen Nachmittag darüber gestritten. Sie meinte, ich würde mich lächerlich machen. »Die alte Macho-Masche«, hatte sie gesagt. Und noch etwas hatte sie gesagt: »Gegen einen solchen Mann kannst du überhaupt nicht gewinnen.« Das war fast so ähnlich wie das, was Sy gesagt hatte — *Selbst wenn dieser Mann verliert, gewinnt er. Er kann überhaupt nicht verlieren.* Das beunruhigte mich jetzt, dieser Gedanke.

Als ich aus dem Fahrstuhl trat, begrüßte mich ein Mann, der aussah wie Paul Newman, wenngleich ich mir sicher bin, daß er es nicht war, mit den Worten: »Bitte folgen Sie mir!« Mir fiel auf, daß sein Akzent kein arabischer war.

Abgesehen von der Ähnlichkeit mit Paul Newman, kam mir dieser Mann bekannt vor. Dann fiel mir ein, daß ich ihn am Abend vorher an einem Nachbartisch gesehen hatte, während wir zu viert im Trop gespeist hatten.

Weitere Gesichter tauchten in den Korridoren auf, während ich Paul Newman folgte — bekannte Gesichter. Mir wurde klar, daß Ibrahim tatsächlich ein ganzes Gefolge hatte, und sie *waren* überall.

Ich wurde in ein Zimmer geführt, das mich wegen seiner dürftigen Ausstattung überraschte. Ein beiges Sofa stand drin, zwei Sessel, ein Couchtisch und eine Bar. Natürlich war das nur eines von vielen Zimmern, denn Ibrahim hatte die ganze Etage für sich. Überdies mochte Ibrahim seine Zimmer vielleicht so spärlich eingerichtet. Ein reicher Mann mußte ja nicht immerzu *reich* sein, im Gegensatz zu einem armen Mann, der die ganze Zeit arm sein mußte.

Einige Zeit wurde ich allein gelassen. Wurde ich beobachtet? Mir war jedenfalls so. Im Grunde genommen hatte ich dieses Gefühl schon im Fahrstuhl gehabt, ja sogar schon vorher auf dem Boardwalk, als ich herkam. Einbildung? Vielleicht, vielleicht nicht.

Ibrahim trat ein, im schwarzen Anzug und mit strahlender Miene. Frauen hätten ihn zweifellos als feurig bezeichnet. Er tat so jovial, daß ich mich plötzlich erhob und ihm die Hand schüttelte, die er mir entgegenstreckte. Wir waren allein in dem Zimmer. Er reichte mir einen Manhattan und nahm sich selbst einen Kognak.

»Ich wußte, daß Sie kommen würden«, sagte er, und als er sich setzte, mir genau gegenüber, fiel mir eine eigenartige Gebärde auf. Er zog nicht, wie andere Männer, am Knie die Hosen ein wenig hoch, damit sie nicht ausbeulen, sondern machte vielmehr eine weit ausholende Bewegung mit der rechten Hand — ein Zeichen dafür, daß er zu Hause weite Gewänder trug.

Der Sultan von Mahareen!

»Nicht meine Frau?« fragte ich.

»Nein, ich habe Sie erwartet, und ich bin so froh, daß Sie gekommen sind! Wir haben vieles zu besprechen.«

»Sie haben interessante Leibwächter«, sagte ich.

»So?«

»Israelis, nicht wahr?«

Er räusperte sich erstaunt. »Ausgezeichnet!« sagte er dann. »Wie sind Sie dahintergekommen?«

»Der Akzent. Und keiner von ihnen trägt eine Krawatte.«

»Sind Sie überrascht?«

»Nein. König Davids Leibwächter waren Philister. In einem Palast sollte man seinen Feinden mehr trauen als seinen Freunden.«

»Sicherlich fragen Sie sich aber, wie es dazu kam.«

»Ja, in der Tat.«

»Dann will ich es Ihnen sagen. Nach außen hin, um der arabischen Einheit willen, befindet sich mein Land im ständigen Kriegszustand mit Israel. In der Öffentlichkeit polemisieren wir gegen das Land, sprechen ihm sogar sein Existenzrecht ab. Die Wirklichkeit aber sieht anders aus. Wir sind Freunde. Nicht etwa aus Liebe — obgleich ich sie für ein gutes Volk halte —, sondern aus Notwendigkeit. Wir leben beide auf trockenem Land. Sie haben kein Öl. Wir haben kein Wasser. Wir schicken ihnen unser Öl. Sie schicken uns ihre Berieselungsexperten. Aus solchen Bedürfnissen heraus entstehen Freundschaften, Mr. Kane, selbst zu Kriegszeiten! Und dasselbe gilt auch für Einzelpersonen, wie uns beide. Ich muß nur noch Ihr Bedürfnis herausfinden. Meines kennen Sie bereits.«

»Erwarten Sie etwa, daß ich nach einer solchen Bemerkung höflich reagiere?«

»Allerdings, denn wir reden ja geschäftlich miteinander.«

»Tun wir das?«

»Ich kann verstehen, daß Ihre Frau mich auch weiterhin abweisen wird. Darum rede ich mit Ihnen.«

»Geschäftlich?« fragte ich.

»Geschäftlich«, versicherte er. »Ein Geschäft ist für mich, wenn zwei Menschen sich gegenseitig ihre Bedürfnisse erfüllen.«

»Meine Frau ist kein Geschäft, Mr. Hassan!«

»Oh, alles ist ein Geschäft, Mr. Kane! Alles ist eine Sache des Geschäfts, und ich werde Ihnen zeigen, wieso. *Ich biete Ihnen eine Million Dollar für eine Nacht mit Ihrer Frau.*«

Und bezeichnen mich auch noch als Kamel, wenn ich nicht darauf eingehe?

Okay, dachte ich, das ist der verrückteste Augenblick deines Lebens, Joshua Kane! Das unverschämteste Kompliment! Ist je ein Mann so beleidigt worden? Ist je einem Mann so geschmeichelt worden? Was kann höher sein? Was kann niedriger sein?

»Eine Nacht, nur eine einzige Nacht!« fuhr Ibrahim fort. »Eine Million Dollar. Steuerfrei.«

Ich lachte und sagte etwas Blödes: »So etwas habe ich noch nie gehört!«

»Und ich habe so etwas wie Ihre Frau noch nie gesehen, Mr. Kane! Das gleicht es wieder aus. Das macht es zum Geschäft.«

»Niemals!«

»Bitte, Sie brauchen sich nicht sofort zu entscheiden. Denken Sie darüber nach! Denken Sie an die Million Dollar! Und denken Sie daran: Die Nacht kommt und vergeht! Das Geld besteht ein Leben lang. Also, sagen Sie nicht gleich niemals, Mr. Kane! Sie sollten es sich überlegen!«

Ich erhob mich und stellte mein Glas hin. Das war es ja — da gab es nichts zu überlegen.

»So bald?« fragte er. »Ich dachte, Sie wären ein Spieler, Mr. Kane. Hier ist Ihre Chance! Der Jackpot! Und wofür? Der Einsatz ist gar nicht mal so hoch. Eine Million Dollar ist nichts für mich. Eine Nacht mit Ihrer Frau — das sollte für Sie nichts sein. *Eine* Nacht.«

»Ich setze nicht meine Frau!«

»Spiel ist Spiel! Ihre Frau hat selbst zugegeben, daß Spielen bei ihr zur Sucht geworden ist. Somit wäre das nur ein weiteres Spiel.«

»Wann haben Sie meine Frau zum erstenmal gesehen?«

»Zusammen mit Ihnen im Spielsaal vom Galaxy.«

»Hat Sy Rodrigo etwas mit der Sache zu tun?«

»Sehr wenig. Ich bat ihn, festzustellen, wer Sie sind — Sie und Ihre hübsche Frau.«

»Also kannten Sie mich bereits, als Sie mich im Versailles baten, mich zu Ihnen zu setzen und Ihnen Glück zu bringen?«

»Jawohl, ich kannte Sie bereits, und ich nahm mich Ihrer zu diesem Zweck an.«

Er war offensichtlich darauf aus, mich mit Offenheit zu schlagen.

»Weiß Sy etwas von diesem Angebot?«

»Ich habe es ihm gegenüber nicht erwähnt. Aber Sy Rodrigo läßt sich nichts vormachen.«

»Ja, er ist ein Mensch, der von der Wahrhaftigkeit der Klischees lebt. Er glaubt, jeder Mensch sei käuflich. Es sei einzig eine Frage des Preises, und Sie bieten mir eine Million Dollar. Sagen Sie mir, Mr. Hassan, haben Sie ihm versprochen, als Gegenleistung für das Opfern meiner Frau an seinen Tischen zu spielen? War das der Handel?«

»Es hat keinerlei Handel gegeben. Vielleicht eine Übereinkunft. Und warum sagen Sie Opfer? Ich habe doch nicht die Absicht, sie zu töten. Wir werden uns nur unterhalten, also, offen gesagt, wir werden uns nur über Sex unterhalten. Sie haben schon so viele Nächte mit Ihrer Frau gehabt, und Sie werden noch viele mehr haben. Ich bitte nur um eine einzige. Haben Sie Angst, sie könnte sich in mich verlieben?«

»Keineswegs, aber ich ärgere mich über mich selbst, Sie überhaupt anzuhören!«

»Jawohl, Sie haben Ihren Stolz, Ihre Integrität, Ihre Wertvorstellungen. Aber Sie haben keine Million Dollar!«

»Nicht noch so viel Geld reicht aus für das, was Sie wollen!«

»Also sagen Sie nein. Aber ich versichere Ihnen, der Gedanke daran wird Sie nicht wieder loslassen. Ich garantiere sogar, daß Sie an nichts anderes mehr denken werden!«

Ich griff nach meinem Drink, stellte ihn aber gleich wieder hin. Irgendwo gab es die perfekte Erwiderung auf all das, aber ich kam nicht drauf. Ich suchte nach einem bestimmten Ausdruck beziehungsweise einer dramatischen Geste, um die Angelegenheit aus der Welt zu schaffen, jetzt, hier in diesem Zimmer, ehe sie nach draußen drang und zur Bestimmung meiner Tage wurde. Doch es war witzlos.

Ich war so dumm gewesen, in eine Welt hineinzutappen, in der ich nicht gewinnen konnte. Selbst wenn ich gewann, verlor ich. Genau wie für ihn das Gegenteil zutraf. Selbst wenn er verlor, gewann er. Wie Joan gesagt hatte. Wie Sy gesagt hatte. Richtig, das war ein Mensch, der nicht verlieren konnte.

In seiner Welt gab es keine Beschränkungen. In meiner Welt gab es nur Beschränkungen.

Am Black-Jack-Tisch hatte ich meinen ersten Einblick in die Tatsache bekommen, wie ein Mann von unglaublichem Reichtum alles in sein Gegenteil umkehren und selbst das Unbezahlbare billig machen konnte. Wie ein Idiot war ich mitten dahinein getreten, wo sich die Pflicht des Menschen gegenüber

Gott, die Achtung des Menschen vor dem Menschen, die Treue des Mannes gegenüber der Frau angesichts eines Berges, der sich viel höher auftürmt als der Sinai, wie ein Hohn ausnahm.

Ja, die Menschen waren verwundbar, weil jeder es stets besser haben wollte. Das war es, was Ibrahim in mir gesehen hatte. Ich hatte mich für sehr cool gehalten als sein Partner beim Black Jack, er jedoch hatte meinen Hunger, meine Verzweiflung gespürt. Er hatte mich durchschaut, das heißt, in seinen Augen war ich wie alle anderen, eine lächerliche Gestalt, äußerst armselig für seine Begriffe.

Jetzt gab es kein Zurück mehr. Das Gespräch selbst, die Tatsache, daß ich mich überhaupt darauf eingelassen hatte, machte mich bereits zum Komplizen — besudelte mich bereits und gewiß auch Joan. Ob ich es mochte oder nicht, ich hatte meinen Einsatz gemacht und war drin.

»Ich garantiere Ihnen, daß ich keinen Gedanken daran verschwenden werde«, sagte ich, daran denkend, daß Zögern der Zipfel war, den er suchte, der Zipfel, den er gefunden hatte, als Joan ihm nicht sofort eine Abfuhr erteilt hatte. Erst gestern, fiel mir ein, hatte er es bei ihr für ganz umsonst versucht.

»Vielleicht«, sagte er, »wird Joan es sich überlegen wollen, und ich rechne fest damit, daß Sie mit ihr darüber sprechen werden.«

»Wenn ich es nicht tue?«

»Wenn Sie es nicht tun, dann tue ich's.«

»Ihre Arroganz, Sir, ist . . .«

»Falls Sie die Absicht haben, mich zu beleidigen, verschwenden Sie nur Ihre Zeit, Mr. Kane. Ich rechnete damit, daß Sie entrüstet sind. Ich rechne aber auch damit, daß Sie vernünftig und aufgeschlossen sind. Ich habe Ihnen ein Angebot gemacht. Sie haben keine andere Wahl, als darauf einzugehen. Bedenken Sie, was Sie dabei gewinnen! Und verlieren werden Sie nichts. Sex? Wir leben in einer Zeit, wo Sex kaum etwas bedeutet, Mr. Kane. Früher oder später wird Joan ohnehin eine Affäre mit einem anderen Mann haben. Darauf gebe ich Ihnen Brief und Siegel. Ich kenne ihren Typ. Sie ist zu hübsch für nur einen Mann. Also, warum nicht jetzt und davon profitieren?«

Zumindest jetzt, nachdem er das gesagt hatte, hätte ich zutiefst beleidigt sein müssen. Aber ich war es nicht. Ich war entzückt, so schlimm es auch ist, es zuzugeben. Entzückt von seiner Argumentation, seiner Freimütigkeit, seinem Talent, das Komplizierte auf das Einfache zu reduzieren. Ja mehr noch, sein Lächeln wich keine Minute aus seinem Gesicht, ein Lächeln, das alles fast wie einen Scherz erscheinen ließ.

Natürlich meinte er es ernst. Doch er ließ auch Platz für Humor, so viel Humor, mich an seiner Verachtung für meine Welt teilhaben zu lassen. Ich beneidete ihn. Nicht um sein Geld. Aber so taub gegen das, was der Mittelstand für Reichtum hielt, sein zu können, war ein begehrenswertes Privileg.

Seine Augen waren fest auf mich gerichtet — und ich hätte immer noch nicht sagen können, welches aus Glas war. Um ein Argument anzubringen, erhob er sich bisweilen von seinem Stuhl und türmte sich vor mir auf, wenn auch nicht auf bedrohliche Weise. Er bewegte sich mit der Anmut eines Athleten, angetrieben von dreister Selbstbewunderung. Er liebte sich selbst, und auch das war reizend.

Wenn man ihn seines geheimnisvollen Nimbus

beraubte, was sehr schwer war, war er ein verwöhntes Kind und weiter nichts. Sicher war ihm nie etwas abgeschlagen worden, auch nicht der absonderlichste Wunsch. Wenn er etwas wollte, bekam er es. Wenn er etwas wollte, das jemand anderem gehörte, bekam er es auch.

So war es, wenn man der Sultan von Mahareen war, wo es Öl regnete – und die Reichen vom Glück gesegnet waren. Sein Reichtum bestand nicht nur in Geld, sondern auch in seinem verdammt guten Aussehen. In seinem Wüstenreich galt er gewiß als Gottes Liebling.

Jetzt lehnte er sich in seinem Sessel zurück, schlug die Beine übereinander, machte erneut jene edle Bewegung an seiner Hose entlang und sah mich mit seinem verschmitztesten Lächeln an.

»Angenommen, ich würde am Jake-Barnes-Syndrom leiden? Wäre es dann etwas anderes?«

Jetzt zögerte ich, sagte dann aber: »Nein. Wir leiden alle gelegentlich darunter.«

»Wollte nur mal herausfinden, ob's bei Ihnen Ausnahmen gibt. Du liebe Zeit, Sie sind ja so resolut! Sie würden Ihre Frau nicht einmal von einem impotenten Mann berühren lassen?«

Er tadelte mich.

»Irgend etwas sagt mir, daß Sie nicht impotent sind.«

»Wenn ich es aber wäre?«

Für eine Million Dollar? Vielleicht. Um ehrlich zu sein. Vielleicht würde ich mich dann darauf einlassen. Schließlich hatte er mich soweit, daß mir Zweifel kamen, sogar sichtbare, wie ich an seiner zufriedenen Reaktion erkannte.

Er bemerkte ganz genau, daß ich darüber *nach-*

dachte, in Gedanken die neuen, mit einem Mal recht günstigen Chancen durchging.

Das Risiko auf meiner Seite verringerte sich entscheidend, wenn er tatsächlich impotent gewesen wäre, was ich jedoch bezweifelte. Doch über *Ausnahmen* nachzudenken, war dasselbe, wie über den Preis nachzudenken. Überhaupt darüber nachzudenken, bedeutete einen Absturz aus den höheren Gefilden der Rechtschaffenheit.

Ob er nun impotent war oder nicht, war doch völlig irrelevant. Da steckte doch nur die Absicht dahinter, mich zum Nachdenken zu bringen, meine absolute Meinung anzuzweifeln. Es gäbe nichts Absolutes, sagte er. Es gäbe keine Wahrheiten! Benennen Sie das Absolute, sagte er, benennen Sie die Wahrheit — und ich nenne den Preis. Und wir werden sehen, was obsiegt.

»Natürlich bin ich nicht impotent«, sagte er. »Aber vielleicht bin ich es doch. Vielleicht doch? Ich zahle Ihnen eine Million Dollar, es herauszufinden. Sie sind doch ein Spieler, Mr. Kane! Oder warum sonst sind Sie in Atlantic City?«

Gute Frage, dachte ich. Ich war in Atlantic City, um das große Geld zu gewinnen. Aber nicht auf diese Art und Weise! Es mußte doch eine Möglichkeit geben, es auf saubere Weise zu gewinnen. Oder doch nicht? Vielleicht war das die einzige Möglichkeit. Um eine Million Dollar zu erlangen, mußte man ein Äquivalent dazu hergeben, etwas genauso Wertvolles oder sogar noch Wertvolleres.

»Ich habe Ihr Gesicht am Black-Jack-Tisch gesehen«, fuhr Ibrahim fort. »Es war das Gesicht eines Verlierers, Mr. Kane. Hab' ich recht? Selbstverständlich habe ich recht. Sie möchten reich sein! Jeder

118

möchte reich sein. Lassen Sie sich das gesagt sein — kein Mensch auf Erden würde das Angebot, das ich Ihnen mache, ablehnen. Eine Million Dollar? Das ist Geld, das keiner zurückweisen kann. Das hieße ja beinahe, die *Ewigkeit* ablehnen. Das bedeutete ja fast, aufs *Paradies* zu verzichten. Und was verlange ich dafür? Eine Nacht!« Und nach einer Kunstpause fügte er hinzu: »Außerdem könnte ich ja impotent sein.«

Das war seine verdeckte Karte. Biete deine Frau an, und er dreht sie um.

Das war das Spiel.

»Sehen Sie es einfach als Black Jack an!« sagte er. »Halten Sie es einfach für ein Glücksspiel!«

Eine Nacht. Mit einem Mann, der impotent sein könnte. Für eine Million Dollar.

Das Undenkbare ist denkbar geworden.

Der nächste Schritt wäre dann die Frage: Und wenn er *nicht* impotent ist? Es ist ja bloß eine Nacht.

Und es sind eine Million Dollar.

So wurde es gemacht. So wurden einem Menschen nach und nach seine unumstößlichen Prinzipien aufgeweicht.

Ibrahim war offensichtlich ein Meister darin. Er hatte dieses Spiel gewiß schon gespielt. Nicht unbedingt um die Frau eines anderen, sondern um andere Dinge. Vielleicht war ihm das Spiel selbst das eigentliche Vergnügen. Die Trophäe selbst war nicht dasselbe wie das Vergnügen des Handelns, des Ergaunerns. Der Fang konnte dem Hochgefühl der Jagd nicht gleichkommen. Sein Vergnügen bestand darin, zuzusehen, wie die Macht seines Geldes Männer und Frauen ihrer Eitelkeiten entkleidete. In diesem Sinne wollte er *mich*, meine Kapitulation, genauso, wie er Joan wollte.

Wenn ein Mensch so viel Geld besaß, daß für ihn *nichts* unerreichbar war, gab es für ihn nichts mehr, als um Menschen zu spielen. Was als Lösung für Langeweile beginnt, führt zu Verachtung, und Ibrahims Verachtung seiner Mitmenschen war genauso groß, wie er gut aussah.

Jetzt holte sich Ibrahim eine kubanische Monticristo-Zigarre aus dem Schrank und unterzog sie einer liebevollen Prozedur. Er entnahm sie der edlen Zigarrenkiste, hielt sie sich unter die Nase, fuhr mit hin und her und schnüffelte daran, leckte sie an, um das Deckblatt zu straffen, und tunkte sie dann in den Kognak. Er ließ sie wieder trocknen, zog dann einen Zigarrenabschneider aus der Westentasche und knipste einen perfekten V-Einschnitt in das Zigarrenende. Er zündete ein Streichholz an und wartete zehn Sekunden, bis die schwefelhaltige Kuppe völlig verbrannt war. Dann erst entzündete er die Zigarre. Dabei drehte er sie genüßlich im Mund und ließ die Flamme gleichmäßig einwirken, ohne sie jedoch unmittelbar die Zigarre berühren zu lassen. Er tat einen kurzen Zug, und die Zigarre brannte.

»Entschuldigen Sie!« sagte er und hielt mir die Zigarrenkiste hin. »Mögen Sie eine? Sind kubanische!«

»Danke, aber ich würde sie nicht richtig würdigen.«

»Möglicherweise«, entgegnete er.

Wenn dieser Mann einen Fehler hatte, dachte ich mir, dann bestand der darin, seinen Gegner zu unterschätzen. Das konnte man gegen ihn verwenden. Ich wußte zwar nicht, wie. Aber irgendwie. Laß ihn allmächtig sein, dachte ich, und laß mich geduldig sein! Dann würde ich ihn schon überraschen. Irgendwie würde ich ihn überraschen!

»Für den Gefallen, den Sie mir neulich erwiesen haben«, sagte er, »schulde ich Ihnen mehr als eine Zigarre. Sie haben mir wirklich Glück gebracht, wie Sie ja selbst gesehen haben. Und ich hatte versprochen, mich erkenntlich zu zeigen.« Er zog einen dikken weißen Briefumschlag aus dem Jackett und legte ihn auf die Zigarrenkiste. »Das gehört Ihnen!« sagte er.

Es gehörte tatsächlich mir! Das war mein Lohn, die zehntausend Dollar, vermutete ich, waren da drin, in dem Umschlag, eine Armeslänge vor mir. Das Geld gehörte mir, gewissermaßen als mein Lohn. Eine mündliche Vereinbarung war getroffen worden. Ich hatte meinen Teil erfüllt. Nun war er dran.

Doch wie konnte ich das Geld annehmen?

Und verdammt, ich brauchte das Geld. Und wie ich es brauchte!

Beug dich einfach vor und nimm es! dachte ich. Es ist dein! Das hat ja nichts mit dem anderen Geschäft zu tun. Das ist eine Sache für sich. Das ist *sauber*. Das ist koscher. Das hat seinen Segen. Das ist nicht verdorben. Das ist *verdientes* Geld. Das ist *gutes* Geld. Das ist *ehrliches* Geld.

Doch es war auch ein Test, eine Falle, ein Strick, ein Trick, um mich zu kriegen. Nimm das Geld, sagte ich mir, und du bist geliefert. Hatte er das von Anfang an so gesehen und bis jetzt damit gewartet?

Wenn ja, dann steckte seinerseits mehr Berechnung in der Sache, als ich angenommen hatte. Jetzt verstand ich auch, warum er nicht gleich am Black-Jack-Tisch bezahlt hatte. Er hatte auf diesen Augenblick gewartet. Neulich wäre es verschwendet gewesen — wertlos als Überzeugungsmittel. Jetzt war es von Nutzen. Er hatte mich mächtig reingelegt. Alles hatte er berechnet. Er hatte sogar gewußt, daß ich hier aufkreuzen würde, statt Joan. Auch sie hatte er in seine Kalkulation einbezogen. Er wußte, daß sie mir die Sache erzählen würde. Gab es überhaupt etwas, das er nicht wußte?

»Nehmen Sie es!« forderte er mich auf. »Es gehört Ihnen.«

»Nein«, sagte ich, »es gehört Ihnen. Und was Ihnen gehört, gehört Ihnen. Was mir gehört, gehört mir.«

Er war im Vorteil, und ich hatte nichts gewonnen. Genauso vollkommen, wie er die Sache hier geplant hatte, hatte er gewiß auch meine Weigerung vorhergesehen. Ich hatte es mit Verschlagenheit zu tun, und darum setzte bei mir Defätismus ein. Mit einem Verlierer hat es folgende Bewandtnis: Er erwartet, daß er verliert. Ach, aber ich war ein Gewinner!

»Fühlen Sie sich nicht wohl?« fragte er.

»Mir geht es glänzend.«

»Sie sehen blaß aus. Nebenan habe ich einen Arzt. Sie sehen wirklich sehr blaß aus.«

Ich kannte das Spiel. Es war ein typischer Spielertrick, jemanden zu demoralisieren und einzuschüchtern, und doch stimmte es wiederum, daß ich mich in meinen Sachen unwohl fühlte, weil alles klebte. Hier in Ibrahims Zimmern gab es keine Klimaanlage, vielleicht aufgrund einer religiösen Vorschrift. Ich jedoch erstickte fast.

Als Sohn von Wüstennomaden war er natürlich an die Hitze gewöhnt.

Ich spürte, wie ich immer schwächer wurde, und

konnte kaum noch atmen, und zu dem Gefühl, jeder meiner Atemzüge könnte der letzte sein, kam noch dazu, daß mich fröstelte, mir vor den Augen alles verschwamm und ich zu zittern begann.

Unser Hausarzt hatte nichts Körperliches finden können, diesen gelegentlichen Zustand jedoch als relativ schwache Form von Menschenscheu diagnostiziert, jenes Leiden, das auch Howard Hughes, Greta Garbo und J. D. Salinger geplagt hatte, was bedeutete, daß ich mich in guter Gesellschaft befand.

Diese Furcht vor Menschen befiel mich jedoch recht selten, und das war jetzt einer jener seltenen Fälle — Ibrahim erschien mir jetzt wie die Riesen von Kanaan und ich wie eine Heuschrecke.

Ich zitterte und versuchte, es vor ihm zu verbergen, also lächelte ich und sagte mir: *Ich muß hier raus!*

Meine Gedanken gingen zurück zur Zeit der Weltausstellung in New York. Ich hatte Nachtschicht, so daß ich morgens als einziger die Treppe zur Hochbahn hinaufstieg, während die Touristen zu Tausenden herabgestürmt kamen, blind gegenüber meinen Bemühungen, mir einen Weg durch diese aufgeregte Menschenmenge zu bahnen. Ich fühlte mich so ausgesprochen klein und unbedeutend, ja sogar völlig abgesondert vom gesamten Menschengeschlecht.

Genau wie jetzt.

Nur nicht sterben! sagte ich mir. Nicht jetzt. Heb dir das für später auf!

Ich mobilisierte alle meine Reserven, und irgendwie gelang es mir auch, mich zu erheben. Ich wankte zur Tür, die ständig vor mir zurückwich. Schließlich fand ich sie doch und ging hinaus, wobei mir Ibrahim mit seinen Esau-Augen folgte.

Kapitel 11

Der Fahrstuhl brachte mich hinunter zum Spielauto-
maten-Friedhof. Von da gab es keinen Ausgang nach
draußen, sondern nur ins Kasino, also ging ich hinein. Ich war ohnehin in der Stimmung dazu.

Grelle Lichter sprangen mir ins Gesicht, blinkende
Neonlichter über den Geldspielautomaten mit auto-
matischer Einsatzerhöhung umkringelten Jackpot-
Zahlen von 25.000, 50.000, 100.000 — ja sogar eine
Million Dollar.

Sonst war es dunkel. Im Kasino war es stets Nacht,
damit die Leute nicht an draußen dachten. Und es
gab keine Uhren, damit die Leute die Zeit vergaßen.
Sogar die Toiletten und die Ausgänge waren versteckt. Das hier, Damen und Herren — versuchte
man einem einzureden — das ist die ganze Welt! Du
sollst keine andere Welt haben außer ihr!

Im Augenblick war ich ganz damit zufrieden. Ich
mußte die Zeit, den Ort und mich selbst vergessen.

Ich machte die Runde. Von einem Ende zum anderen strotzten die Tische von Menschen. Black
Jack, Bakkarat, Craps, Roulett, Glücksrad — vor diesen Altaren saßen die Leute andächtig wie im Gebet.
Antwort auf das Gebet kam hier rasch, wenn auch
nicht immer positiv, mit jedem Umdrehen einer Karte und jedem Rollen der Würfel. Hier wurde entschieden, wer reich werden und wer arm bleiben
sollte. Manchem wurde Gnade und manchem Strafe
zuteil. Für die einen war es Himmel und für die anderen Hölle.

Ich wurde von der Geschäftigkeit des Ortes erfaßt
und spürte seine Magie, seine berauschende Anziehungskraft. Von Tischreihe zu Tischreihe ließ ich

mich treiben. Nichts ging über dieses — Geld! Der Fetisch Geld. Zufall — die Anbetung des Zufalls.

Ich sah, wie ein Mann Hundert-Dollar-Jetons auf jede der achtunddreißig Zahlen auf dem Roulettisch plazierte — auf jede Zahl, außer einer. Und genau diese kam heraus. Er war dem Weinen nahe und wollte protestieren. Aber es war niemand da, mit dem er hätte reden können. Die Kugel und das Rad waren die höchste Instanz, das letzte Wort.

Ich sah, wie ein Mann beim Craps den Würfeln in seiner Hand etwas zuflüsterte und ihnen dann nachschrie, als er sie auf den Tisch warf. Das ist schon verrückt! sagte ich mir, mit Würfeln sprechen, Würfeln etwas *zurufen*. Doch das war es nicht. Nicht in diesem Tempel, wo nichts verrückt ist, nichts falsch ist. Selbst Habgier ist da in Ordnung.

Doch Habgier war das falsche Wort. Nein, die Verzückung sprach von etwas Tieferem, einem letzten Griff nach dem Leben, ehe der Tod kam. *Laß es für mich geschehen*, lautete die flehentliche Bitte — bevor ich sterbe!

Diese Frauen mittleren Alters an den Spielautomaten — wo hatten sie diesen armseligen Gesichtsausdruck her? Wie machten sie es nur, daß sie alle so gleich aussahen? Das waren die verachteten Bus-Leute, die Tagesbesucher. Sie kamen von überall her, aber sie waren Reihenhausleute. Sie hatten nichts an sich, das auf Freiräume hindeutete oder auf Freiheit irgendeiner Art. Sie hatten den entmutigten Ausdruck von Leuten, die ein hartes Leben hinter sich haben, in die Falle gelockt von oberflächlichen Sicherheiten. Sie waren die Ehefrauen von Gehaltsempfängern, ihr Leben eher auf deren Einkommen fixiert als auf ihre eigenen Träume.

Das waren die Amerikanerinnen, die man niemals sah und niemals zu sehen bekommen hätte, außer eben in den Kasinos. Die Kasinos lockten sie aus ihren Verstecken. Und sie kamen in Scharen, fest entschlossen, ihren Anteil am amerikanischen Jackpot zu fordern. Mit jedem Zug am Griff der Automaten erklärten sie: »Gib her, gib her! Es gehört *mir*!«

Ganz genauso war ich. Mit ihnen zusammen rief ich: »Gib her! Ich will ein besseres Leben haben! Ich habe etwas Besseres verdient!«

Der große, dicke, glatzköpfige Mann am Craps-Tisch, der in den Händen schwarze Hundert-Dollar-Jetons und im Mund eine dicke schwarze Zigarre rollte — warum sollte ausgerechnet er es so gut haben?

Nein, Neid war nicht das Problem. Auch nicht Habgier. Gerechtigkeit war es, wonach ich trachtete. Das war es, worauf wir alle aus waren. Das Leben war ungerecht, verdammt noch mal, außer zu den Reichen. Also galt es, das Leben gerecht zu machen. Darum drehte sich das Ganze.

Joan befand sich nicht in unserem Zimmer, als ich zurückkam. Ich rief die Rezeption an, um mich nach der Zeit zu erkundigen — eine Uhr hatte ich nie bei mir — und erfuhr, daß es halb acht war. Joan hatte ich gesagt, ich wäre von Ibrahim spätestens halb sieben zurück. Also, sagte ich mir, würde sie allein zu Abend essen. Oder vielleicht auch nicht.

Ich steigerte mich in eine Panik hinein. Sie konnte ja sonstwo sein, redete ich mir ein, womöglich gar bei Ibrahim. Nein, unmöglich. Doch, er hatte ja gedroht, ihr selbst das Angebot zu machen, wenn ich nicht darauf einginge; aber dann wäre das ja zu schnell gegangen — und ob sie wohl hingerannt wäre? Ich sollte mich nicht lächerlich machen!

Statt sie suchen zu gehen, beschloß ich, im Zimmer zu bleiben. Um Gesellschaft zu haben, schaltete ich den Fernseher an, aber es half nichts. Sie fehlte mir. Sie füllte die Freiräume meines Lebens dermaßen aus, daß ich ohne sie nichts war.

Überall, wo ich ohne sie war, drehte ich ständig den Kopf nach einem goldenen Haarschopf um. Selbst wenn ich allein war, sprach ich mit ihr. Ich hatte es dazu kommen lassen, daß sie mir mein ein und alles bedeutete, und so weit sollte es kein Mann kommen lassen!

Vielleicht, sagte ich mir, hatte sie etwas von meiner Unterredung mit Ibrahim mitbekommen. Wenn dem so sein sollte, dann wäre sie zu Recht wütend. Vielleicht hatte sie also gepackt und war verschwunden. Ich sah im Kleiderschrank nach. Alles war da — Koffer, Schuhe, Kleider, Röcke, Hosen, Overalls und was sie sonst noch aus ihrer ersten Ehe gerettet hatte.

Das Buch, das sie gerade las, Erich Maria Remarques *Arc de Triomphe*, lag auf dem Bett. Sie war fast durch. Ich hatte es zuerst gelesen, und wir hatten bereits darüber diskutiert, insbesondere über die Theorie, daß Frauen die Welt der Liebe regierten. Die Liebe war, nach Remarque, eine Domäne der Frauen. Der Mann? Er war ein Fremder in einem fremden Land.

Joan hielt diese Ansicht für verrückt. Noch etwas, wofür man den Frauen die Schuld zuschob.

In Remarques Roman liebte die Heldin den Helden, fand aber auch nichts dabei, noch andere Männer zu haben. Für sie persönlich, meinte Joan, wäre eine solche Einstellung nichts — sie könne sie jedoch verstehen. Jawohl, sie konnte einsehen, daß eine Frau einen Mann lieben und auch noch andere haben konnte. Tun Männer denn nicht dasselbe?

Bei Männern ist das etwas anderes, hatte ich gesagt.

Aha! Die alte Form von zweierlei Maß! Männer dürfen, Frauen aber nicht!

Manchmal provozierte ich sie einfach, um zu sehen, wie sie sich zu einer vollkommenen Prinzessin aufbäumte.

Also, wo war sie?

Ich hätte ihm eine verpassen sollen, sagte ich mir jetzt. Doch das hätte gar nichts gebracht. Vermutlich hätte er auch dagegen einen Plan gehabt. Sein Angebot bliebe bestehen, und mit diesem Angebot, ob ich darauf einging oder nicht, ob ich ihn verprügelte oder nicht, hatte er mich. Und wie er mich hatte!

Joan kam kurz vor acht.

»Hi!« sagte sie.

»Hi!«

»Wo warst du denn die ganze Zeit? Hast du den Drachen erschlagen?«

»Und wo warst *du*?«

»Ich war essen. Allein, du warst ja nicht da. Und dann habe ich noch ein paar Dollar an den Automaten verspielt.«

»Du?«

»Um die Zeit totzuschlagen.«

»Hast du gewonnen?«

»Ja — aber nicht den Million-Dollar-Jackpot.«

»Vielleicht doch.«

»Was?«

Ich erzählte ihr alles.

Mit einem Jubelschrei warf sie sich aufs Bett. »O mein Gott!« rief sie. »O mein Gott! Hast du wenigstens nein gesagt?«

Ich besann mich kurz.

»Selbstverständlich!«

»Du scheinst dir nicht sicher zu sein, wie?«

»Natürlich bin ich mir sicher!«

»Warum hast du dann so gezögert? Wenn du jetzt gezögert hast, hast du vielleicht auch vorhin gezögert.«

»Ich habe nicht gezögert.«

Jetzt waren wir beide still, warteten, daß der andere etwas sagte — etwas Nettes, Lustiges, Kluges, Bedeutsames oder was auch immer die Situation erforderte. Doch wie war die Situation? Wer war der Verletzte. *Gab* es überhaupt einen Verletzten?

Joan schien nicht der Meinung zu sein. Sie befand sich jetzt in einer dieser Main-Line-Stimmungen, die ich nie so richtig einzuschätzen vermochte, ein bißchen ernst, ein bißchen spöttisch, ganz und gar weiblich. Es war unmöglich, sie beim Wort zu nehmen, wenn sie so war, und unmöglich, es nicht zu tun.

Das schelmische Lächeln zog sich jetzt über ihr ganzes Gesicht.

»Das Angebot klingt ganz verlockend«, sagte sie.

»Hör auf, Joan!«

»Hm. Eine Million Dollar für meinen Körper. Hast du mal ins Guinness-Buch der Rekorde gesehen?«

»Nein, aber ich bin mir sicher, das ist der höchste Preis aller Zeiten.«

»Beeindruckt dich das?«

»Oh, das beeindruckt mich sehr, Joan.«

»Na, nun wissen wir beide, was ich wert bin. Nicht schlecht, meinst du nicht?«

»Worauf willst du hinaus, Joan?«

»Ich? Ich will auf nichts hinaus, Liebling. Worauf willst du hinaus?«

Liebling war ein Wort, dessen sie sich nur bediente, wenn sie taktlos sein wollte.

»Laß uns aufhören damit!« sagte ich.

»Ganz recht!«

»Ganz recht was?«

»Ich bin entschlossen, Josh, genau das.«

»Mit so etwas treibt man keine Späße, Joan!«

»Das ist auch kein Spaß.«

»Es wäre besser, es wäre einer.«

»Es ist aber keiner. Ich würde es für dich tun, Josh. Ich bin glücklich mit meinem Leben. Du bist unglücklich. Denk doch bloß! Keine Arbeit mehr! Keine Busse, U-Bahnen! Wir könnten von Philadelphia wegziehen, das du so haßt. Ein Haus kaufen, ein Auto kaufen. Zwei Autos. Drei Autos. Für das College deiner Kinder bezahlen. Reisen. Dich in Israel aufhalten, das du liebst, ein Jahr, zwei, drei oder solange du willst. Natürlich würdest du, so religiös, wie du bist, zehn Prozent für wohltätige Zwecke abgeben. Wer weiß? Vielleicht könnte mit *deinem* Geld ein Mittel gegen Krebs gefunden werden. All das für eine Nacht mit mir. Klingt nicht sehr nach einem Opfer!«

»Falls ich mich nicht klar ausgedrückt haben sollte, wir sprechen über deinen Körper.«

»Du hast es sehr deutlich gesagt. Mein Körper. Nicht mein Herz. Nicht mein Verstand. Nicht meine Seele. Die gehören für immer dir. Meinen Körper bist du für eine Nacht los. Na und? Was ist schon ein Körper?«

»Ein großes Na-und!«

»Eine Million Dollar, Josh. Der Jackpot, Josh!«

»Kannst du glauben, daß wir dieses Gespräch führen?«

»Das kann ich«, sagte sie. »Irgendwie habe ich erwartet, daß *etwas* in der Art passiert. Du wolltest schon immer reich sein. Du hast dafür gebetet, und jetzt sind deine Gebete erhört worden, natürlich auf eine grausame Art und Weise. Aber da du ja erwartest, daß dein Gott grausam ist, ist er es auch. Ja, es hat seinen Preis. Alles hat seinen Preis. Aber du vergibst dir ja nichts. Was ist schon Sex? Auch bloß eine Körperfunktion.«

»Das ist beinahe Wort für Wort das, was *er* gesagt hat. Ihr beide habt so vieles gemein.«

»Ach, mach keine Romanze daraus, Josh! Das ist nicht Liebe. Das ist Geld.«

»Und, wie du sagst, zuerst nimm das Geld, dann sei stolz!«

»Nein«, sagte Joan. »Zuerst mußt du das Geld *verdienen.*«

Das war ein Stich ins Herz, und das wußte sie, genauso, wie sie wußte, was *verdienen* in dieser Diskussion bedeutete.

»Wie praktisch du bist!« sagte ich.

»Ja, das bin ich, praktisch.«

Erst neulich hatte sie gesagt, sie liebe mich mehr als alles andere. Nichts könne zwischen uns treten. Und jetzt würde sie immer noch dasselbe sagen. Aber jetzt — jetzt war *praktisch* das passende Wort.

»Ja«, sagte ich, »du bist praktisch.«

»Jawohl, und du bist nicht praktisch.«

»Also gewinnt er. Der Araber gewinnt.«

»Nein, wir gewinnen.«

»Er wird dich berühren.«

»Ich werd's überleben.«

»Er wird dich *umlegen*.«

»Hast du nicht gesagt, er ist vielleicht impotent?«

»Das glaube ich keinen Augenblick.«

»Dann legt er mich eben um. Ich schließe die Augen und denke an die Million Dollar.«

»Joan, das macht dich zur Hure!«

»So?«

»Das macht dir wohl nichts aus?«

»Nein. Ist es denn übrigens nicht so, wie Sy sagt? Wir sind alle Huren.«

»Du meinst, er hat recht?«

»Natürlich hat er recht!«

»Ich kann die Frauen nicht verstehen.«

»Ich kann die Männer nicht verstehen. Du möchtest doch, daß ich es tue. Das weiß ich.«

»Das möchte ich nicht!«

»Doch! Das sieht man doch.«

»Wo?«

»Überall.«

»Hab' ich was gesagt?«

»Nein, es ist das, was du nicht sagst.«

»Was sage ich denn nicht?«

»Ist schon gut.«

»Gibt es ein magisches Wort?«

»Wofür?«

»Um dich zu überzeugen, daß ich nichts dergleichen wünsche. Gibt es ein Zauberwort, um diese häßliche Geschichte zwischen uns auf der Stelle aus der Welt zu schaffen?«

»Nein, für Zauberworte ist es zu spät. Ich habe

keine andere Wahl. *Wir* haben keine Wahl. Wir müssen es tun. Natürlich ist dir das klar. Unser Leben hat sich bereits geändert. Jedesmal, wenn eine Rechnung kommt, die wir nicht bezahlen können, oder du es mit deinem Chef schwer hast oder das Auto kaputtgeht oder der Geschirrspüler den Geist aufgibt — werden wir an diese Million Dollar denken. So sieht's aus. Nein, wir können nicht mehr zurück. Dazu ist es zu spät. Das Angebot zurückzuweisen, würde uns stärker zu schaffen machen, als es anzunehmen. Die Freiheit, Josh! Du könntest deine Fesseln abstreifen. Du brauchtest keine Reden mehr für aufgeblasene Angeber zu schreiben. Jeden Tag verkaufst du dich. Jetzt bin ich an der Reihe, und ich bin bereit. Freiheit, Josh. Freiheit, ja zu sagen, wenn du ja meinst, Freiheit, nein zu sagen, wenn du nein meinst. Das könntest du dann.«

Ich mußte daran denken, was Ibrahim über das Ablehnen der Ewigkeit, das Verzichten aufs Paradies gesagt hatte. Eine Million Dollar könnte mehr sein als nur etwas Materielles. Eigentlich wäre das sogar der geringere Nutzen. Der größere Gewinn wäre die Freiheit, okay, die Freiheit, die ein Mann verlor, wenn er Ehemann wurde, Vater, Arbeiter. Von frühmorgens, wenn er aufstand, bis abends, wenn er ins Bett ging, war er jemandem Rechenschaft schuldig. Nur ein Reicher besaß sich selbst. Wie das wohl wäre, hatte ich mich oft gefragt — die Rechte an seinen Überzeugungen und Neigungen zu besitzen. Zu sagen, was man sagen möchte, zu tun, was man tun möchte. Joan hatte ja so recht. Sag ja, wenn du ja meinst, nein, wenn du nein meinst — wie viele Menschen konnten das wohl? Sehr wenige!

»Das verstößt allerdings gegen alles, woran wir

glauben«, gab ich zu bedenken. »Und wohin gehen wir dann?«

»Du meinst, nach der Tat? Wir leben genauso weiter wie bisher. Nur mit mehr Geld.«

Praktisch. Logisch. Zu praktisch. Zu logisch.

Ja, die *Tat*. Wie stand es damit?

»Ich wußte, daß du mit einem anderen Mann geschlafen hast.«

»Das weißt du bereits seit langem. Ich war schon mal verheiratet, erinnerst du dich? Und du ebenfalls.«

»Da waren wir nicht verheiratet, nicht miteinander.«

»Nein, aber wir hatten Sex mit anderen. Und das schmälert nichts zwischen uns.«

»Das war vorher. Und das wäre jetzt.«

»So nimm einfach an, es wäre vorher gewesen!«

Die Zeit verdrehen, wie es die Mystiker tun. Vergangenheit, Gegenwart, Zukunft — sie mußten nicht unbedingt diese Reihenfolge haben. Ein großer Geist war nicht auf den irdischen Verlauf der Zeit festgelegt. Ein großer Geist durfte die Zukunft zur Vergangenheit machen. Und wer wollte sagen, ich sei kein großer Geist?

»Nichts wird sich ändern, Josh. Du wirst es bald vergessen.«

»Angenommen, *du* vergißt es nicht?«

»Na, so großartig wird er schon nicht sein. Josh, Frauen verlieben sich nicht beim Sex. Niemals.«

Wieder etwas dazugelernt! Plötzlich war Geschlechtsverkehr eine Lappalie. Eine Körperfunktion. Außer, natürlich, es geschah zwischen Leuten, die sich liebten, und Joan und ich, wir liebten uns. Zwischen uns zählte es also. Mit

134

Ibrahim würde es nicht zählen. So sah das also aus!

Damit hatte sie recht: Unser Leben hatte sich bereits verändert. Auf das Angebot einzugehen, könnte uns zerstören. Das Angebot jedoch zurückzuweisen, würde uns mit Sicherheit zerstören. Diese Million Dollar wäre immer da, wenn nicht in unseren Händen, dann in unseren Köpfen — und das wäre das Schlimmere.

Frauen verlieben sich nicht beim Sex?

»Wie viele Male hast du Sex gehabt?« fragte mich Joan. »Mit mir, deiner Ex und anderen Frauen?«

»Das weiß ich nicht. Darüber führe ich nicht Buch.«

»Kannst du das eine Mal vom anderen unterscheiden?«

Das konnte ich nicht.

»Du kannst es nicht, weil Sex nicht so etwas Besonderes ist. Es ist wie Rauchen.«

»Rauchen?«

»Frag einen Raucher, ob er sich an die eine Zigarette genauer erinnert als an die andere!«

»Wenn es so etwas Alltägliches ist, wieso will Ibrahim dann eine Million Dollar für dich bezahlen?«

»Oh — Verlockung ist etwas anderes.«

Wiederum hatte sie recht. Allmählich begann die Sache mich zu verwirren. Jeder hatte recht. Irgend jemand mußte sich doch auch irren.

Was Joan betraf, so konnte ich ihre Ernsthaftigkeit nicht richtig einschätzen. Sicher, dachte ich, treibt sie bloß Unsinn mit mir, will mich auf die Probe stellen. Die Wahrheit steckte hinter ihrem Lächeln, das sie immer wieder mal aufleuchten ließ. Doch mir wurde nicht deutlich, worin sie bestand, die Wahrheit. In bezug auf Joan kannte ich die Wahrheit nicht. Vielleicht gab es gar keine Wahrheit, in bezug auf Joan, auf mich, auf sonst jemanden. Vielleicht gab es so etwas wie ein treues Herz überhaupt nicht.

Verlockung war etwas anderes, okay. Aber womöglich sprachen wir über eine ganz andere Verlockung. Nicht über die von Ibrahim, sondern über ihre? Immerhin war sie eine von denen, die alles einmal ausprobieren mußten, und diesmal würde es ganz schön was werden!

Daß sie ganz und gar nicht empört war, gab mir zu denken. Sie war mir zu bereitwillig. Keine Zweifel, keine Einwände, keine Hemmungen, keine Entrüstung von dieser Dame, die sich so für die Unantastbarkeit des weiblichen Selbst einsetzte! Keinerlei Ekel von seiten dieser Dame, die es haßte, wenn Leute in ihrer Nähe husteten, niesten, sich kratzten oder auch nur räusperten.

Keine Treue von seiten dieser Dame, die einmal gesagt hatte, sie würde mich umbringen, wenn sie mich mit einer anderen Frau erwischte. Nichts als Ergebenheit und Neugier und ein bißchen Vorfreude.

Sie müßte entsetzt sein, sagte ich mir, doch sie war es nicht. Es ging doch um ihren Körper! Kümmere dich nicht um solche Sachen wie Herz, Verstand und Seele! Das Ganze soll angeblich ein Pauschalangebot sein. Wovon man wohl nachts in den pinkfarbenen Schlafzimmern in der Main Line träumen mochte?

Ich meinerseits verspürte den Stachel des Verrats. Wer aber war der Verräter? Mich traf die Schuld genauso wie Joan.

Du möchtest doch, daß ich es tue! hatte sie gesagt. Das konnte doch nicht wahr sein! Obgleich, jawohl, ich kompromittierte mich ja selbst fünf Tage jede Woche; was konnte dann also schon *eine Nacht* bedeuten — für die Dame? Diesmal ist sie an der Reihe. Für die große Zahlung. Jawohl, sie ist dran.

Denk an den Lohn! Dieser Zahltag dauerte nicht ewig.

Ist es also recht? Nein.

Aber ist es unrecht?

Kann etwas *sowohl* recht als *auch* unrecht sein, und gibt es so etwas wie eine kleine Sünde?

Ist ein einmaliger Ehebruch dasselbe wie ein lebenslanger, und geht er in Ordnung, wenn der Ehepartner einverstanden ist?

Niemals!

Nie und nimmer!

»Eigentlich ist das keine Prostitution«, sagte sie jetzt.

»Eigentlich doch.«

»Nein, genau das Gegenteil. Wir bringen die eine Nacht hinter uns, und dann sind wir frei. So, wie wir bis jetzt gelebt haben, war das etwa keine Prostitution? Wo andere über dich verfügt haben. Dich *benutzt* haben. Entspricht das nicht ganz genau der Definition eines Prostituierten? Wenn überhaupt von Prostitution die Rede sein kann, dann dergestalt, daß wir die Prostitution, die sich alltäglich in unserem Leben abspielt, in ihr Gegenteil umkehren.«

»Das nennt man rationales Betrachten!«

»Oder Realität.«

Stell dir diese Frage! sagte ich mir. Den Test aller Tests! Stell dir vor, deiner Mutter, deiner tugendhaften Mutter wäre dieser unsittliche Antrag gemacht worden. Wie hätte sie deiner Meinung nach reagieren sollen? Ihn natürlich abweisen!

Ach, wirklich?

Erinnere dich daran, wie sie schnell das Radio abstellte, ehe der mit im Hause wohnende Vermieter nach Hause kam, und wie er dahinterkam, dieser gerissene Mr. Sherchock, indem er seine Hand auf das Radio legte — und siehe da, es war warm!

Solche Klugheit auf einmal von einem Mann, der auf der Park Avenue einen Schönheitssalon besaß, einem Junggesellen, der uns seine Frauen zur Schau stellte und Zigarrenasche auf seinem Sekretär hinterließ, um herauszufinden, wie gewissenhaft meine Mutter saubermachte. Nichts Besseres mit seiner Zeit anzufangen wußte, als sich solche Sachen auszudenken, darauf zu kommen, das Radio anzufassen — und *es war warm*!

Die Angst in ihrem Gesicht, im Gesicht dieser Frau, die in der Alten Welt drei Hausmädchen gehabt hatte!

Die Ermahnung: »Habe ich es Ihnen nicht gesagt, Mrs. Kane? Habe ich Sie nicht gewarnt? Kein Radio! Ich kann es mir nicht leisten, das Geld für elektrischen Strom zu vergeuden. Also, ich möchte Sie nicht noch einmal erwischen!«

Besinne dich darauf, wie sie vor Leben gesprüht hatte! Und wie sie dann eines Tages die Schultern hängen und den Mund offenstehen ließ, wie sie ihr Schwung verließ und das Strahlen aus ihren Augen verschwand und selbst ihre Stimme plötzlich wie von einer anderen Welt klang.

Und das für immer, bis ans Ende ihrer Tage, denn sie hatte blitzartig die Wahrheit erkannt und nicht erst an dem Tag, als Vater mit einer schlechten, doch *erfreulichen* Nachricht nach Hause kam. Er hatte einen neuen Partner gefunden und fing ein neues Unternehmen an, und in einem Jahr, *ihr werdet sehen, tanzen wir wieder mit den Bronfmans.*

An diesem Tag war ihr klar: *Es würde nie wieder besser werden.*

Noch ganze zwanzig Jahre lang hat dann nichts mehr sie berührt. Rein mechanisch verrichtete sie ihre Dinge. Das Leben war etwas, das sie bereits hinter sich hatte, und nun wartete sie nur noch darauf, daß sie starb. Selbst daß ihr Sohn als Kriegsheld heimkam, bedeutete ihr nichts. Ihr Mann, sollte er doch feiern! Für sie jedenfalls war ein Held ein Mann, der Geld verdiente.

Armut — nichts gegen die Not, aber die *Erniedrigung*, das war das Scheußlichste.

Nun . . . geh zurück zu dem Augenblick, als ihr plötzlich die Augen aufgingen, und nun mach das Angebot!

Annehmen oder zurückweisen?

Von einem Leben ist die Rede, einem einzigen Leben.

Selbstverständlich zurückweisen. Das kann doch niemals recht sein. Und doch . . . hat ein Mensch das Recht, sich für das Elend zu entscheiden? Wenn er eine andere Wahl hat, das heißt eine Million Dollar für eine Nacht?

Ja, wähle das Gute, so daß du leben kannst! Aber angenommen, es ist das Schlechte, was dich leben läßt?

Wie ist Elend zu definieren? Körperliche Mühsal, das ist eine Sache, und beinahe alles mag sich der Erleichterung halber entschuldigen lassen. Aber Armut — oder das Empfinden von Armut — ist das Leiden?

Kapitel 12

Mit dieser Frage gingen wir spazieren. Joan hatte vorgeschlagen, ein bißchen auf dem Boardwalk zu bummeln, um diese Last loszuwerden, und schon bei den ersten Schritten fühlten wir uns, angesichts der vielen Menschen, die von einem Kasino zum anderen unterwegs waren, schallendem Gelächter und von Pärchen, die Arm in Arm gingen, wieder besser. Einen Augenblick blieben wir am Pavillon vor dem Tropicana stehen und lauschten der Oompah-Band und sahen zu, wie ein Mann mit Rollschuhen auf einem Picknicktisch alle möglichen Schwünge und Drehungen vollführte . . . was mich an ein ähnliches Spektakel auf dem Mount Royal in Montreal erinnerte und einen Mann genau wie diesen, der vorgestellt worden war als »direkt von der Cigar Company aus den Vereinigten Sssssssssssssssssss . . .«

Bei Atlantic Books schauten wir rein. Der neueste Philipp Roth lag jetzt in Paperback vor. Während Joan ein Exemplar in die Hand nahm, hörte ich, wie sich zwei Frauen, beide Mindestlohnempfängerinnen, über einen nahegelegenen Laden mit Modeartikeln unterhielten. Eine sagte zu der anderen:

»Mach es doch einfach! So geht der Tag schneller rum.«

Was für eine Art zu leben!

Den Tag schneller rumgehen lassen!

Und so war es fast mit jedem. Es gab verschiedene Niveaus und Abstufungen, aber kein Mensch vermochte die Betrübnis eines anderen zu leugnen. Das *war* Leiden.

Wieder draußen, fragte ich Joan: »Wer hat gesagt, ›Wir führen alle ein Leben stiller Verzweiflung‹?«

»Thoreau«, gab sie mir zur Antwort.

»Walden?«

»Hm! ›Die Masse der Menschen führt ein Leben stiller Verzweiflung. Was man als Resignation bezeichnet, ist bestätigte Verzweiflung. Eine klischeehafte, aber unbewußte Verzweiflung ist selbst unter dem verborgen, was man den Zeitvertreib und die Vergnügungen der Menschheit nennt.‹«

Selbstverständlich kannte sie das Zitat, Joan wäre sonst nicht Joan.

»Ja, Josh«, sagte sie. »Das Geheimnis ist raus. Thoreau hat es vor dir gewußt.«

»Stimmst du ihm zu?«

»Ach, ich weiß nicht. Ich weiß es nicht. Nein, ich glaube nicht. Dafür habe ich zu viele glückliche Menschen gesehen.«

»Ich auch. Eine Stunde lang. Einen Tag. Vielleicht sogar eine Woche. Aber Tag für Tag?«

»O ja!« erklärte sie. »Tag für Tag. Meine Schwester Sunny . . .«

»Okay, sie ist ja auch ein sonniges Kind.«

»Ja, das ist sie, und wo sie herkommt, gibt es noch mehr.«

»Aber angenommen, er hat recht . . .«

»Natürlich gibt es jede Menge unglückliche Menschen . . .«

»Und angenommen, Ibrahim hätte einem von ihnen sein Angebot gemacht?«

Sie dachte darüber nach. »Derjenige würde es annehmen«, sagte sie. »Zunächst, auf hypothetischer Ebene, würde er sicher nein sagen. Das ist reiner Reflex. *Wer, ich? Niemals!* Stell jedoch die Macht wirklichen Geldes hinter die Frage, und die Antwort lautet ja. Ja.«

»So, das sind wir«, sagte ich.

»Das sind wir.«

»Selbst obgleich wir nicht unglücklich sind.«

»Das ist ein Geisteszustand. Dein Zustand.«

»Mein Zustand?«

»Jawohl, du bist besessen vom Geld.«

»Aber ich bin nicht unglücklich.«

»Einen Menschen, der nicht hat, was er haben möchte, wie sollte man ihn denn bezeichnen?«

»Also bin ich unglücklich?«

»Nein. Bekümmert. Du bist bekümmert und frustriert, und darum hätte die Sache einen Sinn.«

»Das ist der einzige Grund?«

»Das ist der einzige Grund«, erwiderte sie.

»Dir macht es nichts aus . . . pleite zu sein . . . in diesem Auto rumzufahren . . .«

»Es macht mir etwas aus. Aber was soll's? Wir sind nicht die einzigen.«

»Du kannst es ertragen, ja?«

»Ich, ja. Aber du nicht. Und darum bin ich entschlossen.«

Ich hielt mich zurück, zu sagen, *vielleicht ein biß-chen zu entschlossen.*

»Du hast dir nie Gedanken darüber gemacht, ob ich jemals . . . genügend nach Hause bringen könnte?«

»Nein«, sagte sie. »Ich habe Vertrauen in dich. Du hast doch Talent. Die Leute werden schon noch erkennen, was du wert bist.«

Genau wie meine Mutter! Derselbe fröhliche Charakter und sich immer so sicher über die Zukunft. Genau wie meine Mutter, und genau wie meine Mutter würde Joan eines Tages aufwachen und alles vor sich sehen. Vergeblichkeit.

War das die Joan, die ich mir zurechtmachte? Dieselbe Frau, die mein Vater aus seiner Frau gemacht hatte?

In diesem Fall hatte Joan recht. Es hatte Sinn. Es gab nichts anderes, als anzunehmen.

Ausgeschlossen!

Hierbei gab ich ihr recht: Ich besaß Talent. Die Leute würden schon noch erkennen, was ich wert war. Ganz gewiß.

Aber angenommen, das geschah erst, wenn man gut und tot war? Schließlich lebten und starben ja die meisten genau so!

»Wie wir hier miteinander reden«, sagte ich, »das klingt ja ganz nach Abschied.«

Unvermittelt blieb sie stehen, drehte sich um, zog mich an sich, umarmte mich heftig und bedeckte mein ganzes Gesicht mit feuchten Küssen. »Niemals! Nie, nie, nie! Nichts ändert sich. Nichts. Du bist mein Mann und Geliebter für immer.«

Das machte das Ganze noch mehr zum Abschied.

Wir gelangten zur Convention Hall, wo bald die Miss-Amerika-Wahl stattfinden sollte, und dort erwischten wir dann eine Boardwalk-Tram, indem wir einfach während der Fahrt aufsprangen. Joan war ganz entzückt von diesem kostenlosen Nervenkitzel.

Wir setzten uns dicht zusammen.

»Das sollten wir viel öfter tun!« sagte sie und winkte den Leuten zu, die zu Fuß gingen.

Unten am Strand machte ein Muskelprotz in Badehosen Handstand, und die Dame neben Joan bemerkte: »Da ist er wieder. Er macht das jeden Abend. Und das ist alles, was er macht. Ich glaube, er ist nicht ganz bei Trost.«

Sogar jetzt noch, im Dunkeln, führten die Einheimischen ihre Hunde aus, und die Hunde sprangen am Wasser entlang; und auf dem Sand machten Pärchen, die sich gegen die Weite des Meeres als Silhouetten abzeichneten, etwas, worauf wir hier nicht näher eingehen wollen.

In den Pavillons und auf den Bänken entlang des Boardwalk-Geländers saßen die Älteren, einige waren auch noch nicht so alt, und redeten und gestikulierten und flüsterten und lachten miteinander, Scharen von Menschen von überall her, aus aller Welt, Akzente und Dialekte und Sprachen jeglicher Art, sogar Englisch.

Nach etwa dreißig dürren Jahren kam Atlantic City allmählich wieder in Mode. Der Boardwalk wurde wieder zu dem Ort, wohin man ging, um zu sehen und gesehen zu werden.

Aus den Augenwinkeln heraus beobachtete ich sie. Sie war jetzt echt glücklich ... hatte das Angebot von Ibrahim, das uns völlig durcheinander gebracht hatte, vergessen. Sie jubelte und lachte und unterhielt sich mit den anderen Passagieren in der Tram. So sehr sie sich auch Mühe gab, schlicht und einfach zu sein, es hatte so etwas an sich, wie wenn sich eine Königin herabläßt und sich unter ihre Untertanen mischt. Sie trug ein weißes Tuch, das um die Schultern wie ein königliches Ornat drapiert war. Diese Dame war an der *Riviera* gewesen! Es machte ihr einen Riesenspaß.

Sie war in Privatflugzeugen, Sportautos, Motorbooten gewesen, und doch hatte sie so etwas Solides an sich. Einmal hatte sie gesagt: »Ich bin tatsächlich eine jüdische Mutter im Herzen. Oy vey.«

Um das zu testen, hatte ich sie an den hohen

heiligen Tagen in die orthodoxe Synagoge auf dem Castor mitgenommen, und sie war *entsetzt.*

»Oh, es war schön«, hatte sie gesagt. »Der Kantor und all die Männer in Weiß. So schöne Melodien und die Thora-Rollen mit ihren funkelnden Kronen. Nur schade, daß ich das meiste weder sehen noch hören konnte, weil *die Frauen hinten bleiben müssen.* Warum ist das so, Josh?«

»Weil . . . Joan, das ist zu kompliziert.«

»Hinten?«

»Sprich mit Gloria Steinem!«

»Hinten?«

»Glaub mir, jüdische Frauen sind gleichberechtigter als Männer.«

»Ich gehe überallhin, wohin du willst, Josh, wirklich, aber nicht zweiter Klasse.«

»Außerdem brauchen Frauen gar nicht in die Synagoge zu gehen.«

»Ich möchte es aber. Das nächste Mal gehe ich wieder mit. Es ist so sehr wie Kirche. Warum?«

»Warum was?«

»Warum brauchen Frauen nicht in die Synagoge zu gehen?«

»Weil ihre Gebete bereits erhört sind, einfach weil sie Frauen sind.«

»Das ist schön! Nein, ich meine es wirklich. Es ist schön. Aber eines Tages werde ich mit Gott darüber sprechen, warum die Frauen sich im Hintergrund verstecken müssen. Er sollte das erfahren.«

Mit der Tram kamen wir am Bally's Park Place, am Claridge und am Sands vorbei und fuhren schließlich bis zum Showboat, wo wir ausstiegen. »Sollen wir hineingehen?« fragte Joan.

»Nein«, antwortete ich.

»Du möchtest nicht spielen?«

»Nein.«

»Hier hast du es noch nie versucht.«

»Sie sind alle gleich.«

»Das klingt aber nicht nach meinem Josh!«

Reiß dich zusammen, sagte ich mir. Das ist eine großartige Nacht. Es gibt wirklich nicht viele mehr.

Sie schob mich hinein und sagte: »Also gut, dann spiele ich eben!«

Was nun wiederum nicht nach meiner Joan klang.

»Was?« fragte ich.

»Irgendwas.«

»Gib acht, Showboat!«

Sie folgte den Massen und fand, daß das meiste bei den Video-Pokergeräten los war, den zugkräftigsten Spielautomaten in der Stadt. Hier hatte man Auswahl und konnte Entscheidungen treffen.

»Weißt du denn überhaupt, wie Poker gespielt wird?« fragte ich sie.

»Josh, hör mal, du kennst mich *nicht*. Natürlich kenne ich die Pokerregeln, du dummer Junge. Hab's auf dem College gespielt.«

»Strip-Poker?«

»Einmal vielleicht«, erwiderte sie. Unsere Einmal-Dame!

Hauptsächlich Frauen, aber auch eine ganze Anzahl Männer spielten an den Automaten, drückten die Knöpfe.

»Halte mir diesen Automaten hier frei!« forderte sie mich auf — den einzigen noch freien in dem Gedränge der Spieler.

Sie ging Geld wechseln und kam mit einer Rolle

von vierzig Vierteldollar-Stücken zurück. Ganz aufgeregt war sie.

Immer nur eine Münze warf sie ein.

»Hören Sie«, sprach sie eine Dame an, »immer bloß ein Quarter bringt Ihnen nichts. Sie müssen alle fünf auf einmal einwerfen!«

»Danke!« sagte Joan, setzte aber weiterhin immer nur eine Münze pro Spiel.

»Ich kenne diesen Apparat«, fuhr die Dame fort. »Bei ihm kann es ganz schön heiß hergehen.«

Und das tat es dann auch. Vier Karten waren Karo und in dieser Reihenfolge: Zehn, Bube, Dame, König. Für den Jackpot brauchte sie nur noch ein Karo-As. »Josh«, fragte sie, »siehst du das?«

»Na klar!« erwiderte ich. Aber sie setzte wieder nur einen Vierteldollar. Und somit würde sie natürlich auch nur ein paar Quarters zurückbekommen statt tausend Dollar, wenn sie alle fünf auf einmal gesetzt hätte.

Joan hielt die vier guten Karten fest und zog am Hebel, und es erschien Karo-As. *Royal Flush.*

»Josh!« rief sie laut.

Der Automat spuckte ein paar Münzen aus.

»Sie haben gerade tausend Dollar *verspielt!*« sagte die Dame.

Joan bekümmerte das nicht. Sie hatte einen Royal Flush gehabt!

Mich bekümmerte es auch nicht. Na und? Eintausend Dollar!

Wer braucht schon tausend Dollar.

Ich schwitzte. Was war denn mit der Klimaanlage los? Haben sie an diesen Orten keine Klimaanlagen mehr an? Ich mußte an jenen Film denken, *Loch im Kopf* oder so ähnlich. Frank Sinatra spielte den armen, hilflosen Burschen gegen das hohe Tier Keenan Wynn. Sie sind Kumpel von früher, und Sinatra versucht, sich ebenfalls als erfolgreichen Burschen auszugeben. Sie befinden sich auf der Rennbahn, beide haben eine hohe Wette auf dasselbe Pferd abgeschlossen, wobei Sinatra sein gesamtes Geld auf dieses Pferd gesetzt hat. Der Lauf beginnt. Hier sieht man Sinatra, er steht auf Zehenspitzen, schwitzt und brüllt, und da ist Wynn, gelassen sitzt er da — für ihn ist es eine Wette unter vielen — und beobachtet Sinatra, erkennt seine Verzweiflung, den Verlierer in ihm.

Im Nu hatte der Verlierer sich verraten.

Mich nur nicht selbst verraten! sagte ich mir, und als wir das Kasino verließen, versuchte ich, vergnügt zu tun.

»Ich hatte einen Royal Flush«, sagte sie.

»Darauf kannst du stolz sein.«

»Hoffe nur, nicht süchtig zu werden! *Das war doch bloß Spaß?*«

»Natürlich.«

Kein Wort über die tausend Dollar. Von dieser Seite betrachtete sie die Sache nicht.

Wir gingen zu Fuß zurück. In der Nähe von Bally's Park Place hatten Polizisten einen Schwarzen zu Boden geworfen. Umstehende sagten, er hätte eine Handtasche gestohlen. Der Schwarze, der von fünf Beamten niedergedrückt wurde, beteuerte: »Das war ich nicht! Laßt mich laufen!«

Mit Polizeigriff Nummer zwei hielten sie ihn fest.

Ich wandte mich an Joan. »Was unternehmen?« fragte ich sie.

»Da kann man nichts machen«, gab sie zurück. Wir beschleunigten unsere Schritte und sahen zu, daß wir zum Galaxy zurückkamen.

148

Bevor wir uns jedoch auf unser Zimmer begaben, gingen wir zum Boardwalk-Geländer hinüber und blickten hinaus auf den Ozean. Eine ganze Weile standen wir da und sagten nichts, und ich wußte, daß ihre Gedanken arbeiteten — sie sah mich immer wieder von der Seite an, wobei sie gelegentlich seufzte und lächelte und dann und wann sanft mein Gesicht berührte.

Einer von den Rollstuhl-Boys rief mir zu: »Gönnen Sie der Dame eine Spazierfahrt!«

Ich winkte ab.

Bevor er weiterging, sagte er noch: »Einer so schönen Dame wie ihr!«

Dann wurde es wieder so still, als wären alle weggegangen. Sie nahm ihre Betrachtung des Ozeans wieder auf und folgte den Wellen, die sachte hereinspülten. Schließlich wandte sie sich mir zu, fest entschlossen, etwas Gewaltiges zu sagen. Sie blickte mir fest in die Augen und drückte mir ihre Hand an die Brust. Doch es kamen keine Worte. Sie *hatte* etwas Gewaltiges gesagt, behielt es jedoch für sich. Dann wandte sie sich wieder von mir ab und dem Ozean zu.

Ich spürte, daß sich gerade etwas Großes und Tiefes, Wunderbares und Schreckliches zwischen uns zugetragen hatte, wußte nur nicht, was genau es war, abgesehen von dieser Wucht des Ungesagten.

Nun fing sie wieder an: »Mein Vater . . . Eine ganze Zeit habe ich immer geglaubt, alle Männer wären wie mein Vater. Er war und ist ein brutaler Mensch. Nicht physisch. Hat mich nie angerührt oder meine Mutter oder meine Schwester. Doch das macht ihn nicht weniger brutal!

Er hatte sich Jungen gewünscht, und wir waren

Mädchen, und er ist nie mit uns irgendwohin gegangen und hat auch nur selten mit uns geredet. Für Mädchen hatte er absolut nichts übrig, und ich bin mir nicht einmal sicher, ob er zu Jungen anders gewesen wäre.

Er *hielt* Mutter echt *vor,* nur Mädchen geboren zu haben, so, als ob sie tatsächlich daran schuld gewesen wäre. Sie hatte ihn gefragt: ›Wärst du glücklicher, wenn du überhaupt keine Kinder hättest?‹ Darauf hatte er mit ja geantwortet. Ja! Sogar in unserer Gegenwart hatte er es gesagt, und Sunny heulte eine ganze Woche.

Es ist schon eine seltsame Sache zwischen Töchtern und ihren Vätern. Ich erinnere mich, wie wir ihn einmal zum Flughafen gebracht haben, und als er an Bord ging, wartete ich darauf, daß er sich noch einmal umdrehte und winkte — aber er tat es nicht. Das hatte mich dermaßen *niedergeschmettert!*

Da muß ich etwa zwölf gewesen sein, und es hatte einen schrecklichen Eindruck hinterlassen.

Ich dachte, alle Männer wären so ... wie mein Vater. Oh, ich hatte eine herrliche Kindheit, in vielerlei Hinsicht. Natürlich waren wir wohlhabend, aber wenn man so aufwächst, weiß man nicht, daß man wohlhabend ist. Was ich meine, wir fuhren an all den Slums vorbei, wenn wir nach Philadelphia fuhren — doch das war lediglich Kulisse.

Vater sagte sogar: ›Das sind keine richtigen Menschen. Sieh in ihnen einfach *Statisten!*‹

Ich mache keine Witze!

Charles war genauso. Tut mir leid, daß ich seinen Namen erwähne, aber er *war* mein erster Ehemann. Ich meine, er war es, und das ist Tatsache. Und ich hatte geglaubt, ihn zu lieben, weil ich ihn ja eigentlich lieben sollte.

Er war ein guter Mensch, und er liebte mich, aber er war so ... Ich meine, er ist nie aus sich herausgegangen. Er hat mich nie überrascht. Einmal habe ich ihm ein Buch zum Geburtstag gekauft — er las immer bloß solche juristischen Sachen —, so dachte ich, ich kaufe ihm mal etwas Literarisches, Updike, glaube ich, war es — und er fragte mich: ›Was soll ich denn damit?‹

So konnte ich es voraussehen. Das war ganz und gar mein Vater noch einmal!

Du bist meinem Vater begegnet. Du warst dabei, als er sagte ›nichts ist abstoßend‹.

Nun, Charles war etwas sensibler, aber nicht sehr.

Dann tauchtest du auf ... Josh, es war so ganz anders ... so aufregend!

Wenn du doch nur wüßtest, wie sehr ich dich liebte, und das von Anfang an!

Du warst so vollkommen. In deiner ruhigen Art doch so stürmisch. Du warst schüchtern und dreist, selbstbewußt und unsicher und so maskulin und verletzlich, und du warst herumgekommen und hattest viel gesehen und getan, und doch warst du weder verwöhnt noch verdorben von all dem, ja nicht einmal zynisch, obgleich du dich selbst gern als Zyniker bezeichnest. Das bist du keineswegs. Nein, Josh. Du bist offen und zugänglich.

Auch ich bin herumgekommen, wenn auch nicht in dem Maße wie du, mit all den Dingen in Europa und dann in Israel und den Frauen, von denen du dich bemüht hast, mir nichts zu erzählen — trotzdem hab' ich davon erfahren. Du warst ein ganz schöner Schwerenöter. Ich hab' dir schon gesagt, daß ich nur zwei Männer gehabt habe, Charles und dich, und das ist die Wahrheit. Mein Leben hat eigentlich erst angefangen, als ich dir begegnet bin. Da begann das Abenteuer. *Du* bist mein Abenteuer.

Du bist keine Frau, und darum wirst du es auch nie richtig verstehen, aber glaube mir, wie emanzipiert eine Frau auch sein mag, sie lebt dafür, ihren Mann glücklich zu machen. Das war schon so, als der Mensch noch in Höhlen lebte. Es mag Millionen Ausnahmen geben, aber es ist die Regel.

Ich bin eine *Frau,* Josh, und du weißt, ich kämpfe für meine Rechte — mach dich ruhig lustig darüber, wie wir über unsere Benachteiligungen jammern, während wir auf der Veranda des Country Clubs Eistee trinken!

Okay, ich bin nicht ganz für sie, und ich bin nicht ganz gegen sie. Ich bin ich, ein Individuum, eine unersetzliche Seele, wie du sagen würdest. Worauf ich hinaus will — ich werde dagegen ankämpfen, wenn ich merke, daß ich mich zu sehr beschränke, mich zu sehr *auf dich* fixiere, zu sehr ein Teil von dir werde, aber ich gehöre dir. *Ich möchte dich glücklich machen!*

Ich bin so altmodisch.

Ich meine, selbst der Sex, den wir machen . . . Du mußt zugeben, einiges davon ist verrückt. Aber es macht dich glücklich, und somit macht es auch mich glücklich — und ich liebe es! Ich hätte nie geglaubt, daß ich das alles tun würde, aber ich mag es wirklich, Josh.

Doch es ist nicht nur der Sex. Der Sex ist sogar das Geringste davon. Es ist alles andere. Die Bücher, die du liest, die Gedanken, die du hast, deine Gefühle — ich möchte das alles auch für mich haben!

152

Ich wünschte, ich wäre mit dir in Frankreich gewesen und auf den besagten Bürgersteigen in Montreal, ja ich wünschte sogar, ich hätte mit dir im Krieg sein können! Nein, ich werde dich nie verstehen, und du wirst mich nie verstehen — aber das ist ja gerade der Spaß.

Ich träume sogar davon, eine Krankenschwester zu sein und dein Leben zu retten und mich in dich zu verlieben. Es ist schon komisch, Phantasievorstellungen über einen Mann zu haben, den man bereits besitzt!

Du sollst das alles wissen, Josh, egal, was geschieht! Und wir wissen, daß etwas geschieht, und wir haben Angst, und wir haben auch jedes Recht dazu, denn — um das Wort zu gebrauchen — sie ist schrecklich, diese Sache. Sie ist schrecklich!

Du sollst aber auch wissen, daß ich, wenn ich in deinen Augen auch *modern* bin und emanzipiert und widerspenstig und eine Schickse bleibe, daß ich doch tief im Innern deine Sara, deine Rebekka, deine Rachel, deine Lea bin. So, nun laß uns hineingehen!«

In unserem Zimmer waren wir wieder zurück in der Wirklichkeit. Ibrahim und sein Angebot waren wieder lebendig, und sie lebten hier in Atlantic City.

Zeit, abzureisen!

Sie duschte und machte sich für die Nacht zurecht, und ich erklärte: »Ich bin bereit.«

»Bereit?«

»Nach Hause zu fahren.«

»Unser Urlaub ist noch nicht zu Ende«, sagte sie.

»Für mich, ja.«

»Bedeutet das nicht, davonzulaufen?«

»Allerdings.«

»Du kannst dem nicht davonlaufen, Josh!«

»Paß nur auf!«

»Du bist eine Kämpfernatur, Josh.«

»Also werde ich kämpfen.«

»Indem du davonläufst?«

»Strategischer Rückzug.«

»Du bist ein Kriegsheld. Du hast lauter Orden von Israel.«

»Einem Araber mit einem Gewehr kann ich mich stellen. Wie aber soll ich mich gegenüber einem Araber mit einer Million Dollar behaupten?«

Wir setzten uns aufs Bett. Wir waren so richtig müde. Erschöpfung hatte uns beide gleichzeitig überkommen. Wie durch ein Zeichen wurde uns klar, daß wir am Ende waren, zunächst einmal. Joans Gesicht, sonst knallrot, war jetzt weiß wie eine Kalkwand.

»Was sollen wir nun also tun?« fragte sie.

»Vergessen!« erwiderte ich. »Wir vergessen die Sache einfach!«

»Ganz wie du willst!«

»Ich bin immer noch der Meinung, wir sollten nach Hause fahren.«

»Von mir aus. Ich liebe dich, Josh.«

»Ich liebe dich, Joan.«

Ich beschloß, noch nicht mit ins Bett zu gehen. Statt dessen ging ich auf ein Spielchen hinunter ins Kasino. Black Jack.

Hundertachtzig Dollar habe ich gewonnen. Einst wäre das ein Vermögen gewesen. Und ich wäre zu Joan hinaufgestürmt, um ihr diese herrliche Nachricht zu erzählen. Aber jetzt ... was waren schon hundertachtzig Dollar? Verglichen mit, sagen wir, tausend?

154

Verglichen mit, sagen wir, *einer Million?*
Am nächsten Morgen verließen wir Atlantic City.

Kapitel 13

Der Wecker klingelte um sechs. Es war Montag morgen in Philadelphia. Atlantic City war vorbei. Philadelphia hatte wieder begonnen. Joan konnte noch schlafen. Sie hatte noch eine Woche Urlaub. Meine Zeit war um. Der Wecker verkündete es.

»Ich hasse Philadelphia!« sagte ich, während ich mich aus dem Bett quälte.

»Du machst mich munter«, brummelte Joan in ihr Kissen. »Mach bitte nicht so laut!«

Also beugte ich mich über sie und flüsterte ihr ins Ohr: »Ich hasse Philadelphia. Hab' ich dir schon gesagt, wie sehr?«

»Ja.«

»Du wirst nie begreifen, wie sehr.«

»Ich weiß. Ich weiß. Pst!«

Was soll ich heute anziehen, fragte ich mich. Mich und meine Garderobe von zweieinhalb Anzügen. Ich mußte immer viel mischen und kombinieren. Heute werde ich auch wieder etwas kombinieren, dachte ich. Nein, heute ziehe ich den blauen Anzug an. Sollte bei meiner Rückkehr einen Anzug tragen!

Sollte eigentlich stets einen Anzug tragen! Immerhin befand ich mich hier in der wundervollen Welt des Geschäfts. Ganz davon zu schweigen, daß dies die Epoche war, in der wir alle auszusehen hatten, als wären wir in der Fabrik hergestellt worden statt geboren zu sein.

Meistens jedoch trug ich im Büro Jeans, und das brachte die Leute auf, einen der Vizepräsidenten ganz besonders. Mir kam zu Ohren, daß dieser Vizepräsident gesagt hatte: »Daran, wie Josh sich anzieht, kann man erkennen, daß er seinen Job nicht ernst nimmt.«

Ernst? Ich sollte diesen Job ernst nehmen? Gehirnchirurgie, das ist etwas Ernsthaftes! Aber das hier war Geschäft. Verstand denn keiner diesen Witz? War ich denn der einzige, der wußte, worauf es ankam?

So wie sie von Markt und Profit sprachen, hätte man denken können, sie wollten ewig leben. Derweil starben diese Geschäftsleute eher als die meisten anderen. Sie hatten nur eine geringe Lebenserwartung, und, soweit ich feststellen konnte, ließen auch sie alles zurück, selbst ihre Märkte und Profite!

Den blauen Anzug, sagte ich mir. Ich ziehe den blauen Anzug an. Ich sah in die Schubladen.

»Nur noch eine Unterhose«, stellte ich fest.

»Ich muß waschen!«

»Nur noch ein Paar Socken.«

»So? Zieh sie an!«

»Sie waren aber braun. Und ich wollte doch heute den blauen Anzug anziehen.«

»Dann zieh eben den braunen Anzug an!«

»Hab’ kein passendes Hemd für den braunen Anzug.«

»Das weiße Hemd«, sagte sie.

»Im Kragen ist immer noch der Blutfleck.«

»Das ist bloß noch ein Schatten. Er ist fast raus. Du solltest deine Schuhe besohlen lassen! Neue Absätze sind auch fällig!«

»Morgen!«

Ich wankte ins Bad, ließ Wasser, duschte und schnitt mich beim Rasieren, und zwar an derselben Stelle wie gewöhnlich, unmittelbar am Adamsapfel. Auf die Art und Weise ruinierte ich noch mehr Hemden. Verdammt! Das machte mich verrückt.

»Was fluchst du denn?«

»Hab' mich geschnitten. Ich hasse Philadelphia!«

Ich zog mich an, den blauen Anzug und die braunen Socken. Wer guckt einem schon auf die Socken? Ich ging die Zeitung holen.

»Stell dir vor«, sagte ich, als ich wiederkam, »keine Zeitung da!«

»Ruf an!«

»Hab' keine Zeit zum Anrufen. Die lassen einen 'ne Stunde an der Leitung hängen. Und spielen Musik, während man wartet. Ruf du an!«

»Wenn ich aufgestanden bin.«

»Heutzutage gibt's nicht mal anständige Zeitungsjungen. Ich hasse Philadelphia!«

Ich aß ein paar Cornflakes und trank eine Tasse heißen Tee.

»Tschüs!« verabschiedete ich mich.

»Einen schönen Tag!«

»Zu spät!«

Ich ging zur Bushaltestelle Old Bustleton. Dabei begegnete ich einigen Nachbarn, die gerade ins Auto stiegen. Wir wechselten kein Wort. Nur im Winter, wenn wir alle Schnee schippten, sprachen wir miteinander. Im Sommer sagte keiner einen Ton.

Einmal hatte ich mich mit einem Nachbarn unterhalten, und eine Woche später stellte er um sein Haus herum einen Aluminiumzaun auf. Dann kaufte er sich noch einen verrückten Hund, der jedesmal, wenn ich an dem Grundstück vorüberging, wild wurde. Diesen Hinweis hatte ich verstanden.

Jetzt wartete ich auf den Bus. Bitte, lieber Gott, betete ich, laß ihn eine Klimaanlage haben und einen freien Sitzplatz!

Es kam aber kein Bus. Ob sie wohl streiken? fragte ich mich. Ich hatte keine Nachrichten gehört. Und irgendwer streikte ja immer. In dieser Stadt fand man nichts dabei, Schulen zu schließen, Autobahnen zu blockieren, den Zugverkehr, die Müllabfuhr, ja sogar den Betrieb von Krankenhäusern lahmzulegen. Das war eine Stadt, die nicht funktionierte.

Der Bus kam dann doch und wie gewünscht, mit Klimaanlage und einem freien Platz. Nicht zu glauben, ich hatte kein passendes Geld. Schon drei Jahre fuhr ich tagtäglich diese Strecke — und heute mußte mir das passieren. Das Kleinste, was ich hatte, war ein Zehn-Dollar-Schein.

»Nur passendes Geld!« sagte der Fahrer.

»Sie meinen, Sie können mir nicht rausgeben?«

»Nur passendes Geld!«

Ich wendete mich an die Leute im Bus. »Kann mir jemand einen Zehner wechseln?«

Doch ich sprach wie zu Toten. Ein Bus voller Toter!

»Also gut«, sagte ich zum Fahrer. »Nehmen Sie meinen Zehner?«

»Stecken Sie ihn in die Zahlbox!«

Ich mußte den Schein in einen Schlitz stecken, mit der Vorderseite nach oben. Aber das tat ich nicht. Ich wollte ihn mit der Vorderseite nach unten einschieben. Der Busfahrer hätte es mir nur sagen müssen, mich darauf aufmerksam machen müssen.

Doch der saß ungerührt da und sah mir zu. Man sagt einem aber auch gar nichts, hier, in der Stadt der Bruderliebe. Man sieht einem nur zu. Schließlich habe ich es dann doch noch richtig gemacht.

Diese neuen Busse waren für halbe Portionen gebaut. Ich quetsche mich auf einen Sitz, ganz hinten im Bus, zwischen eine Dame mittleren Alters zu meiner Linken und einen — für Philadelphia — gut angezogenen Mann zu meiner Rechten. Er war etwa dreißig und hatte eigentlich nichts Abstoßendes an sich.

Ich zog ein Buch aus der Tasche, um mich dahinter verstecken zu können, falls der Bus voll würde und irgendeine alte Dame versuchte, an mein Mitgefühl zu appellieren und mir meinen Platz abspenstig zu machen. Eigentlich fiel ich auf alte Damen immer wieder rein, doch die Sorte von Philadelphia war so abscheulich, daß man sie einfach verächtlich behandeln mußte.

Wie wir so die Bustleton Avenue entlang fuhren, sah ich mich ein wenig um. Überall Unrat! Unglaublich! Eigentlich hätte ich inzwischen daran gewöhnt sein müssen, aber ich war es nicht. Ich fragte mich, ob wohl die *Besen* im Streik wären? Die Müllcontainer trugen Aufkleber mit der Aufforderung »Helft mit, Philadelphia sauber zu halten!« Halten? Nennen die das etwa sauber? Ach ja, in Philadelphia bedeutet verdreckt sauber.

Der gut angezogene Mann rechts neben mir spuckte saftig auf den Boden.

»He!« rief ich.

Er hörte mich nicht. Er war auch tot.

Was tue ich bloß hier!

Im Winter husteten sie einem ins Gesicht, niesten, keuchten und schnaubten. Da glaubt man, man wäre im Zoo. Im Sommer war es nicht so schlimm. Aber jetzt hatte ich einen Spucker. Das war etwas Neues.

Schon oft hatte ich gesagt, die Einwohner sollten aus Philadelphia evakuiert und dann der ganze Ort bombardiert werden. Jetzt war ich mir nicht mehr ganz so sicher, ich meine in bezug auf die Evakuierung der Einwohner!

Wie, fragte ich mich, brachten es die Dreckschweine der ganzen Welt fertig, sich samt und sonders an einem einzigen Ort einzufinden? Wie gelangten sie alle nach Philadelphia? Hat es denn einmal eine Konferenz gegeben, auf der beschlossen worden war, dies sei das gelobte Land für alle vergammelten Typen?

In dieser Stadt war einst die Unabhängigkeit verkündet worden. Jetzt war es die Stadt der *weichen Brezel*. Dies war die Stadt, die verrückt spielte, als Leonard Tose androhte, mit den Eagles nach Phoenix umzuziehen. Jahre zuvor, als die Lehrer streikten, hatte das niemandem etwas ausgemacht, jedenfalls nicht genauso viel.

Außerdem waren da natürlich noch die Mummers . . .

Er spuckte schon wieder, eine große, fette, saftige Aule.

»He!« rief ich wiederum.

Dabei rempelte ich ihn mit dem Ellenbogen.

»Yo!« stieß er hervor.

Das war es, was man hier sagte: »Yo!«

Yo, Angelo!

Er spuckte noch einmal.

Zehn Dollar habe ich bezahlt, sagte ich mir — *zehn Dollar!*

160

— für das hier?

»Schweinerei!« fuhr ich ihn an.

Jawohl, dachte ich: Sudel City, USA.

Er spuckte wieder. Inzwischen war eine regelrechte Pfütze vor unseren Füßen entstanden.

Ich sah mich nach Unterstützung um. Aber nein, sie waren immer noch tot, die anderen Fahrgäste.

Noch einmal, sagte ich mir, und ich haue ihm eine aufs Maul. Diesmal gab ich ihm nur einen Klaps auf die Hände. Das war *keinerlei* Gewalt, sondern lediglich körperlicher Kontakt — es war sonst nicht meine Art, ganz und gar nicht, in Friedenszeiten jemanden zu schlagen. Nur, das hier war Krieg!

»Yo!« rief jemand von vorn.

Es war mein Freund, der Busfahrer.

»Was ist los da hinten?« wollte er wissen.

»Der Kerl hier schlägt mich!« gab das Dreckschwein zur Antwort.

»Und der hier spuckt«, rief ich.

Der Fahrer hielt den Bus an — wir befanden uns Bustleton, Ecke Roosevelt — und kam nach hinten.

»Also«, fragte er, »was geht hier vor?«

»Er schlägt mich.«

»Er spuckt dauernd«, sagte ich, »in *Ihren* Bus!«

»Sind Sie nicht der . . .«

»Jawohl«, sagte ich, »der bin ich.«

»Ich kann Sie aus dem Bus weisen.«

»Ich habe zehn Dollar bezahlt.«

»Und ich möchte keinen Ärger, verstehen Sie?«

»Sagen Sie dem hier, er soll aufhören zu spukken!«

»Keinen Ärger, verstanden? Oder ich rufe die Bullen!«

In Philadelphia steckten die meisten von den Bullen ohnehin im Knast.

Der Fahrer ging wieder an seinen Platz und fuhr weiter.

»Ich habe ein Leiden«, sagte der schlampige Typ. Und er sagte es in einem so vertraulichen Ton, daß ich ihm nicht länger böse sein konnte.

»Was für ein Leiden?«

»Ein Leiden.«

»Jedermann hat ein Leiden«, sagte ich.

»Meins ist ein ganz spezielles.«

»Tut mir leid, das zu hören!« sagte ich. »Tut mir leid, daß ich Sie geschlagen habe!«

»Sie sollten nicht herumlaufen und die Leute schlagen!«

»Für gewöhnlich tue ich das auch nicht. Sie waren der Erste.«

Inzwischen hielt der Bus an der Endstation, Bridge, Ecke Pratt, und all die toten Leute stiegen aus und begannen, zu den Els zu hetzen, wie die U-Bahnen hier genannt werden. Ich stieg ebenfalls aus und war im Nu umgeben von Schutthaufen und Tauben, die einem direkt vor dem Gesicht rumflogen. Das waren auch Philadelphianer, diese Tauben.

Ich stieg in einen Zug und setzte mich dahin, wo sich gerade jemand übergeben hatte, und begann die fünfundzwanzigminütige Fahrt nach Center City, eine Fahrt, die einen durch zehn Meilen Verfall auf beiden Seiten führte. Nichts als fensterlose Reihenhäuser, verfallende Fabriken, geplünderte Lagerhäuser. Nur die Bars wurden noch betrieben. An allem, von oben bis unten, von einem Ende bis zum anderen, waren Graffitis aufgesprüht. Diese Stadt lag in den letzten Zügen!

Kapitel 14

Das Büro befand sich im siebzehnten Stock eines renovierten Gebäudes in der Zwölften, zwischen Market und Chestnut. Ein paar Wochen bevor ich in Urlaub gegangen war, hatte es hier Krawalle gegeben. Randale und Plünderungen, und niemand wußte, warum. Nicht wie in den sechziger Jahren. Wie der Bürgermeister erklärte, war das das Werk junger Leute, die sich amüsieren wollten.

Harvey Lint, der Mann vom Zeitungskiosk in der Eingangshalle, begrüßte mich und schenkte mir einen Schokoladen-Riegel. Er erzählte mir, daß sein Mädchen immer noch krank wäre, außer Gefecht, wie er sich ausdrückte, und daß er vorübergehend jemanden brauchte. Vielleicht, meinte Harvey, aus meinem Büro. Natürlich »Qualität«. Sie müßte »Qualität« besitzen.

»In Philadelphia«, entgegnete ich, »gibt es keine Qualität!«

Harvey mußte lachen.

»Lachen Sie nicht!« sagte ich. »Oder haben Sie schon jemals ein hübsches Gesicht in dieser Stadt gesehen?«

Ich fuhr mit dem Fahrstuhl nach oben, und Helen Smith, die Empfangsdame, die mit der Firma alt geworden war, rief aus: »Na so was! Sieh mal an, wer wieder da ist! Wie war's in Atlantic City?«

»Nett«, gab ich zur Antwort. »Hab' ich was versäumt?«

»Es ist noch alles beim alten, Josh. Du weißt doch, wie es ist.«

Schnurstracks ging ich zur Toilette, um mich zu waschen, was ich nach der Bus- und U-Bahn-Tortur immer tat. Gerade als ich fertig war, kam ein Mann von einem der anderen Büros, wo Kommunikationssysteme vertrieben wurden, aus einer Klosettkabine heraus und verließ sofort die Toilette.

Wie kann man sich, fragte ich mich, heutzutage nach dem Scheißen bloß nicht mehr die Hände waschen? Wann hat das bloß angefangen? In letzter Zeit fiel mir das immer mehr auf. Vielleicht, sagte ich mir, sollte man dieser neuen Generation weniger über Computer beibringen und dafür mehr darüber, daß man sich nach dem Scheißen die Hände wäscht! Schließlich war das das einzige, was uns von den Tieren unterschied.

Als ich zu meinem Büro um die Ecke bog, fragte ich mich: »Was mach' ich überhaupt hier?«

Gloria Indoza, die Sekretärin, die ich mir mit noch drei Redenschreibern teilte, informierte mich: »Halb zehn haben Sie eine Besprechung im Konferenzzimmer!«

»Schön, Sie wiederzusehen, Gloria!«

»Ich habe eine dringende Sache zu erledigen.«

Hetze, Hetze, Hetze, wie mein Vater zu sagen pflegte. *Amerika bedeutet Hetze, Hetze, Hetze!*

Myer Lipson kam in mein Büro und setzte sich.

»Bist du bei der Besprechung dabei?«

»Hello, Myer. Hab' ich dir gefehlt?«

»Ohne dich war es hier nicht dasselbe, Josh! Bist du bei der Besprechung dabei?«

»Wie ich höre, ja.«

»Sie wollen dich für einen Job.«

»Was für einen Job, Myer?«

»Wir haben *den* Auftrag an Land gezogen.«

»Was für einen Auftrag?«

»Das weißt du nicht?«

»Ich war weg, Myer!«

Natürlich wußte Myer das. Myer wußte alles. Doch Myer machte aus allem ein Geheimnis. Offenheit und Ehrlichkeit waren nicht sein Stil, und zwar aufgrund der Tatsache, daß er, als Gott zehn Löffel Paranoia austeilte, neunmal zugelangt hatte. Und was das Unsichersein betrifft, da hatte er die ganze Portion genommen.

»Den Friedrich-Auftrag haben wir ergattert.«

»Die machen doch Seife und Waschpulver?« sagte ich, wobei ich mich dumm stellte.

»Und alles andere.«

»Deutsche Firma?« fragte ich.

»Yavol.«

»Nazis.«

»Na, na, Joshua, nicht alle Deutschen sind Nazis.«

»Sie machen Seife? Woraus?«

Myer wußte natürlich, daß sie mal Seife aus Juden gemacht hatten — die Nazis jedenfalls. In bezug auf diesen Friedrich konnte man sich nicht sicher sein. Aber man konnte ja Vermutungen anstellen.

»Ihr Generaldirektor nimmt an der Besprechung teil«, sagte Myer. »Ist von West-Berlin eingeflogen. Adolph Friedrich. Soviel ich weiß, hat Jules dich groß rausgestrichen. Dieser Friedrich möchte, daß du und nur du seine Reden schreibst. Das könnte dein großer Durchbruch werden, Josh.«

Myers Neid war deutlich zu erkennen. Er hatte schreckliche Angst, ich könnte noch vor ihm Vizepräsident werden. Wirklich vor allem hatte er Angst, dieser Myer. Überall strebte er nach Anerkennung und wollte bei allen beliebt sein. Blind gehorchte er den Regeln des Unternehmens.

»Das ist mir das Allerneueste«, sagte ich.

»Soviel ich mitbekommen habe, ist der Auftrag eine Million Dollar wert.«

Wieder eine Million Dollar! Wohin ich auch kam, es schien sich immer um eine Million Dollar zu drehen.

»Du sollst auch eine Gehaltserhöhung bekommen«, sagte Myer.

Auch das jagte ihm Angst ein.

»Wenn ich akzeptiere«, gab ich zur Antwort.

»Du mußt akzeptieren.«

»Ich muß überhaupt nichts.«

»Wieso bist du plötzlich so großspurig? In Atlantic City den Jackpot gesprengt, was?«

»Ich bin ein freier Mensch, Myer!«

»Das ist der herrlichste Witz, den ich je gehört habe! Wer ist denn schon frei?«

»Myer«, sagte ich, »was machen wir überhaupt hier?«

»Das versuche ich ja schon die ganze Zeit, *dich* zu fragen.«

»Ich bin hier, um Geld zu verdienen. Aber du bist ehrgeizig, Myer. Du bist *besorgt*.«

»Ich bin genau wie du, Josh. Ich mach' mir um nichts einen Kopf.«

»Myer, du machst dir um alles einen Kopf!«

»Ich bin Familienvater.«

»Also, dann erledige deine Arbeit, aber mach dir nicht soviel Gedanken darum! Oder du stirbst, noch ehe du zweiundvierzig bist.«

»Ich bin dreiundvierzig.«

»Dann bist du vielleicht schon tot. Hast du dir schon mal darüber Gedanken gemacht?«

Wer macht das schon?

Neun Uhr dreißig fanden wir uns alle im Konferenzzimmer ein, Vizepräsident nach Vizepräsident, gefolgt von mir und dann Myer. Wir waren die beiden einzigen, die keine Vizepräsidenten waren — außer Jules Corson. Er war der Präsident.

Er saß an der Stirnseite des langen Tisches und sagte: »Guten Morgen! Ich danke Ihnen, daß Sie gekommen sind!« Als ob man anders gekonnt hätte! »Mr. Friedrich wird gleich hier sein. Das ist eine sehr große Chance für uns. Die größte überhaupt. Die Friedrich AG ist ein Milliarden-Unternehmen. Ihre amerikanische Niederlassung, mit Sitz in Milwaukee, ist fest entschlossen, ihr Image gehörig aufzupolieren, wenn Sie wissen, was ich meine. Der Absatz stagniert. Die Stimmung ist gedrückt. Und hier kommen wir ins Spiel. Mr. Friedrich möchte, daß wir die Stimmung in diesem Lande wieder heben, und wir sollen ihm die Mittel liefern, seine Ziele zu erreichen. Das bedeutet eine totale Kampagne — PR, Propaganda und alles, was dazugehört. Sie wissen, was ich meine? Als erstes jedoch werden wir seine Reden schreiben, so daß er seine Leute in Schlüsselstellungen hier wieder in Schwung bringen kann. Jede einzelne Produktionsstätte will er aufsuchen. Joshua, du übernimmst die Leitung des Teams, das für ihn schreibt! Irgendwelche Fragen?«

Natürlich nicht. Niemals hatte jemand Fragen.

»Jules?« fing ich an.

»Josh«, ging er darauf ein, »das ist eine große Chance für dich.«

»Ich weiß, aber was ich fragen wollte: Spricht er Englisch?«

Jules brauste auf.

»Natürlich spricht er Englisch!«

»Kein Akzent?«

»Natürlich hat er einen Akzent. Er ist Deutscher.«

»Ein deutscher Akzent kann . . .«

»Kann was?«

»Bezeichnend sein.«

»Wie bezeichnend?«

»Barsch. Sagen wir barsch.«

»Inwiefern barsch?«

»Auf militaristische Art und Weise, Jules. Wie alt ist er?«

»Ich weiß nicht, Josh. Wieso stellst du solche Fragen?«

»Du hast doch gefragt, ob es noch Fragen gibt«, erwiderte ich.

»Keine *sinnlosen* Fragen!«

Myer grinste. Ich konnte es zwar nicht sehen, aber ich spürte es hinter meinem Rücken.

»Wenn ich mit dem Mann arbeiten soll, sollte ich da nicht wenigstens etwas über ihn wissen?«

»Hast du ein Problem, Josh?«

»Vielleicht.«

»Wo fehlt's?«

»Ich bin nicht gerade vernarrt in Deutsche.«

»So? Und ich bin nicht vernarrt in Japaner, und trotzdem fahre ich ein japanisches Auto. Seit wann hat denn Nationalität etwas mit Geschäft zu tun?«

Jules hatte in Burma gegen die Japaner gekämpft. Das hat er mir mal erzählt. Und jetzt fuhr er ein japanisches Auto. Er hatte seinen Frieden gemacht. Und jetzt hatte ich meinen zu machen! Aus geschäftlichen Gründen.

Adolph Friedrich kam mit einem Assistenten. Er gab allen die Hand. Adolph war ungefähr achtunddreißig. Er war fröhlich, freundlich und ein sehr vielseitiger Mensch. Sein Gesicht strotzte vor Gesundheit. Seine Haut war zart wie die einer Frau oder gar eines Babys. Aber er hatte kleine, glanzlose Augen. Mit diesen Augen war etwas.

»So«, sagte er. »Wir haben eine nette Familie.«

Warum, fragte ich mich, mußte sein Name unbedingt Adolph sein? Wenn er vielleicht Hans oder Otto oder Ludwig oder Gustav geheißen hätte, hätte ich mich mit ihm abfinden können. Aber Adolph war zu viel! Selbst geschäftlich.

Sein Begleiter — Otto, nebenbei gesagt — hielt eine einstündige Lobrede über die Geschichte der Firma, wie sie 1932 als kleiner Seifenhersteller in Hamburg gegründet wurde, dann ihre Produktpalette erweiterte und sich schließlich über ganz Deutschland und dann weltweit ausbreitete. Dias und Kurzfilme zeigten die ganze Entwicklung, einschließlich der Gründer, Großvater und Großmutter Friedrich im Bild. Alles wurde in dieser Präsentation dargestellt, mit einer Ausnahme. Mit keiner Silbe erwähnt wurden die Jahre 1939 bis 1945. *Was war mit diesen Jahren geschehen?*

Seltsam, dachte ich, daß diese Jahre ausgelassen werden sollten. Hatte es denn in diesen Jahren nicht ein gewisses Durcheinander gegeben? Einen Krieg sogar?

Im Anschluß an Ottos Präsentation erhob sich Adolph, um ein paar abschließende Bemerkungen zu machen.

Er sagte: »Das Heute ist der Beginn des Morgen. Die Zukunft ist, wohin wir gehen. Die Gelegenheit ist einmalig für gute und bessere Geschäfte, für uns, für Sie, für jedermann. Lassen Sie uns vorwärts marschieren zum Erfolg! Ich bin sehr gespannt.«

Dieser Mann — dieser Mann braucht in der Tat einen Redenschreiber, sagte ich mir.

Dann stand Jules Corson auf und fragte: »Irgendwelche Fragen?«

Ich hob den Arm, und Jules' Gesicht verfinsterte sich. Es verzog ihm die Lippen, als er sagte: »Ja, Josh?«

»Was ich gern wissen möchte . . .«

»Später, Josh! Die Sitzung ist zu Ende!«

Myer grinste. Auch er war sehr gespannt.

Später, wie angedroht, befand ich mich in Jules' Büro. Er hatte mich hinbestellt. Zwar telefonierte er gerade, doch das hielt ihn nicht davon ab, mit mir zu sprechen. Im Grunde brachte er es überhaupt nicht fertig, nur ein Gespräch auf einmal zu führen. Er brauchte immer zwei.

»Du brauchst Urlaub!« sagte er.

»Ich hatte gerade welchen.«

»Vielleicht etwas länger«, sagte er.

»Jules, heißt das, du schmeißt mich raus?«

»Das würde ich gern! Aber ich kann es nicht. Du bist der beste Redenschreiber, den ich habe — was nicht viel besagen will. Doch was zum Teufel ist in dich gefahren?«

»Du weißt doch, daß ich nicht gut mit Kunden umgehen kann!«

»Aber nicht so! So hab' ich dich ja noch nie gesehen.«

»Was hab' ich denn gesagt?«

»Die Sache ist, was du gerade sagen wolltest.«

»Was wollte ich denn sagen?«

»Das möchte ich jetzt von dir wissen!«

»Ich wollte mich nur erkundigen, wie sie ihre Seife machen.«

»Das hätte uns den Auftrag kosten können! Einen Auftrag von einer Million Dollar!«

»Jules, ich kann für einen Nazi keine Reden schreiben!«

»Er ist kein Nazi, verdammt noch mal, Josh!«

»Er heißt Adolph.«

»Das ist unfair.«

»Ich weiß, Jules. Ich bin kein fairer Mensch.«

»Er ist viel zu jung, um Nazi gewesen sein zu können.«

»Dann war eben sein Vater Nazi. Übrigens, was war zwischen 1939 und 1945?«

»Das weiß ich nicht.«

»Ist dir aufgefallen, daß diese Jahre gefehlt haben?«

»Das ist mir egal. Wir befinden uns nicht mehr im Krieg mit Deutschland.«

»Du nicht. Aber ich!«

»Tut mir leid, das zu hören, Josh! Das wird es dir schwermachen, an dem Auftrag zu arbeiten.«

»Dann entbinde mich davon!«

»Das kann ich nicht. Die Sache ist dir übertragen. Es wird dir guttun. Dich Vergebung lehren.«

Ende der Diskussion. Als ich in mein Büro zurückkam, war Myer dort und gab vor, sich für mich zu freuen.

»Myer, ich bin nicht in der Stimmung!«

»Worüber hast du da drin mit Jules gesprochen?«

»Über dich, Myer. Ich habe ihm wieder einmal ausgeredet, dich zu feuern. Dieses Thema kommt jeden Tag zur Sprache, weißt du?«

Myer wußte natürlich, daß ich ihn auf den Arm nahm — aber absolut sicher sein konnte er sich nie.

»Hat Jules dich zum Vizepräsidenten gemacht?«
fragte er.

»Natürlich hat er das!«

»Kriegst du auch mehr Gehalt?«

»Gewiß — plus Zulage. Jetzt bin ich nicht mehr zu
bremsen, Myer!«

»Jules mag dich echt.«

»Ich weiß.«

»Mich mag er nicht.«

»Das steht fest.«

»Warum er mich nur nicht mag?« wollte Myer wissen.

»Weil du dich zu sehr anstrengst.«

»Das tue ich gar nicht. Ich kann genauso lässig
sein wie andere.«

Ich hatte Myer schon beim Lässigsein erlebt. Dabei strengte er sich genauso an.

»Sei doch nicht so leichtgläubig, Myer!«

»Hat er mich tatsächlich feuern wollen?«

»Nein, um die Wahrheit zu sagen, er wollte *mich*
feuern.«

»Du bist ein bißchen aus der Reihe getanzt, weißt
du. Aber er mag das — deine Unverfrorenheit.
Komm, gehen wir was essen!«

Im Feinkostladen in der Chetsnut Street aßen wir
zu Mittag, die übliche Gruppe von fünf Redenschreibern. Für keinen von uns war das der Beruf seiner
Wahl. Nein, es hatte sich einfach so *ergeben*. Wie
ging gleich der Vers? *Leben ist, was mit einem geschieht, während man andere Pläne macht.* Ja, so
war es jedenfalls mit uns.

Ich hörte dem zu, was am Tisch gesprochen wurde. Was hatte ich während meiner Abwesenheit verpaßt? Nicht viel. Erstaunlich, dachte ich mir, wie sich

172

doch keiner verändert hatte. Bob Porter haßte immer noch die Republikaner. Morris King war immer noch davon überzeugt, daß Israel in allem unrecht hatte. Und was Fred Manning betrifft, er hatte immer noch das perfekte Aktenablagesystem, das er sich selbst ausgedacht hatte. Wenn nur Jules Corson auf ihn hören und es für die gesamte Firma übernehmen würde! Er aber weigerte sich. Fred dachte schon darüber nach, sein perfektes Registratursystem woandershin zu bringen. Myer? Er machte sich immer noch Sorgen, er könnte entlassen werden. Ich, ich hatte nicht viel zu sagen.

»Was ist mit dir, Josh?« fragte jemand. »Siehst so abwesend aus.«

Ich sollte weniger kritisch sein, sagte ich mir. Halte dich mehr zurück! Die hier waren meinesgleichen. Ich war nicht besser. Ich war nicht schlechter. Was ist los mit mir? fragte ich mich. Was willst du denn? Etwas *anderes!* Muß nicht mal *besser* sein. Nur *anders.* Und wie? Es gibt keine Abwechslung. Das ist es, Junge. Du kommst hierher mit dem Bus, der U-Bahn, machst deine Arbeit, gehst mit deinen Kumpels zum Lunch, arbeitest wieder, und dann nimmst du wieder die U-Bahn, den Bus, kommst nach Hause, ißt etwas, siehst fern, gehst ins Bett, und am nächsten Morgen beginnt das Ganze wieder von vorn.

Gibt es denn keine Veränderung? Immer und immer wieder ist es dasselbe Einerlei. Und das noch dreißig Jahre? fragte ich mich. Noch dreißig Jahre Fred Manning zuhören und über sein Registratursystem sprechen?

Kapitel 15

Joan saß wieder in ihrem Nest. Jetzt gehörte ihr das Haus wieder, wie nur ein Haus einer Frau gehören kann. Ein Mann war bloß ein Besucher, selbst in seinem eigenen Haus. Sie hatte Lunch-Pläne für die Woche mit Tilly, Bobbi und Sandi gemacht, alle von der Main Line, und Tennispläne fürs Wochenende mit Vera — ebenfalls, wie könnte es anders sein, von der Main Line. Und der Gipfel von allem, sie hatte drei Ladungen Wäsche gewaschen, einen Termin mit Roberto, ihrem Haarstylisten, vereinbart, Staub gewischt und die ganze Wohnung gesaugt. Sie befand sich wieder im Mittelpunkt, und das Leben konnte sich wieder um sie drehen.

Als ich von der Arbeit nach Hause kam, war sie in der Küche und bereitete das Abendessen. Ich hatte ihr einmal gesagt, daß das mir der zweitliebste Augenblick war, nach Hause zu kommen und sie in der Küche vorzufinden. Sie war sich ihrer selbst sicher genug, um das als Kompliment aufzufassen.

Ich duschte rasch und zog mich gar nicht erst wieder an, sondern stürmte in die Küche und zog sie aus, während sie in ihrer Gemüsesuppe rührte. Dann führte ich sie ins Schlafzimmer, und wir schliefen miteinander. Das war eine herrliche Nummer, mit all dem entsprechenden Seufzen, Wimmern und schließlich dem gellenden Schrei. An diesem Tag schlief ich mit ihr als Besitzbestätigung, weil ich wußte, daß ich sie nicht besaß.

Allmählich wurde mir klar, daß zwei Menschen niemals eins sein konnten.

Wir duschten gemeinsam und aßen dann zu Abend.

»Wie war's auf der Arbeit?« fragte sie mich.

»Wie immer.«

»Das ist gut.«

»So?«

»Manches sollte sich ändern, und manches sollte immer gleich sein!«

»Nun — nicht alles war wie immer.« Ich erzählte ihr, wie mich der Bus morgens zehn Dollar gekostet hatte und wie ich einen Kerl im Bus geschlagen hatte.

»Du hast ihm eine runtergehauen?« fragte sie.

»Er hat es soweit kommen lassen.«

»Das sieht dir gar nicht ähnlich, Josh!«

»Ich hatte einen schweren Tag, wirklich.«

Dann erzählte ich ihr von dem Friedrich-Auftrag.

»Das hätte ich wissen müssen!« erklärte sie. »Du wirst immer verrückt, wenn etwas schiefläuft.«

»Heftig, Joan. Ich wünschte, du würdest *nicht* verrückt sagen! Das ist kein Main-Line-Wort.«

»Bitte schreibe nicht meine Zeilen, Josh! *Ich* benötige keinen Redenschreiber.«

Irgendwie weiß man, daß er kommt, ein neuer Streit, und man weiß auch, daß er sich nicht aufhalten läßt. Man möchte es, aber es gelingt einem nicht. Er gehorcht seinen eigenen Kräften. Wird von wer weiß was für Kummer und Enttäuschungen angetrieben. Der Streit mag gar nichts zu tun haben mit dem, worüber man streitet. Es mag eine Erinnerung an etwas anderes sein. Aber trotzdem ist es ein Streit. Ein Wort gibt das andere. Eine Anschuldigung folgt der anderen. Übellaunigkeit wird zu Niedertracht.

»Vielleicht brauchst du mich gar nicht«, sagte

ich — und das, nachdem wir gerade miteinander geschlafen hatten.

»Laß uns nicht mehr darüber reden!« bat sie. »Ich weiß, was dann kommt.«

Sie wußte es. *Sie* hatte einen sechsten Sinn.

»Vielleicht«, sagte ich, »was du brauchst, ist ein arabischer Prinz.«

Warum bloß sagte ich das? Es muß doch eine andere Person in einem stecken, die so etwas sagt!

»Ach, das ist es also! Nun, Liebling, vielleicht ist das, was du brauchst, eine Million Dollar. Du hättest sie ja haben können.«

»Nein, ich bin nicht derjenige, der gesagt hat, *wir sollten es tun.*«

»Aber du bist der, der es gedacht hat. Und nun rede mir nichts anderes ein! Du warst gewillt. Und bist es noch. Hör doch nur, wie du über Philadelphia sprichst, und nun dieser Friedrich. Du denkst, ich weiß nicht, was das bedeutet? Du möchtest raus, Josh. Sag es, Josh, — sag es, du möchtest das Geld!«

»Hör auf damit, Joan, bevor wir noch dauerhaften Schaden anrichten!«

»Ich hab' nicht angefangen!«

»Hör auf, Joan!«

»Du hast heute tatsächlich jemanden geschlagen. Was sagt mir das?«

»Es sagt dir, daß ich genug hatte. Okay?«

»Du brauchst noch mal Urlaub!«

»Genau das hat auch Jules gesagt.«

»Nun, er hat recht.«

»Hat er etwa auch recht, daß ich für einen Nazi arbeiten soll? Einen Adolph noch dazu?«

»Das macht ihn noch lange nicht zum Nazi. Adolph ist ein weitverbreiteter Name in Deutschland.«

»Na wenn schon!«

»Josh, du suchst nur nach einer Entschuldigung.«

»Einer Entschuldigung wofür?«

»Um deinen Job aufzugeben.«

»Das ist kein Geheimnis.«

»Also hör auf!«

»Und dann?«

»Das weißt du ganz genau!«

»Dich anschaffen schicken?«

»Ich sehe keinen anderen Ausweg. Wir sind erst ein paar Tage wieder zurück, und es bringt uns schon völlig durcheinander. Überleg mal, wie es dann erst in den nächsten Tagen sein wird!«

»Es wird schon wieder besser.«

»Schlimmer wird es! Ich kenne dich doch, Josh.«

Wenn ich, sagte ich mir − wenn ich doch bloß nicht ins Versailles gegangen wäre! Wenn ich doch bloß nicht reagiert hätte, als er mich zu sich gerufen hatte, *um ihm Glück zu bringen!* Wenn wir doch bloß nicht mit ihm essen gegangen wären! Wenn ich ihn doch später bloß nicht aufgesucht hätte! Ich hatte es aber getan. Die Falle war aufgestellt worden, und ich war mitten hineingetreten. Hello, hatte ich gesagt, suchen Sie einen Dummen? Nun, hier bin ich! Aber im Ernst, wer hatte die Falle gestellt? Vielleicht war ich es selbst gewesen. Schließlich wußte ich ja, was ich tat. Die ganze Zeit über wußte ich, was ich tat. *Ich* hatte die Falle gestellt!

Nein, ich hatte nicht gewußt, was der Preis sein würde. In dieser Hinsicht zumindest traf mich keine Schuld. Ich hatte allerdings von Anfang an gewußt, daß bei Ibrahim etwas abfallen würde, einem Menschen, der so reich war, daß die Brosamen, die von seinem Tisch fielen, für so manchen noch ein Vermögen bedeuteten. So hatte ich zweifellos genauso gegen ihn gespielt, wie er gegen mich gespielt hatte.

Gewiß, er hatte uns zuerst gesehen, hatte im Spielsaal vom Galaxy einen Hauch meiner hinreißenden Frau erhascht und war hin und weg gewesen. Dann hatte er — mit Sy Rodrigos Hilfe — alle Hebel in Bewegung gesetzt, um sie zu bekommen, zuerst, indem er mich im Versailles an seinen Black-Jack-Tisch gelockt hatte. Woher hatte er gewußt, daß ich im Versailles sein würde? Ich hätte an dem Tag in zehn anderen Kasinos sein können oder in gar keinem. Das war ein Geheimnis. Nicht dahinterzukommen.

Es war aber ebenso wahr, daß ich ihn gesehen hatte, ehe er überhaupt mich und Joan sah. Irgendwo in meinem Leben, das wußte ich, würde es einen Messias geben. Natürlich hatte ich keine Ahnung, in welcher Gestalt er kommen würde. Gewiß hatte ich nicht mit der eines Arabers gerechnet. Aber ich wußte, es würde ein Erlöser kommen, um mich mitzunehmen und in ein Land des Überflusses zu geleiten.

Am nächsten Tag hatte ich Lunch mit Adolph. Nur wir beide — und Jules Carson. Jules hätte mir Adolph nie allein anvertraut — oder irgend einen anderen Klienten. Der Zweck war, miteinander bekannt zu werden. Wohl wissend, daß ich gegen Fisch allergisch war, hatte Jules in der Philadelphia Fish Company in der Chestnut Street Plätze reservieren lassen. Ich stopfte mich mit Brot voll.

»Josh hier ist ganz begeistert davon, für Sie Reden zu schreiben«, sagte Jules zu Adolph.

Jules log niemals. Aber er sagte auch nie die Wahrheit.

»Das freut mich!« erwiderte Adolph.

»Josh ist unser Bester«, erklärte Jules. »Er hat schon für Senatoren und Gouverneure geschrieben.«

»Aha!« sagte Adolph und nickte in höflicher Bewunderung.

Jules machte Konversation. Es war immer schwierig mit Klienten. Man hatte charmant und unterhaltend zu sein und konnte sich nicht entspannen. Aber man mußte entspannt agieren. Das war es, was die Sache so schwierig machte.

»Ich bin aber weder Senator noch Gouverneur«, sagte Adolph.

Wie wäre es mit Führer? dachte ich.

»Nun«, erklärte Jules, »ich wollte Ihnen nur unseren Mann ein bißchen vorstellen.«

»Ich kenne ihn bereits und bin sehr beeindruckt.«

Sag danke! drängte ich mich.

»Danke!« sagte ich.

»Es wird viele Reden zu schreiben geben«, erklärte Adolph.

»Das macht Josh nichts aus«, entgegnete Jules. Stimmt das? »Er freut sich schon auf die Aufgabe.« Tu' ich das?

»Josh«, fragte Jules, »weißt du schon, daß du mit Mr. Friedrich durchs Land reisen wirst?«

»Nein, das weiß ich nicht.«

Ich hatte gedacht, ich würde nur ein Redegerippe schreiben, das er der jeweiligen Gelegenheit dann selbst anpassen würde — ein »Evergreen«, wie wir es in unserer Branche nannten. Aber nein, für jeden einzelnen Fabrikbesuch sollte ich eine extra Rede schreiben.

Ich hatte das schon einmal für einen anderen Generaldirektor gemacht, und es hatte sich als zweiwöchiger Alptraum erwiesen. Frühstück, Lunch, Dinner immer mit demselben Menschen — einem Mann, der, kraft der Tatsache, daß er Klient war, für sich Anspruch auf alle meine Gemütsverfassungen reklamierte.

Am unerträglichsten waren die »Werksbesichtigungen«, an denen ich mich zu beteiligen hatte. Nichts als Maschinen, die stampften, malmten und rührten. Man war gezwungen, Helme hier und Schutzbrillen da zu tragen; und in dem schrecklichen Getöse erklärte der Vorarbeiter ständig etwas, und man mußte immerzu fasziniert nicken, obgleich man nicht ein einziges Wort verstand. »Ja, tatsächlich?« sagte man immerzu.

»Wir werden sehr viel Zeit miteinander verbringen«, sagte Adolph.

»Josh freut sich schon darauf«, warf Jules ein.

»Vielleicht werden Sie mir sogar Englisch beibringen«, fügte Adolph hinzu. »Sie werden mein Experte sein.«

»Josh ist gar nicht in diesem Lande geboren.«

Ich weiß, Jules meinte es gut; aber warum, fragte ich mich, mußte er das überhaupt erwähnen? Besonders klug war das nicht gerade.

»So? Wo sind Sie denn geboren?«

»In Frankreich«, gab ich zur Antwort.

»Sie müssen noch sehr jung gewesen sein, als Sie von dort weggezogen sind.«

»Ja, das war ich.«

»Warum sind Sie denn weggegangen?«

Jules erklärte: »Josh verließ Frankreich nach . . . als . . . wegen . . .«

». . . des Krieges!« vollendete ich den Satz.

»Ach!« sagte Adolph.

»Josh war viel zu jung, um sich noch an etwas zu erinnern«, erklärte Jules, in der Absicht, den Zweiten Weltkrieg aus dem Gespräch herauszuhalten. »Und übrigens ging seine ganze Familie«, fügte er noch hinzu, in der Absicht, den Holocaust herauszuhalten.

»Nicht ganz!« berichtigte ich ihn. »Der größte Teil meiner Familie kam um durch die . . . die . . .«

». . . die Feinde«, fiel Jules mir ins Wort.

»Ach!« sagte Adolph.

Wie soll man mit einem Deutschen über die Deutschen sprechen? Ich hatte das noch nie gemacht. Was Jules anbelangt, er besaß Erfahrung darin, die Geschichte auszuklammern. Als wir einmal einen japanischen Auftrag ausführten, hatte er seine gesamte Kriegszeit aus seinem Lebenslauf gestrichen.

Ich hatte damit immer Schwierigkeiten gehabt, wie ich auch jetzt wieder Schwierigkeiten damit hatte. Die Vergangenheit Vergangenheit sein lassen, dagegen hatte ich nichts, aber seine Orden dem Geschäft zuliebe zu versetzen — nun, es war sinnvoll, es war *praktisch,* aber es hatte einen üblen Beigeschmack.

Um also die Sache rasch wiedergutzumachen, erklärte ich: »Mit den Feinden sind natürlich die Nazis gemeint.«

Jules lachte — das Lachen eines Mannes, dem man soeben in die Hoden getreten hat.

»Aber nicht alle Deutschen waren Nazis«, beeilte er sich hinzuzufügen.

»Ach!« sagte Adolph, der weder das eine noch das andere zu beachten schien.

»Die meisten Deutschen hatten ja gar keine Ahnung, was da alles vor sich ging!« fuhr Jules fort, jetzt von panischem Schrecken erfaßt.

»So ist es«, sagte Adolph, immer noch gelassen.

Jules' Augen suchten meine, um eine Botschaft zu übermitteln — halt's Maul, oder ich bring' dich um! Dein Job hängt davon ab! Ach was, nicht bloß dein Job. Dein Leben, du Arschloch!

»Das stimmt nicht!« sagte ich. »Alle Deutschen *wußten Bescheid!*«

Das Komische an der ganzen Sache war: Adolph konnte überhaupt nichts dafür, daß sich dieser Wortwechsel entzündet hatte, außer eben daß er Adolph war. Nein, Jules war schuld daran und ich auch. Das hatte nur mit uns beiden zu tun. Adolph zählte kaum.

Soviel konnte Adolph spüren, und er hielt sich heraus. Meine letzte Bemerkung jedoch haute ihn um.

»Alle Deutschen waren Nazis?« stellte er mich zur Rede und bohrte mir dabei seinen Blick tief in die Augen.

Blinzle! konnte ich Jules denken hören. Blinzle, du elender Hund, du fieses Schwein, oder ich bring' dich nicht bloß einmal um, sondern gleich zweimal!

Im Raum stand jetzt also die Frage: Waren alle Deutschen Nazis? Noch besser war allerdings diese Frage: Sagst du die Wahrheit, zumindest das, was du für die Wahrheit hältst, oder sagst du das, was für das Geschäft gut ist? Oder weichst du aus? Du mußt ja nicht sagen, *alle* Deutschen waren Nazis. Du könntest ja auch sagen *manche* oder *einige* oder *viele* oder *die meisten.*

Manche oder etliche zu sagen — das wäre beides sicher. Adolph würde es billigen, und Jules würde sich freuen. Ja, es hatte in Deutschland ein paar Nazis gegeben, vielleicht sogar einige. Niemand wäre so töricht, darauf zu beharren, es hätte keine Nazis in Deutschland gegeben. Die Beweise waren zu eindrucksvoll.

Ein Millionen-Auftrag hing davon ab, ob ich sagte: manche, einige, viele, die meisten oder alle.

Adolph wiederholte die Frage: »Haben Sie gesagt, alle Deutschen wären Nazis gewesen?«

Ich wollte schon sagen »viele«, aber mein Vater hielt mich davon ab. Sein Bild nahm vor meinem geistigen Auge Gestalt an und sagte: »Habe ich dich dafür über die Pyrenäen geschleppt? Daß du dich vor deinen Peinigern duckst? Daß du *Kompromisse eingehst?* Ist Abraham, unser Vater, Kompromisse eingegangen? Ist Rabbi Akiva Kompromisse eingegangen? Einen Kompromiß eingehen heißt, zwei Göttern dienen. Es gibt aber nur einen! Einen Kompromiß eingehen bedeutet, ein *falsches Spiel* treiben. Schäm dich!«

Mein Vater erschien mir häufig, in vielfältiger Gestalt — als Mann der Tat, der seine Schar um sich versammelt und sie aus der Hölle des Holocaust in Sicherheit führt; als frommer Mann, über seine Bücher gebeugt; als ängstlicher Mensch, der diese neue Welt nicht mehr verstehen kann und auch nicht will; als aufsässiger Mensch, der die Faust protestierend gen Himmel erhebt.

Wogegen protestierte er überhaupt? Dessen war

ich mir nie sicher. Das Naheliegende war dies: Er war von Land zu Land geschickt worden, beginnend in Polen, wo die Mörder seinen Vater auf den Dorfplatz geschleppt, in seinen Gebetsmantel gewickelt und angezündet hatten, und er rief: »Höre, o Israel, der Herr ist unser Gott, der Herr ist einzigartig!« Er hatte das mit ansehen müssen, zu einer Zeit, als er ein Yeshiva-Junge war, vollständig mit Schläfenlocken, die er sich erst abschnitt, als er nach Paris kam.

In Paris begegnete er meiner Mutter, der Tochter eines aristokratischen Buchverlegers, hatte drei Kinder — und geschäftlichen Erfolg. Große Fabrik in der Lederbranche. Dann kamen die Nazis. Für einen gewissen Preis — solche Geschäfte wurden in der Anfangsphase der Okkupationszeit noch gemacht —, für eine Verringerung seines Gewinns hätten sie ihn seine Fabrik behalten lassen. Er lehnte ab. Für einen gewissen Preis hätte er ein oder zwei Kinder in der Sicherheit der Kirche zurücklassen können, dem Gedanken entsprechend, daß zumindest einige durchkämen, wenn sich die Familie teilte. Auch das lehnte er ab. Wir flüchteten alle zusammen. Nein, er schloß niemals einen Kompromiß. Alles oder nichts, war seine Devise.

Selbst später in Montreal und noch später in Philadelphia wies er die Unterstützungen zurück, die Flüchtlinge erhielten. Ja, Flüchtlinge! Jetzt war er wieder ein Flüchtling, und vielleicht war das der Grund für sein großes Schweigen, ein Schweigen, das sich ausbreitete wie die Wüste Sinai. Ohne sichtlichen Anlaß zog er sich in das Reich des Schweigens zurück und verharrte dort wochen-, mitunter monatelang.

Sah er da etwas? Hörte er etwas? Als Kind hatte ich
mir Gedanken darüber gemacht. Was wußte er, das
ich nicht wußte? Es gab ein Geheimnis, eine verborgene Ungeheuerlichkeit. Etwas Geistiges, Biblisches.
Hörte er etwas von Abraham, von Jakob? Sah er
Isaak? Sah er Isaak auf dem Berg Moria?

Was immer er wußte, war nicht von dieser Welt.

Er starb mit dem Geheimnis; aber die Ungeheuerlichkeit, die übertrug er auf mich.

»Ja«, sagte ich. »Alle Deutschen waren Nazis!«

Kapitel 16

Joan war viel zu vergnügt. Manchmal fragte ich
mich, ob sie überhaupt Tiefgründigkeit besaß. Leid
schien für sie nicht zu existieren. In der Main Line
kleisterte man einem ein Lächeln ins Gesicht und
ließ einen kamerabereit auf die Welt los.

Bei ihr waren Manieren weitaus stärker ausge-
prägt als Gefühle. Sie weinte, sie blutete, doch war
alles so schnell wieder gut, daß ich sie echter Gefühle gar nicht für fähig hielt. Oder vielleicht beneidete
ich ihre sichtliche Unerschütterlichkeit gegenüber
den Widrigkeiten des Lebens.

Da, woher ich kam, *litten* die Menschen. Schiffe
und Flugzeuge beförderten die Überbleibsel einer
Generation von Kontinent zu Kontinent. Züge nahmen die Toten auf. Eltern verloren ihre Kinder. Kinder wurden Waisen. Die Ehefrau wurde zur Witwe,
der Ehemann zum Witwer. Der Patriot verlor seine
Heimat. Trennungen, Abschiede, Wiedervereinigun-
gen verkürzten die Tage. Die Menschen kannten

große Umwälzungen, großes Leid, aber auch großen Freudentaumel.

Aber Joan — Joan war ein Kind des Friedens. Ich brauchte bisweilen den Zusammenstoß. Ich erstrebte die Dramatik meiner Jugend. Nicht so Joan. Sie strebte nach Harmonie, was ich, Idiot, der ich war, häufig für Selbstzufriedenheit hielt — weil Joan viel tiefgründiger war, als ich es jemals sein würde. Sie wußte — und das war der einzige Unterschied — sie wußte, wie man mit Kummer fertig wurde. Sie *munterte* sich auf. Je schlimmer die Dinge wurden, um so heiterer wurde sie. An diesem Abend, bevor ich überhaupt eine Chance hatte, sie in bezug auf Adolph auf den neuesten Stand zu bringen, war sie noch vergnügter, als ich sie je gesehen hatte.

Sie hatte von Ibrahim gehört.

»Ach?« fragte ich. »Einfach so?«

»Einfach so.«

Wieso, fragte ich mich, klang sie so triumphierend? Das hätte doch eigentlich eine schlechte Nachricht sein müssen und keine gute.

»Du scheinst dich ja zu freuen«, sagte ich.

»O ja, ich freue mich sehr! Sollte ich das nicht? Nicht jede Frau kann von sich sagen, eine Million Dollar wert zu sein.«

»Er hat doch dir gegenüber bestimmt kein Geld erwähnt.«

»O doch, das hat er! Mir ist völlig klar, daß ich bei diesem Geschäft die Ware bin.«

Ihr Lächeln wurde breiter, um Ärger im Wert von einer Million Dollar mit umfassen zu können.

»Es gibt kein Geschäft!« erklärte ich.

»Er ist total in mich verschossen, weißt du?«

»Da mußt du dich aber geschmeichelt fühlen!«

»Ach, du kannst dir gar nicht vorstellen! Eine Nacht mit mir würde ihn für sein ganzes Leben glücklich machen. Das hat er gesagt.«

»Wirst du gleich zu heulen anfangen?«

»Ich? Ich bin noch nie so glücklich gewesen.«

»Ich glaube nicht, daß du glücklich bist.«

»Natürlich bin ich es! Mein Mann hat einen Geschäft von einer Million Dollar abgeschlossen. Natürlich bin ich glücklich. Ich bin ganz aus dem Häuschen.«

»Wir haben kein Geschäft abgeschlossen.«

»Er sagte, das hättet ihr.«

»Das ist eine Lüge!«

Ibrahim war ein Genie. Auch das hatte er geplant. Joan zu sagen, ich hätte zugestimmt. Das konnte uns nur auseinanderbringen und sie mit Sicherheit ihm zuführen, wenn nicht wegen des Geldes, dann aus Trotz. Von einem fernen Blick und einem einzigen anschließenden Dinner, kannte er sie so genau!

Er sah die Rebellin in ihr, die ich nie gekannt hatte. Der äußere Schein konnte ihn nicht trügen. Sie war keine zufriedene Frau ... welche Frau war das schon? Welche Frau hatte keine verbotenen Wünsche und Phantasien? Ibrahim kannte Joan, weil er die Frauen kannte. Doch Joan meisterte er ganz besonders. Er blickte durch sie hindurch, unter die Schicht von Heiterkeit, direkt hinein in ihr bloßes Herz.

Der Bericht von meinem Lunch mit Adolph gab den Ausschlag. Jetzt gab es keinen Zweifel mehr, daß ich ihn vorsätzlich beleidigt hatte, mit der Absicht, meinen Job zu verlieren und eine verzweifelte Situation heraufzubeschwören, die nur in Atlantic City gelöst werden konnte, in Ibrahims Bett.

»Du, du bist der Drahtzieher«, sagte sie, »nicht er!«

Wie dem auch sei, ich hatte meinen Job nicht verloren. Stimmt, Adolph war ob meiner Anschuldigung, *alle* Deutschen seien Nazis gewesen, entsetzt, und Jules versteckte sich hinter einem Anfall, doch es endete alles ohne Blutvergießen — oder schlimmer, ohne den Auftrag einzubüßen. Adolphs Reaktion war sehr mild. Er sagte, er habe Verständnis für meine Gefühle. Und er sagte weiter, daß Haß gegen ein ganzes Volk ungerecht sei, daß er mir jedoch verzeihen wolle.

»*Sie* wollen *mir* verzeihen?« war ich drauf und dran zu fragen, aber Jules hatte bereits genug.

Er stürzte einen Schluck Wasser runter und wollte daran schier ersticken. Diesen Trick hatte er schon einmal angewendet, als ebenfalls ein Gespräch mit einem Klienten schlecht auszugehen drohte. Diesmal dachte ich, er wolle wirklich sterben, so heftig hustete, würgte und keuchte er, wobei er beide Hände an den Hals hielt. Die Augen quollen ihm heraus.

In dem Restaurant kam alles zum Erliegen. Die Kellnerin und der Geschäftsführer kamen herbeigeeilt, während ich Jules auf den Rücken klopfte und damit, so gut ich konnte, erste Hilfe leistete. Ich hatte mal einen Kurs in Herz-Lungen-Reanimation belegt. Aber jetzt, nach einiger Zeit, hatte ich wieder alles vergessen. Noch schlimmer, ich brachte alles völlig durcheinander, das, was man unbedingt tun, und das, was man unbedingt lassen sollte.

Jeder rief mir seinen Rat zu. Ihn aufstellen! Ihn hinsetzen! Nach vorn beugen! Nach hinten beugen!

Den Schlips lockern. Ihm auf den Rücken klopfen. Ihm auf den Bauch klopfen.

»Geben Sie ihm Wasser!« rief der Geschäftsführer.

»Davon hat er das ja gerade!« erwiderte ich.

»Wasser?«

Später, als nur noch wir beide im Büro waren, bestritt Jules, daß er geschauspielert hätte.

»Du versuchst, mich umzubringen!« flüsterte er.

Als sich herumsprach, daß ich ihm das Leben gerettet hätte — denn dazu hatte ich ja das Gerücht ausgestreut —, wurde ich von der gesamten Belegschaft getadelt, außer von Myer. Nein, Myer war eifersüchtig. Jules würde nun, laut Myer, für immer in meiner Schuld stehen, was dazu führen würde, daß er mich mit Gehaltserhöhungen, Vergünstigungen und Beförderungen überhäufen würde.

»Jetzt bist du sein Held«, sagte Myer.

In gewisser Hinsicht war ich das auch. Adolph hatte, bevor er sich im Stechschritt entfernt und zu seinem Zimmer im Holiday Inn begeben hatte, Jules unter vier Augen gesagt, daß er mich bewundere. Ich wäre *solch* ein ehrlicher Mensch! Im Geschäftsleben bedürfe es noch mehr solcher Männer wie mich, sagte er.

»Nun, wir beide wissen, daß das Geschäft *nicht noch mehr* solche Leute verkraften kann«, sagte Jules. »Wie dem auch sei, du hast den Kerl für dich eingenommen. Klienten sind eben unberechenbar. Aber eines Tages bringst du mich noch um, Josh! Das weiß ich genau. Ich stehe auf deiner Liste.«

Im Grunde stand der ganze Public-Relations-Berufsstand auf meiner Abschußliste. Ich war in das Geschäft gekommen, während ich bei einer Zeitung war und ein geregeltes, sicheres Einkommen hatte.

Ich brauchte etwas Unsicheres. So bin ich eben. Ein wortreicher, aber wohlmeinender Politiker überredete mich, seine Wahlkampfreden zu schreiben. Der Haken dabei war, daß ich meinen Job bei der Zeitung aufgeben mußte.

Ausgeglichen wurde das durch die Möglichkeit, daß dieser Politiker eines Tages Präsident der Vereinigten Staaten werden könnte. Er hatte mir versprochen, mich an seiner Karriere teilhaben zu lassen und mich zum Außenminister zu machen. Wie hätte ich diesen Posten ablehnen können?

Also nahm ich an. Als erstes mußte er natürlich den Sitz im Kongreß gewinnen, auf den er aus war. Er verlor, und ich stand nicht bloß ohne meinen Außenministerposten da, sondern auch ohne einen Job.

So beschloß ich, mich selbständig zu machen. Als Redenschreiber. In einer Kleinanzeige in der Zeitung empfahl ich mich als Schreiber von Reden für alle Gelegenheiten.

Die Leute, die sich Reden schreiben ließen, waren, wie sich herausstellte, weiße Anwälte, Verrückte, die Pennsylvania zu einem selbständigen Staat erklären wollten, Sex-Therapeuten, die alles andere besaßen, nur kein Diplom. Von meiner Annonce wurden sie angezogen wie die Motten vom Licht.

Mein Leben als selbständiger Redenschreiber dauerte genau zwei Wochen, und ehe ich mich versah, arbeitete ich für Jules Corson auf dem Gebiet der Public Relations, wo nichts heilig war und jeder Angst hatte. In meinem ganzen Leben hatte ich nicht so viele Menschen gesehen, die Angst hatten.

Aus diesem Grund hatte ich häufig daran gedacht zu kündigen. Einmal habe ich es sogar getan. Ich sah Jules und sagte:

»Jules, ich nehme meinen Abschied.«

Er lachte mir ins Gesicht.

»Präsidenten«, erklärte er, »nehmen ihren Abschied. Du nimmst keinen Abschied. Du kündigst.«

»Richtig. Ich kündige.«

»Du kannst nicht kündigen. Und nun raus!«

Also blieb mir nichts anderes übrig, als mich rausschmeißen zu lassen. Einen Plan nach dem anderen dachte ich mir dafür aus. Alles, um mich aus dieser Selbstgefälligkeit aufzurütteln und mich zu zwingen, auszusteigen und *etwas zu tun*. Ich kam zu spät zur Arbeit, ging eher, machte zwei Stunden Mittag, ignorierte Mitteilungen, erschien nicht zu Besprechungen, trat dem Geburtstagsklub nicht bei, beleidigte meine Kollegen, indem ich ihnen ins Gesicht sagte, daß sie zu nichts nütze seien, machte mich öffentlich lustig über Computer, ließ in Gegenwart von Feministinnen sexistische Äußerungen fallen und schlief sogar im Konferenzzimmer ein, während Jules sich über Spesenkonten ausließ.

Meine Dreistigkeit gegenüber Adolph war mein unverschämtester Auftritt, aber eigentlich nichts Besonderes.

In bezug auf meine Beweggründe hatte Joan also nicht recht, doch wer weiß, was im Unterbewußten verborgen lag?

Soviel stimmte: Ich konnte mir nicht vorstellen, mit Adolph das ganz Land zu bereisen, einem Nazi, der bereit war, *mir zu vergeben*. Ich konnte mir aber auch nicht vorstellen, das ständige Einerlei in Philadelphia — Sudel City, USA — noch länger zu ertragen. Dazu sollte ich geboren sein?

Sicherlich hatte der Schöpfer etwas Höheres im Sinn gehabt. Was ich im Sinn hatte, war, mich an den Ausgrabungen in Jerusalem zu beteiligen, die Stadt Davids mit auszugraben. Den Glanz meiner Vergangenheit zu finden. Vielleicht sogar David zu finden oder etwas aus seiner Umgebung, das mich zu seinem Glauben führen würde. Völlig verändert wollte ich aus einer Höhle herauskommen, meiner irdischen Seele entledigt, strahlend vor geistiger Verwandlung. Das war mein Traum! Nicht *das hier*.

Das zwanzigste Jahrhundert war ohnehin nicht meine Sache. Für mich war hier nicht der rechte Platz, hier, wo sich die Menschen wichtig machten, indem sie Türme von Babel errichteten — in Form gewaltiger Computer und Gebäude, die nach dem Himmel griffen.

Und der Blick vom Himmel? Wie sah die Erde von da oben aus? War der Mensch — mit all seinem Tun, seinem Kommen und Gehen — überhaupt von einem Maulwurf zu unterscheiden? Bei aller Bewegung, wohin ging er?

Wenn mich etwas motivierte, dann war es das Bedürfnis, der Sinnlosigkeit zu entrinnen. Aber wie?

Kapitel 17

Ibrahim! Er war mehr als ein Mensch. Er war eine Macht, die Leben beherrschte — nicht, daß sie Tote wieder lebendig, Lahme gehend und Blinde sehend machen konnte, aber sie konnte Arme reich machen. Diese Kraft allein machte ihn überirdisch.

Wir wurden ständig von ihm beobachtet, das stand für mich ganz außer Zweifel. Das war derselbe Ibrahim, der gezählt hatte, wie oft ich das Telefon klingeln ließ, als ich auf seine Einladung zum Abendessen Bescheid geben wollte. Demzufolge wußte er natürlich auch, was für ein Aufruhr bei uns herrschte. So weit weg, wie er war, war er sich sogar über unseren Wortwechsel im klaren.

Aber eigentlich gab es nicht mehr viel zu sagen. Es brauchte nicht laut ausgesprochen zu werden – es würde geschehen! Joan hatte ihre Gründe, ich meine. Es gab, als wir beide zur gleichen Überlegung gelangt waren, keinen triftigen Grund, diese Gründe noch zu erläutern. Das wäre zu makaber gewesen. Wir fügten uns vielmehr in das Unvermeidliche und ließen uns treiben.

Wie jedoch war der genaue Wortlaut?

»Gebe ich dich hin wie ein Brautvater?«

»Nein«, sagte Joan. Eine Limousine würde sie abholen.

»Wann?«

»Heute abend.«

»Heute abend?«

»Wir sollten es schnell hinter uns bringen, meinst du nicht?«

Sie hatte mit Ibrahim bereits die Einzelheiten geklärt. So unvermeidlich war es also! Die Limousine holte sie ab und brachte sie zu seiner Suite im Versailles, sie verbrachte die Nacht mit ihm und kassierte am Morgen das Geld. Eine Million Dollar!

In der Zwischenzeit — was machte der Ehemann?

»Betrink dich!« sagte Joan, während sie ihre Sachen packte.

Wie kam es nur dazu? fragte ich mich. Woher nahm sie die Entrüstung über mich?

»Wenn du mit mir böse werden willst, möchte ich bloß wissen, warum!«

»Bitte«, bat sie, »laß uns nur die Nacht hinter uns bringen! Wir werden's überstehen.«

Ich saß da auf dem Bett, sah ihr zu, liebte sie, haßte sie und suchte nach einem Präzedenzfall — bemühte mich, einen Präzedenzfall für die ganze Geschichte zu finden. Aber es gab keinen. *Das hier* würde der Präzedenzfall sein!

»Ich finde, wir sollten nochmal darüber reden.«

»Es ist bereits alles gesagt«, erwiderte sie.

»Wie fühlst du dich?«

»Josh, Josh, Josh! Du hättest jetzt wohl gern eine dramatische Szene. Aber du wirst keine bekommen. Also bleib cool!«

»Cool bleiben?«

»Ja, cool bleiben. Ich werde nicht vergewaltigt und auch nicht verkauft. Ich tue bloß, was getan werden muß. Du weißt es, und ich weiß es — und er weiß es auch. Es muß getan werden. Das steht fest. Selbst droben im Himmel weiß man es, Josh. Ja, wir produzieren einen bösen Engel.«

Sie hatte bei Adin Steinsaltz gelesen, daß jede gute Tat einen entsprechenden Engel hervorbrachte. Und jede schlechte Tat natürlich auch. Für jede Sünde entstand ein böser Engel und legte später Zeugnis ab. Und so wurde man gerichtet: die guten Engel gegen die bösen. Und obgleich Joan keineswegs an diese Mythen glaubte, hielt sie sie für eine so hübsche Poesie, daß sie schon allein aus diesem Grund ein Recht hatten, wahr zu sein.

Sie lachte. Kannst du dir den Engel vorstellen, den wir dabei sind zu erschaffen? Grotesk!«

Es war geschmacklos und furchterregend, daran zu denken, wie weit hergeholt es auch sein mochte, daß wir tatsächlich etwas in die Welt setzen sollten, ein Wesen, das für immer in unserem Namen leben würde.

»Denk an die vielen guten Taten, die wir vollbringen müssen, um das auszugleichen!« sagte ich.

»Ach woher! Das ist irreversibel.«

»Und warum tun wir es dann, Joan?«

»Na, weil das Leben Spaß macht. Das Leben macht Spaß!«

»Du klingst so sarkastisch.«

»Ach wo. Entschlossen. Ich möchte mich nicht davon abbringen lassen, weil das unsere einzige Chance ist.«

»Du hast immer gesagt, wir sollten uns auf meine Begabung verlassen.«

»Ja, ich weiß, daß ich das gesagt habe, aber ich stimme dir allmählich darin zu, daß das Leben nicht immer gerecht ist. Es ist nicht in Ordnung, Josh, was sie dir angetan haben, dich nicht hochkommen zu lassen, ohne Anerkennung und unterbezahlt, und ich weiß auch, was es für dich bedeutet, jeden Tag zur Arbeit zu gehen. Du stirbst jeden Morgen, wenn du ins Büro gehst, und mir geht es langsam genauso, ich sterbe mit dir — okay? Darum tun wir das, Josh, weil wir nicht sterben wollen, nicht, solange wir noch lebendig sind.«

»Das, was wir da vorhaben, Joan, das wird seine Auswirkungen haben. Es könnte sogar den Tod bedeuten.«

»Nun . . . das werden wir herausfinden.«

Fragen, die ich nicht stellen konnte: Geht's wirklich nur ums Geld? Ist da keine Lust dabei? Kein Abenteuer? Kein »Einmal«?

Sie sagte: »Bringen wir die Nacht einfach hinter uns und *streichen* sie aus unserem Leben!«

Recht hatte sie! Die Nacht hinter uns bringen. Die Nacht überstehen. Sie aus unserem Leben *streichen*.

»Was meintest du mit irreversibel?«

»Nun, daß es immer etwas sein wird, das wir getan haben und nie völlig vergessen werden. Aber wir sind stark, Josh, wir sind beide sehr, sehr stark und werden darüber hinwegkommen und wieder so glücklich sein, wie wir mal waren.«

»Ich weiß nicht.«

»Aber ich. Nichts wird sich ändern zwischen uns.«

»Ich weiß nicht.«

»Jetzt muß ich etwas Abgedroschenes sagen, Josh. Nichts ist stärker als Liebe.«

»Da bin ich mir nicht so sicher, Joan.«

»Glaub es nur! Auch wenn es Mühe macht. Josh, ich bin für immer dein. Wenn aber du einmal beschließen solltest, mich zu verlassen, dann sage mir, wohin du gehst, und ich hole dich zurück. Ja, das tue ich.«

»Ich dich verlassen?«

»Das kommt vor«, sagte sie.

»Du kommst zurück?« fragte ich.

»Nicht nur komme ich wieder zurück, ich werde dich noch mehr lieben als je zuvor. Wirst *du mich* noch lieben? Das ist die Frage.«

»Ich werde dich noch mehr lieben als je zuvor.«

»Da bin nun ich mir nicht so sicher«, sagte sie.

»Nichts kannst du tun, das mich davon abbringen könnte, dich zu lieben.«

»Na also! So ist's recht. Wer wagt, gewinnt. Wir bleiben so, wie wir immer waren. Nur darauf kommt es an. Nur darauf kommt es mir an, Josh. Daß wir so bleiben, wie wir immer waren. Das war doch so gut.«

Ja, das war es, nur die letzten paar Tage waren die reinste Qual gewesen. Diese Sache, jawohl, sie mußte hinter uns gebracht werden.

»Wieso packst du denn dein Negligé ein?« fragte ich.

»Das ist ein Nachthemd«, sagte sie. »Kein Negligé.«

»Es ist aber durchsichtig.«

»Was hast du, Josh?«

»Ich möchte nicht, daß du dein Herz an der Sache beteiligst!«

»Das tue ich nicht. Nur meinen Körper. Wie ich gesagt habe.«

Noch ein paar Fragen, die ich nicht stellen konnte: Wie viele Male würde sie es tun in dieser Nacht? Würde sie zum Orgasmus kommen? Vor Ekstase schreien? Das gehörte mir! Das sollte eigentlich nur *mir* zustehen, das Wimmern und das Schreien. Würde sie sich vor ihn knien und ihn mit dem Mund befriedigen? Auch das sollte eigentlich nur mir zustehen.

Gewöhnlicher, einfacher Geschlechtsverkehr — irgendwie machte der mir nicht soviel aus. Jetzt nicht. Schließlich war der ja allgemein verbreitet. Er gehörte nicht nur mir und Joan, und wir konnten ihn nicht für uns patentieren. Doch das Wimmern und das

Schreien — das war *Hoheitsgebiet*. Mit dem Beischlaf als Akt hatte ich mich für diese Nacht bereits abgefunden. Aber die Geräusche — wenn sie ihm auch die Geräusche gab, das wäre eindeutiger Verrat!

*

Um acht fuhr die lange schwarze Limousine bei uns vor. Wir verabschiedeten uns nicht. Es klingelte, und sie ging hinaus, die Reisetasche in der Hand. Ich sah zu, wie sie einstieg. Der Chauffeur hielt ihr die Tür auf, stand still, bis sie richtig saß, und stieg dann seinerseits ein. Ich versuchte, einen Blick zum Abschied zu erhaschen, aber die Fensterscheiben des Autos waren zu stark getönt. Ich konnte sie nicht sehen, sie aber mich — was dem ganzen Unternehmen schon so richtig entsprach.

Ich raste die Treppe hinunter und fuhr in unserem Malibu hinterher, holte sie auf dem Roosevelt Boulevard, Ecke Harbison ein, folgte ihnen über die Tacony Palmyra Bridge zum Nord-Süd Freeway und auf den Atlantic City Expressway. Ich hatte keine Ahnung, warum ich das tat.

Mit majestätischer Leichtigkeit machte die Limousine siebzig Meilen pro Stunde, und mein Auto klapperte und klagte. Der Drang, den ich verspürte, war der gleiche wie bei einem Soldaten, der in den Kampf zieht, und ich mußte zugeben, daß es leichter war, im Krieg ein Held zu sein als im Frieden.

Kapitel 18

Während ich der Limousine in Sichtweite folgte, fragte ich mich: Will ich etwa zusehen? Will ich das? Natürlich nicht! Ich wollte sie nicht in ihrer Nacht mit Ibrahim sehen. Aber ich wollte in ihrer Nähe sein. Nähe wurde aus irgendeinem Grund wichtig, als ob ich sie, wenn ich in ihrer Nähe war, nicht ganz verlor.

Verdammt noch mal, wie ich sie liebte!

Die Limousine fuhr zu dem Eingang, den das Versailles in der Pacific Avenue hatte, und einer von Ibrahims Leuten öffnete ihr die Tür, war ihr beim Aussteigen behilflich und nahm ihr die Tasche ab. In ihren Bewegungen konnte ich nichts Unentschlossenes entdecken. Tapfer ging sie die Sache an, wie es ihr Stil war, wenn sie sich erst einmal zu etwas entschlossen hatte.

Ich hatte immer noch genügend Zeit, hinzustürmen und sie zu befreien. Aber es gab ja nichts zu befreien!

An all die Gelegenheiten mußte ich denken, bei denen sie mich aufgefordert hatte: »Tu etwas!« Unzählige Male hatte ich viel getan, aber nicht genug, um sie zufriedenzustellen. *Tu etwas!* hatte sie gesagt, als wir uns in Philadelphia an der Ecke Seventeenth und Market befanden und ein Penner auf dem Bürgersteig saß und zitterte und mir, wie allen anderen auch, gar nicht in den Sinn kam, etwas zu tun, da ich schon so oft um solche Penner herumgestiegen war. Sie aber sagte: *Tu etwas!* Also gab ich ihm einen Dollar, und sie tat noch zehn dazu.

Tu etwas! hatte sie in Callowhill gesagt, als auf

einem Parkplatz zwei größere Kinder über ein kleineres hergefallen waren. Und ich ging hin und tat etwas.

Das waren noch Zeiten, als sie glaubte, alle Probleme der Welt ließen sich lösen, indem man *etwas tat*, als sie sich der großstädtischen Einstellung, sich nicht einzumischen, widersetzte, der Kapitulation, die besagte, wenn es so ist, wie es ist, dann muß es so sein. Nicht für Joan!

Doch jetzt, was tun? Alles verlief nach Plan, dem Plan, der Akt für Akt ablief. Rollen waren verteilt worden, und meine bestand darin, sie entschwinden zu sehen.

Ich fuhr zum Galaxy, ließ mein Auto parken und fragte nach einem Zimmer. Die Dame an der Rezeption hieß Margaret Mailer. Ich sagte: »Das ist ein berühmter Name!« Aber sicher, gab sie zurück. Schon vom ersten Tage an war sie hier.

Sie ließ mich das Anmeldeformular ausfüllen, und als es darum ging, wie ich bezahlen wollte, reichte ich ihr meine Master Card. Sie steckte sie in den Computer, dann führte sie ein Telefongespräch und übermittelte mir schließlich die schlechte Nachricht. Ich hatte meinen Kreditrahmen bereits überzogen.

Sie versuchte, nett zu sein, die Margaret Mailer. Sie fragte, ob ich noch andere Kreditkarten hätte. Gewiß hatte ich noch welche. Ich hatte jede Menge. Aber überall war ich schon über den Kreditrahmen hinaus.

Das war wie damals, als ich mit Joan zu Gimbel's ging, Möbel kaufen, einen Monat nachdem wir geheiratet hatten. Fünf Stunden brachten wir damit zu, dies und das auszusuchen und dann das und dies — der Verkäufer verzichtete für den fetten Auftrag, den er kommen sah, auf seine Frühstückspause und dann sogar auf seine Mittagspause.

Am Ende, nachdem wir praktisch das ganze Stockwerk gekauft hatten, führte er das Telefonat und kam zurück, um uns mitzuteilen, daß wir keinen Kredit hätten. Sein ganzer Tag war ruiniert. Armer Mann!

Es kam aber noch etwas nach. Er ließ uns in die Kreditabteilung kommen. Eine sehr aufgebrachte Dame erwartete uns bereits. Sie bat um meine Kreditkarte. Ich reichte sie ihr. In einem Akt öffentlicher Ungnade nahm sie eine Schere und zerschnitt die Karte. Ein regelrechtes Autodafé war das.

Eines Tages, sagte ich später zu Joan, würden wir abrechnen. Wir würden soviel Geld haben, daß es denen noch leid tun würde — und war denn das nicht der ganze Zweck dieser Nacht mit Ibrahim? Um mit den Gimbel's, Strawbridge's, Wanamaker's, der Telefongesellschaft, dem Gas-Unternehmen, der Elektrizitätsgesellschaft, Visa und jetzt Master Card abzurechnen? Darum war sie ja da oben, um der Demütigung, Mittelstandsarme zu sein, ein Ende zu setzen. Ein und für allemal.

Von morgen an war das alles vorbei. Dann sind wir immer gut bei Kasse. Das ist kein Hirngespinst. Nicht mehr. Von morgen an würde es so sein.

Einstweilen jedoch war noch heute. Das große *Jetzt*.

Ich bediente mich Sy Rodrigos, um ein Zimmer zu bekommen. Schließlich hatte er mit Sicherheit mich benutzt, um noch viel mehr zu erlangen — das Geschäft mit Ibrahim. Dafür hatte er meinen Namen preisgegeben und Joan identifiziert, was ja eigentlich kein so großes Verbrechen war. Es war, wie Ibrahím es bezeichnete, ein *Übereinkommen*. So wurde die Welt von oben her regiert, durch Übereinkommen.

Gegenüber Margaret Mailer erwähnte ich also Sy Rodrigo. Wiederum führte sie ein Telefonat, und diesmal wurde ich akzeptiert. Das Zimmer war sogar kostenlos, allerdings nur für eine Nacht. Das war wirklich nett.

»Was ich Sie noch fragen wollte«, sagte ich, »Sie sind nicht zufällig verwandt mit der echten Mailer?«

»Ich *bin* die echte Mailer«, erklärte sie.

O Mann, sie war es!

Ich hatte kein Gepäck, und darum brauchte ich auch keinen Pagen, der mich auf mein Zimmer begleitete, und das sparte mir ein paar Dollar. Zweiundsechzig Dollar hatte ich bei mir. Ich hätte mehr dabei haben können, aber ich war ja überstürzt von zu Hause weggefahren!

Im Zimmer nun ließ ich mich aufs Bett fallen. Schlafen wäre wohl des Beste. Wenn ich nur die ganze Sache durchschlafen könnte! Aufwachen, und es wäre vorbei! Dann würde es beginnen, das Erholen und das Vergessen. Das Geld würde sich nicht darum scheren.

Inzwischen, dachte ich, war wohl der Einleitungsakt gelaufen. Drinks, Musik, sich näher kennenlernen. Ibrahim fiel nicht mit der Tür ins Haus. Oder doch? Sobald sie eintrat — vielleicht hatte es begonnen, sobald sie eingetreten war.

Dann wäre es inzwischen *geschehen* — zumindest zum erstenmal, und es stand noch eine lange Nacht bevor. Ibrahim würde wohl nicht zum Schlafen kommen. Das war seine Nacht. Eine Million Dollar mußten in Joan aufgebraucht werden. Nein, auch Joan würde nicht zum Schlafen kommen.

Und ich ebenfalls nicht.

Vielleicht, dachte ich, wäre es besser, ins Kasino hinuntergehen und etwas von meinem Geld zu vertun. Ich brauchte mir ja keine Gedanken zu machen, ob ich gewann, nicht, wenn mir eine Million Dollar bevorstanden. Ich brauchte nur ein bißchen Trubel um mich herum. Etwas, das mich auf Trab hielt. Die Automaten würden schon genügen, und wäre es nicht etwas, wenn ich den Jackpot von einer Million knackte? Dann wüßte ich, daß es einen Gott gibt, aber nicht gerade einen netten.

Nein, das Beste, was ich tun konnte, war, zu schlafen, um diese Stunden zwischen Joan und Ibrahim totzuschlagen. Ich schaltete also den Fernseher an, Bild ohne Ton, kroch unter die Zudecke. Schlafen? Du machst wohl Witze? dachte ich. Sie *schläft* ganz gewiß nicht.

Ich erinnerte mich wieder daran, wie der Lehrer in der Sabbatschule gesagt hatte, »und er schlief mit ihr«, und wir, damals zehn Jahre alt, uns gefragt hatten, so? Was ist schon dabei, wenn ein Mann und eine Frau zusammen schlafen; außer, natürlich, man meint . . . man meint, daß sie eigentlich nicht *schlafen*.

Während wir uns mit unseren Hockeyschlägern den anderen auf der Gasse anschlossen, erklärte Maxie, die mit zwölf viel älter und klüger war: »Wie verrückt bist du denn! Du glaubst tatsächlich, wenn es heißt, sie schlafen, daß sie schlafen? Sie schlafen nicht, Josh. Sie ficken. Du bist aber noch hinterm Mond!«

»Warum heißt es denn dann nicht auch so?«

»Du bist unmöglich, Josh. Soll denn die Bibel fikken sagen?«

»Nein, aber der Rabbi . . .«

»Du verlangst tatsächlich, daß der *Rabbi* ficken sagt?«

»Nein, ich meine . . . es ist nicht klar.«

»Es ist klar, Josh. Völlig klar. Aller Welt ist es völlig klar. Nur dir nicht.«

»Aber manchmal heißt es auch, er drang in sie ein.«

»Wo drang er denn ein, Josh? In ihr Ohr?«

»So dumm bin ich nun auch nicht!«

»Doch, das bist du. Wenn du je erwachsen wirst, dann kommst du schon noch dahinter.«

»Hinter was?«

»Daß sie alle ficken.«

Natürlich war das Unsinn. Nur schlechte Menschen taten das, wie die Kerle draußen, außerhalb des Spielsalons und die Kerle in den fadenscheinigen Anzügen und mit dem wilden Haar, die vor Herm's Candy News and Soda Shop in der Fairmont Street ihre Schlüsselketten in den Händen herumschlenkerten. Das waren Ganoven, das stand fest.

Wer aber waren die Mädchen, die so was machten? Nicht ein Mädchen fiel mir ein, das so etwas tun würde. Selbst Maria, das Mädchen hinterm Ladentisch bei Herm's, das so enge weiße Pullover trug und immerzu mit den Burschen flüsterte, *flachste* bloß. Das ist alles, was Mädchen tun. Sie flachsen nur. Sie tun es nicht wirklich. Ich meine, ficken ist nichts für Mädchen.

Später mußte ich jedoch eingestehen, daß die Leute es tatsächlich taten — aber nur glamouröse Leute. Wie Filmschauspieler. Marilyn Monroe tat es vermutlich und vielleicht auch Errol Flynn, Jeff Chandler aber gewiß nicht. Er war Jude. Demzufolge tat es auch Lauren Bacall nicht. Sie schäkerte nur mit Humphrey Bogart.

Maxie bestand darauf, daß es auch häßliche Leute taten. Man stülpt der Frau etwas über den Kopf. Aber angenommen, der Mann ist auch häßlich? Solche gab es nämlich jede Menge. Wird dann beiden etwas über den Kopf gestülpt?

Was die hübsche Joan betraf, dachte ich mir jetzt, sie flachste bloß. Ich stellte sie mir sogar vor, jetzt da oben in seiner Suite, wie sie, plötzlich damit konfrontiert, sich plötzlich der Sache *bewußt*, die Hände vors Gesicht hielt, wie in einem Stummfilm nach Atem rang und sagte: »Du meine Güte! Sie haben doch nicht wirklich angenommen... Sie erwarten doch nicht wirklich...« Und dann: »Ich hab' doch bloß *Flachs* gemacht!«

Dieser Ibrahim aber, der hätte keine Ahnung vom Flachsen. Das war nicht der schlichte Onkel Harry aus der Bronx, der schon mächtig darauf abfuhr, einen Hintern zu berühren. Das war *Ibrahim*! Sultan oder so etwas, von Mahareen oder so. Ein leibhaftiger, vollblütiger Milliardär. Flachsen war ganz und gar nicht seine Art, und so recht bedacht — es war auch nicht Joans Art.

Wenn sie sich erst einmal zu etwas entschlossen hatte... wenn sie sich erst einmal dazu entschlossen hatte, es zu tun... war es so gut wie getan. Jawohl!

Wie damals, als wir noch nicht verheiratet waren und ich wegen allem so ein schlechtes Gewissen hatte, daß ich sie anrief, um eine Verabredung abzusagen und ihr sogar sagte, ich liebte sie nicht und so weiter und so fort; und nach all dem, meinem ganzen Gerede, sagte sie, als hätte sie nicht ein einziges Wort vernommen: »In zwanzig Minuten erwarte ich dich hier. Bis dann!«

Und nun ... sich das vorzustellen! Wie Ibrahim *in sie eindrang*.

Ich hatte keinen rechtmäßigen Anspruch auf diese Gedanken, weil ich bereitwillig für diese Nacht auf sie verzichtet hatte, sie abgetreten hatte und allein daran schuld war. Es war ganz und gar meine Schuld. Sich vorzustellen, was sie wohl gerade machten — das wäre eine Zudringlichkeit. *Jawohl, Betrug!* Mich selbst zu bemitleiden, war ein Trost, den ich nicht verdiente.

Aber trotzdem, in sie eindringen ...

Entfliehe diesem Zimmer, sagte ich mir, oder mit dir geht's bergab, wie in jener Nacht im Marriott in Dayton, Ohio, als du erkennen mußtest, daß es niemanden auf der ganzen Welt gab. Jeder Mensch, hattest du entschieden, ist eine Insel.

Verdammt mit ihr und ihrem »Einmal«, und verdammt mit mir und meinem Verlangen, reich zu sein! Was für ein Konflikt!

Ob wohl Narben zurückblieben? fragte ich mich ... fabrizierten wir, ja ... fabrizierten wir einen Engel?

»Achthaben?« hatte sie damals nachgefragt, als wir uns näher miteinander vertraut machten und uns ganz allgemein unterhielten. »Niemand hat acht. Du bist ein Mystiker.«

»Wenn niemand auf einen achthat, warum vollbringen die Menschen dann gute Taten?«

»Weil die Menschen gut sind.«

»O nein! Weil jemand auf sie achthat. Zumindest

glauben das die Leute. Gute Christen bekreuzigen sich doch auch, wenn sie allein sind, nicht wahr? *Sie* glauben, daß jemand auf sie achthat. Gute Juden flüstern, wenn sie beten. *Sie* glauben, daß ihnen jemand zuhört und auf sie schaut. Also muß doch jemand achthaben und sich Notizen machen und sich die Nummern von Kfz-Kennzeichen aufschreiben.«

»Ha!«

Bloß »ha« konnte sie sagen, genau so ... das Ha eines reichen Mädchens, wie die Schultern eines reichen Mädchens und die Beine eines reichen Mädchens und das Haar eines reichen Mädchens und das ...

In sie hinein. O ja, definitiv. In sie hinein.

Recht so? fragt sie jetzt.

So?

Bei den Anstrengungen dann wendet sich das Ha zum Ah ... ah ... ah ... ah ... ah ... ah ... ah ... ah ...

»Ich meine«, hatte Maxie gefragt, »du glaubst, daß sie wirklich schlafen? Jesus Christus, Josh! Sie *ficken*!«

Kapitel 19

Um also aus dem Zimmer zu kommen und die Zeit totzuschlagen, stieg ich in den Fahrstuhl und fuhr nach unten. In der Lobby befanden sich vierhundert Millionen Menschen von irgend einer Tagung. Alle quasselten und lachten und trugen dieselbe Kleidung, Firmie-Anzüge sogar hier in Atlantic City; und an jedem Revers beziehungsweise jeder Brust haftete ein Sticker mit der Aufschrift »Besucher«. Irgendwie fand ich das urkomisch.

Ich fragte einen: »Ist das eine philosophische Feststellung?«

»Eine was? Wir sind hier zu einer Tagung.«

»Ich meine, wir sind alle Besucher auf diesem Planeten. Ist es das, was Sie damit sagen wollen?«

»Sie müssen verrückt sein.«

Vielleicht war ich das. Ich fühlte mich verrückt. Das Kasino war ziemlich leer. Black-Jack-Croupiers standen allein und gelangweilt vor ihren Karten, die darauf warteten, gemischt zu werden. Sogar Zwei-Dollar-Tische waren vorhanden.

Wegen dieses verrückten Gefühls konnte ich mich jedoch nicht darauf einlassen. Wenn ich nun gewann? Und wenn ich verlor?

Und wenn? Und wenn? Und wenn?

Ich hätte es hinausschreien können: Wir sind doch bloß Scheiß-Besucher!

Indem ich zwischen den Black-Jack-, den Roulett-, den Craps- und den Bakkarat-Tischen sowie den Glücksrädern meine Runden drehte, rum und num, hin und her, vorbei an Gesichtern und Gesichtern und nochmal Gesichtern, alle so freudlos und verbissen, kam ich mir vor wie ein Schwimmer, der sich zu weit hinaus ins zu Tiefe gewagt hatte und nun verzweifelt um sein Leben kämpfte.

Mach jetzt etwas Vernünftiges! redete ich mir zu. Rasch! Sonst wirst du verrückt!

Denk an etwas Schönes! Zum Beispiel? Deine Frau? Das tat weh. Deinen Vater, deine Mutter, deine Kinder? Das tat ebenfalls weh. An Geld denken. Das tat am meisten weh. Also denk an Jerusalem! Okay. Das war schön.

Nächstes Jahr in Jerusalem — mit Joan!

Fehlt dir was? fragte ich mich. Bist du noch zu retten? Du wirst doch nicht etwa sterben wollen?

Fühlen Sie sich nicht wohl?

Fühlt er sich nicht wohl?

Fassen Sie ihn nicht an! sagte jemand.

Ich glaube nicht, daß er in Ordnung ist.

Ich lag nicht flach auf dem Rücken. Ich saß. Also war ich nicht in Ohnmacht gefallen. Nur zusammengebrochen. Meine Beine waren so schwach. Sie trugen mich nicht mehr. Hatten einfach nachgegeben — und ich hatte mich hingesetzt. Ich war nicht hingestürzt, sondern nur so stehengeblieben.

Viel zu schnell war ich hin und her gerannt. Mir war schwindlig geworden. Das war es, ein Schwindelanfall. Wieder einmal ein Schwindelanfall. Ganz schöner Rummel, wie Joan gesagt hätte. Wenn sie hier gewesen wäre. Aber sie war ja nicht hier. Nein, Joan war nicht hier.

Joan war im Augenblick beschäftigt.

»Fühlen Sie sich nicht wohl?« hörte ich fragende Stimmen.

»Fühlt er sich nicht wohl?«

Männer und Frauen in Uniform umringten mich. Dasselbe war mir schon einmal in Jerusalem passiert, am sechsten Tag des Sechstagekrieges. Ich warf Handgranaten, als wir die Mauer angriffen. Dann wurde ich getroffen, und man trug mich zu einem Krankenwagen. Ein Mann mit Bart fragte mich nach meinem Namen. »Joshua«, gab ich zur Antwort. »Aha«, sagte er. »Kennst du die Geschichte von Joshua?« Das tat ich. »Dann weißt du auch das von den zwölf Steinen?« Ja, Gott hatte Joshua geboten, zwölf Steine im Jordan aufzustellen, zur Erinnerung an das sichere Geleit ins gelobte Land. »Was wir also tun müssen«, sagte der Bärtige, »ist, an dieser Mauer hier zwölf Steine aufstellen.«

Eine Kugel hatte mich genau in die Kniescheibe getroffen, und ich brachte sechs Wochen im Lazarett zu. Nachdem ich entlassen worden war, gelang es mir nicht, den Mann mit dem Bart ausfindig zu machen. Ich erkundigte mich nach ihm. Ich beschrieb ihn. War er ein Arzt? Ein Kaplan? Niemand wußte, wer er war. Also tat ich es allein. Ich holte zwölf Steine vom Berg Zion und stellte sie an der Westmauer auf. Mittlerweile waren sie sicher wieder weg, aber in meinen Gedanken waren sie immer noch da.

Jetzt fragte mich der Mann, der der Leiter der Gruppe zu sein schien: »Können Sie aufstehen?«

Er streckte mir eine Hand entgegen. Ich ergriff sie und zog mich hoch, als er dann jedoch losließ, saß ich wieder auf dem Hintern. Meine Beine schienen vergessen zu haben, wozu sie eigentlich da waren.

»Das genügt«, erklärte der Mann, der mir die Hand gereicht hatte, und ich, in meinem benebelten Zustand, hatte keine Ahnung, was er meinte.

Wollten sie mich aufstellen und umbringen?

Tun sie das mit einem, wenn man sich nicht mehr erheben und spielen kann?

In der Öffentlichkeit zusammenzubrechen, davor hatte ich immer schrecklich Angst gehabt – das kam gleich danach, eingesperrt zu werden. Die Schmach war es, mehr als alles andere. Doch hier bedeutete es keine Schmach. Nein, alles ging weiter. Ich war neben einem Craps-Tisch zusammengeklappt, wo es laut und lebhaft zuging und weiterlief – »Komm schon, sieben . . . komm schon, sieben . . . gib sie mir, Süße!«

Inzwischen waren Leute vom Notdienst des Kasinos gekommen. Sie waren sehr besorgt. Bemühten sich sehr um mich. Lockerten mir den Schlips und fühlten mir den Puls, während sie mich im Rollstuhl davonfuhren. Was machte ich in einem Rollstuhl? Ich konnte mich nicht daran erinnern, hineingesetzt worden zu sein. Das war ja schrecklich, sagte ich mir. Ich hatte Gelähmte hierher kommen sehen, als wäre es Lourdes, um geheilt zu werden, aber noch nie die Sache andersherum erlebt, daß einer, wie ich, *hergelaufen* kam und *weggefahren* werden mußte. Die genaue Umkehrung von geheilt zu werden.

Und doch hatte die Sache irgendwie Würde. Das war wie der feierliche Rundgang eines Präsidenten, entlang meiner Route standen Wachen Spalier, Informationen über meinen Zustand wurden per Sprechfunk übermittelt — und sogar ein Fahrstuhl hielt nur für mich. Und das alles, weil ich nicht mehr aufrecht stehen konnte.

Warum konnte ich denn nicht mehr stehen? Weil ich die Stimme Gottes gehört hatte.

Gesagt hatte er: »Joshua?«

Ich wußte, daß das etwas Schlechtes bedeutete.

Wenn er einen liebt, dann ruft er einen zweimal. »Mose . . . Mose!« hatte er gerufen.

Mich aber nur einmal: »Joshua?«

»Hier bin ich«, gab ich ihm zur Antwort.

»Ich löse dich von deinem Volk, Joshua.«

Das war, als meine Beine nachgaben.

Ich war nie einer von denen gewesen, die behaupteten, Gott hören zu können, und ich war es immer noch nicht. Das war mein Vater, der zu mir sprach — mein Vater war, nachdem er gestorben war, für mich Gott geworden. So stellte ich mir Gott jedenfalls vor, als meinen Vater. Leicht erzürnt, beim Vergeben aber nicht so schnell. So sah ich meinen Vater. So sah ich Gott. Das Gesicht meines Vaters, streng, aber liebevoll — liebevoll, aber streng, wurde zum Gesicht Gottes.

Ich konnte sie aber auch auseinanderhalten. Ich wußte, wann mein Vater zu mir als mein irdischer Vater sprach und wann er zu mir als mein himmlischer Vater sprach. Diesmal war er durch einen Wirbelwind und in einem lodernden Streitwagen über mich gekommen.

Ich löse dich von deinem Volk.

Jetzt lag ich auf einem Bett, in einem hell erleuchteten Zimmer. Eine Krankenschwester maß Fieber. Sie wollte wissen, ob ich fror. Das bejahte ich. Da deckte sie mich mit einer Decke zu. Ich beklagte mich darüber, daß sie kratzte. Das hörte sie nicht. Sie schienen von Fall zu Fall zu entscheiden, ob sie meine Worte hörten oder nicht.

Sie fragte mich, was los war.

Und ich war im Begriff, es zu erzählen. Alles. Ich wollte ihr von Joan erzählen, was Joan im Augenblick machte — und was ich tat. Ich wollte ihr erzählen, was ich getan hatte.

Was hatte ich nur getan? überlegte ich. Wie hatte ich es überhaupt tun können? Wohin würde uns das *bringen*? Das war der Anfang von etwas und sein Ende.

Ich wollte ihr erzählen, daß ich von meinem Volk gelöst wurde. Ich stand nicht mehr unter dem Schutz des Bundes Gottes mit den Menschen.

»Was fehlt Ihnen?« fragte sie.

»Nichts«, gab ich zur Antwort.

»Tut was weh?«

»Nein.«

»Sie haben kein Fieber. Aber Ihr Herz rast wie das eines Kindes.«

Ob ich unter dem Einfluß von Medikamenten stand, wollte sie wissen.

»Ich nehme gelegentlich Valium. Fiorinol gegen Migräne.«

»Haben Sie jetzt Migräne?«

»Nein. Überhaupt nicht.«

»Warum können Sie nicht gehen?«

»Ich glaube, jetzt geht es wieder.«

»Nein, Sie bleiben hier und ruhen sich aus!«

»Wie lange?«

»Wir werden sehen. Ich möchte, daß der Doktor Sie mal anschaut.«

Vor dem hellen Licht schloß ich die Augen. Denk an etwas Gutes! redete ich mir ein. Schlechte Gedanken bringen dich um! Aber — was machte Joan wohl jetzt im Augenblick? Ich sah sie nackt, auf den Knien . . .

Da warf ich die Decke zurück.

Die Schwester kam herbeigeeilt. »Ich denke, Sie frieren?«

»Mir ist heiß!«

Mir war heiß und gleichzeitig kalt.

»Der Doktor wird gleich da sein.«

»Könnte ich etwas bekommen, damit ich schlafen kann? Ich möchte nur schlafen.«

»Der Doktor kann Ihnen etwas geben.«

Ich wartete. Wo blieb denn nur der Doktor? Alles, dachte ich — alles dauert *so lange*. So vieles geschieht auf der Welt, und ich liege hier und verfalle.

Mein Fleisch verzehrt meine Seele. Eine geistige Zerrüttung war das.

Der Doktor war ein skeptischer alter Mann. Er besaß die heitere Gelassenheit des Fachmannes, für den es nichts gab, das er nicht schon kannte, der so vieles gesehen hatte, daß ihn nichts mehr überraschen konnte. Sein Name war Moore, Dr. Horace Moore.

Während er mich untersuchte, unterhielt er sich mit mir.

»Ich höre, Sie möchten eine Schlaftablette. Nur eine, hoffe ich. Zu mir kommen auch Leute, die wollen mehr, wenn Sie wissen, was ich meine.«

»Nur eine«, sagte ich.

»Sie kommen, nachdem sie ihre sämtlichen Ersparnisse verspielt haben. Das Glücksspiel ist nichts für die Zaghaften.«

»Ich habe nicht verloren«, erklärte ich. »Ich habe gewonnen.«

»Hmm, auch die kommen. Sie werden auch nicht fertig damit. Was haben Sie gewonnen? Eine Million Dollar?«

Woher wußte er? Er wußte natürlich nicht. Eine Million war die magische Zahl.

Der amerikanische Traum. Der amerikanische Jackpot.

»Sie sind ein kranker Mann«, verkündete er, nachdem er mir in die Augen geschaut hatte.

»Wie krank?«

»Nun, das weiß ich nicht. Aber bei Ihnen zeigen sich die Symptome einer Kriegsneurose. Haben Sie an einem Krieg oder so teilgenommen?«

»Vor vielen Jahren, ja.«

»Nein, ich meine heute, gestern. Jedenfalls sind Sie körperlich völlig gesund, aber . . .«

Aber, sagte er, er sähe etwas, etwas, das ihm ganz und gar nicht gefiel.

»Sie brauchen Ruhe«, sagte er.

»Kann ich eine Schlaftablette haben?«

»Sie meinen es tatsächlich ernst mit dieser Schlaftablette? Das ist noch so ein Symptom.«

»Sie haben doch gerade gesagt, ich brauche Ruhe.«

»Ruhe heißt nicht unbedingt Schlaf. Ruhe heißt . . . Sie wissen, was Ruhe heißt. Sie kämpfen gegen etwas. Gegen was kämpfen Sie?«

»Ich verstehe nicht ganz.«

»Sie verstehen ganz genau.«

»Sie wollen so etwas wie eine Beichte?«

»Nein, ich bin nur Arzt. Mein Stethoskop reicht nur bis zum Herzen. Was im Herzen drin steckt, das wissen nur Sie. Sie und Gott. Nun, wie dem auch sei, ich gebe Ihnen die Tablette. Aber sie kann jedenfalls nicht die Antwort sein.«

»Danke!« sagte ich. »Das ist alles, was ich möchte.«

»Ja, die Schlaftablette.« Er hielt inne und sah mich an, von Mensch zu Mensch. Das war etwas, das er offensichtlich nicht zu oft tat. »Ich mache mir Sorgen um Sie«, sagte er. »Wissen Sie, ich war auch im Krieg. Zweiter Weltkrieg. Ich habe gesehen, was Menschen anderen Menschen antun können. Das ist schlimm. Jetzt bin ich hier und sehe, was die Menschen sich selber antun. Stellen Sie sich vor, das ist noch viel schlimmer!«

Eine Beichte, das war es, was dieser Mann von mir wollte.

»Sie sind einer von denen!« sagte er.

»Einer von denen?«

»Sie wissen, was ich meine. Hier ... hier haben Sie Ihre Tablette! Aber denken Sie dran, das ist nicht die Antwort.«

Kapitel 20

Als ich wieder in meinem Zimmer war, nahm ich die Tablette mit etwas Wasser und wartete darauf, daß sie wirkte. Schlaf war mir jetzt so wichtig. Wichtiger als das Leben. Ich schaute aus dem Fenster und konnte sogar aus dieser Entfernung, im Dunkel der Nacht, am Strand einen Mann mit Bart sehen, der seinen Hund ausführte.

Ich ließ mich aufs Bett fallen und sank schließlich in den Schlaf. Ich schlief etwa eine Stunde. Als ich aufwachte, brannten mir die Augen, und ich hatte einen trockenen Hals. Es war zwei Uhr nachts und keine gute Zeit, wach zu sein.

Einen Traum hatte ich gehabt. In diesem Traum standen Joan und Ibrahim am Fuß meines Bettes und lachten und verhöhnten mich. Ich wußte, daß es ein Traum war, ich wußte aber auch, daß sie da waren. Ich war mir ganz sicher.

In seinen letzten Tagen hatte mein Vater — er lebte da allein in Philadelphia — immer wieder gesagt, er würde nachts von allen möglichen Leuten besucht. Er würde sogar mit ihnen kämpfen. Natürlich glaubte ich ihm nicht, aber im ganzen Haus waren die Möbel *umgestürzt*.

Sogar die blauen Flecken von seinen nächtlichen Kämpfen hatte mein Vater mir gezeigt. Ich aber hatte mich dafür entschieden, ihm nicht zu glauben, denn ihm zu glauben hätte bedeutet, die Unterwelt zu öffnen, und ich hatte mich dafür entschieden, nicht an eine Unterwelt zu glauben.

Ich sah mich um und spürte die ganz besondere Leere eines Zimmers, das gerade erst geräumt worden war. Leute waren hier gewesen und waren wieder gegangen. In der einen oder anderen Form war Joan hier gewesen. Den Duft ihres Parfüms konnte ich riechen und den Schatten ihres Lächelns sehen. Ibrahim war hier gewesen.

Die Stühle standen nicht an ihrem richtigen Platz. Der Telefonhörer war nicht aufgelegt. Decken lagen auf dem Boden. Es mußte ein Kampf stattgefunden haben. Zwischen mir und Ibrahim oder zwischen mir und mir selbst?

Möglicherweise hatte ich im Schlaf getobt. Aber ich steckte ja unter der Zudecke. Eingeschlafen war ich auf der Zudecke — so erinnerte ich mich jedenfalls. Ich hatte nur die Unterhosen an. Ich konnte mich nicht entsinnen, mich ausgezogen zu haben. Das zweite Kopfkissen — ich *wußte*, daß ich es nicht berührt hatte — war von, wie es aussah, zwei Köpfen eingedrückt.

Ich war mir sicher — sie waren hier gewesen, waren hier und hatten es in meinem Bett miteinander getrieben, während ich schlief. Was für ein Fang! Was für eine Zugabe. Für eine Million Dollar wollte sich Ibrahim diese zusätzliche Genugtuung nicht entgehen lassen.

Aber Joan — wie hatte sie sich daran beteiligen können? Verachtete sie mich so sehr? Vielleicht. Das, diese Sache, die ich getan hatte, war so etwas Niedriges, daß Gott sie nicht einmal berücksichtigt hatte in seinen zehn oder gar 613 Geboten. Gegen Mord,

Raub und Ehebruch hatte er Vorsorge getroffen — aber gegen das hier? Nicht im geringsten.

Jawohl, genau hier auf diesem Bett hatten sie miteinander geschlafen. Genau hier hatte Joan unter einem anderen Mann gebebt, wobei sich das sexuelle Vergnügen aufgrund meiner Anwesenheit, wenn ich auch schlief, verdoppelt hatte.

Was Ibrahim betrifft — warum? Ich hatte ihm nie etwas zuleide getan. Diese Sache hier war als ehrliches Geschäft gedacht gewesen. Warum diese gemeine Rache? Vielleicht war das gar eine arabisch-jüdische Angelegenheit.

Nein, sagte ich mir, das war kein Ausdruck von Bosheit. Spaß war das, Vergnügen. Ein Milliardär — wie kommt ein *Milliardär* zu seinem Spaß? Da er sich alles leisten kann, benötigt er neue Arten von Vergnügen. Er muß neue Sensationen improvisieren.

Nichts hätte vollkommener sein können, als Joan hierher zu bringen, in mein Bett.

Woher aber wußte er überhaupt, daß ich hier war? Na woher wohl, sagte ich mir, denk mal nach! Du hattest doch Sy Rodrigo rufen lassen, damit er dir ein Zimmer besorgt. Da ist die Verbindung. Würde Sy, um sich bei Ibrahim noch mehr lieb Kind zu machen, ihn nicht davon in Kenntnis setzen, daß ich hier war? Auf alle Fälle würde er es. Sy hätte da keinerlei Bedenken. Er war an dem Geschäft beteiligt. Genaugenommen war er überhaupt der erste Verschwörer gewesen.

Aber Joan — was für eine Umkehrung der Form! Was für eine Charakteränderung, einzuwilligen, etwas so ausgesprochen völlig Verderbtes zu tun. Einzuwilligen? Vielleicht war das Ganze ursprünglich überhaupt ihre Idee gewesen? Wer weiß, wie weit

218

Leidenschaft führt, wenn sie erst einmal begonnen hat? Spaß, auch sie war sehr für Spaß zu haben. *Einmal* — für sie galt die Maxime, alles einmal zu probieren.

Für mich gab es nur eins zu tun. Den Gedanken zurückweisen. Andernfalls würde ich nicht nur von meinem Volk gelöst, sondern auch von Joan, und Joan war alles, was ich hatte. Joan war mein gesunder Menschenverstand in all dem Chaos, und ich mußte mich trotz dieses scheußlichen Erlebnisses auf sie verlassen, auf ihre Güte verlassen, auf ihre Liebe verlassen.

Mir blieb nichts anderes übrig. Mich noch mehr in diese Mutmaßung zu vertiefen, zu glauben, daß Joan einer solchen Verhöhnung fähig wäre, würde mich nur in den Wahnsinn treiben. Diesmal ganz bestimmt. Keinen falschen Alarm, wie vorher. Zuvor hatte es eine Warnung gegeben. Vielleicht einen Anfang. Joan war gut. Joan war schön. Joan, die ich verraten hatte, Joan, die mich verraten hatte — Joan würde mich erretten müssen. Joan würde mein Innerstes wieder gesundmachen müssen. Sie allein konnte mich wieder aufrichten — uns beide zusammen. Auf, auf, zurück ins Land der Lebenden! Denn das war *Sheol*. Das war das finstere Tal des Todes.

Den Beweis mußte ich also als Phantasie abtun, als von Schuldgefühl hervorgerufene Einbildung.

Aber es mußte *jemand* außer mir in diesem Zimmer gewesen sein. Das wußte ich. Die Augen waren immer noch hier. Ich sprang aus dem Bett. Zog mich an. Ging ins Bad. Wusch mir nicht einmal die Hände. Schaute auch nicht in den Spiegel, aus Angst, noch ein Gesicht würde mich aus ihm heraus anstarren.

Ich hetzte zur Tür, mit dem Gedanken, sie könnte für immer verriegelt sein. Mit dem Gedanken, hier für den Rest meines Lebens gefangen zu sein, um meine Tage in Konfrontation mit mir selbst zu verbringen.

Dann rannte ich zum Fahrstuhl. Ich mußte mich ins Kasino begeben, um mir zu beweisen, daß es wirklich vorhanden war und nicht bloß in meiner Einbildung existierte, um mich zu verwirren. Der Korridor war leer. Der Fahrstuhl war leer. War die ganze Welt eine Einbildung?

Doch schließlich wußte ich, was ich zu tun hatte. Ich mußte zu Joan eilen und sie Ibrahim entreißen. Das hatte ich zu tun! Jetzt! Es reichte! Um noch eine Nummer mußte ich ihn betrügen und mir so meine Million Dollar verscherzen — denn die Vereinbarung würde gebrochen, wenn ich ihm nicht die ganze Nacht zugestand. Das würde es beinahe wieder in Ordnung bringen, beinahe gerecht machen, beinahe erträglich, beinahe verzeihlich.

Ich befand mich im elften Stock. Ich drückte den Knopf mit der Aufschrift »Kasino«. Die Türen gingen zu, und ich fuhr hinunter. Dann blieb der Fahrstuhl stecken, zwischen zwei Etagen. Ich wartete. Drückte noch einmal den Knopf zum Kasino. Dann drückte ich den Notfallknopf. Dann nahm ich den Hörer vom Nottelefon ab und wählte die Notrufnummer, aber niemand meldete sich. Schließlich drückte ich sämtliche Knöpfe, und der Fahrstuhl setzte sich wieder in Bewegung, aber aufwärts.

Im zweiundzwanzigsten Stock oder vielmehr zwischen dem einundzwanzigsten und dem zweiundzwanzigsten hielt er wieder, und das war's dann, ich steckte endgültig fest, und es war wie in *Neunzehn-*

hundertvierundachtzig, wo sie die schlimmste Angst von einem herausfinden und sie einem dann antun.

Für Orwells Mann waren es Ratten, und für mich war es das hier. Und ich war mir sicher, daß ich nicht wieder herauskam und daß hinter all dem Ibrahim steckte und auch Sy. Ob das bloß Einbildung war? Natürlich!

Es kam noch schlimmer, der Fahrstuhl begann auf und ab zu schnellen, wobei er auch noch ständig das Tempo änderte, als ob jemand seine Hand im Spiel hätte oder als ob der Fahrstuhl selbst ein Mensch wäre beziehungsweise Intelligenz besäße.

Aus irgendeinem Grund hatte ich nicht so große Angst, wie ich hätte haben sollen, wenngleich ich schon ziemlich aufgeregt war, als die beiden Türen einen Spalt auseinandergingen und sich wieder zuklemmten, gerade als ich versuchen wollte, sie weiter auseinanderzudrücken. Das war wieder wie damals, genauso wie damals in den Pyrenäen, wo ich in den winzigen Rucksack eingebunden war, in dem mich mein Vater auf dem Rücken trug. Damals war ich sogar noch geknebelt gewesen, hatte einen Klumpen Baumwollstoff im Mund, damit ich nicht schreien und somit die Deutschen aufmerksam machen konnte, die dort mit ihren Hunden beinahe allgegenwärtig waren.

Selbst wenn es mich würgte, merkte es keiner. So sehr hatten sie gegen die Wildnis anzukämpfen, beinahe sechzig Männer, Frauen und Kinder, die allesamt schreckliche Angst hatten und denen immerzu Äste und Zweige ins Gesicht schlugen. Sie mußten mit den Führern Schritt halten, die ziemlich schnell gingen und nur dann und wann zu einer kurzen Rast anhalten ließen. Und dann geschah es, genau wie ich es hatte kommen sehen. Mein Vater setzte mich ab, und als es Zeit war, weiterzugehen, nahm er, in der Dunkelheit, nur seine beiden Reisetaschen wieder auf. In der Eile, der Verwirrung und der Panik vergaß er den Rucksack, vergaß er *mich*. Da war ich nun und konnte nicht einmal schreien. Konnte nur zusehen, wie sie entschwanden.

Jetzt war es dasselbe. Inzwischen hörte der Fahrstuhl auf, ständig auf und ab zu fahren. Wieder versuchte ich es mit den Knöpfen, für jede Etage — nichts! Wieder und wieder und immer wieder keine Reaktion. Ich versuchte es sogar mit Rufen, zuerst Ibrahims Namen, dann Sys. Später, nachdem ich das Rufen aufgegeben und mich hingesetzt hatte und einige Zeit verstrichen war, probierte ich etwas anderes, beten, was ich schon seit Jahren nicht mehr getan hatte.

Ich sagte: »Höre, o Israel, der Herr ist unser Gott, der Herr ist einzig.«

Stunden vergingen, und ich war zu drei Vierteln eingeschlafen und nur noch halb bei Verstand, ich döste auf dem Boden des Fahrstuhls, der mir allmählich zum Sarg wurde, vor mich hin, und in dieser Benommenheit beschwörte ich König David herauf, meinen König David. Er erschien mir in diesen weißen Gewändern, sein Gesicht schön und freundlich und so strahlend und stark, und ich sagte zu ihm: »Du bist doch nicht hier, um mich zu tadeln, oder? Du bist mein Mann.«

»Du bist ebenfalls mein Mann. Du bist der Mann, genau wie ich der Mann war.«

»Wir sprechen von dir und Batseba?«

»Nein, wir sprechen von dir und Joan — und diesem Ibrahim. Was hast du getan? — und erzähle mir nicht, daß die Frau dich dazu verleitet hat! Das hat bereits Adam bei dem einzigen, der ist, war und immer sein wird, versucht.«

»O nein, ich habe eine große Sünde begangen.«

»Ich weiß, wie das ist, Joshua. Du hast es für Geld getan. Ich tat es aus Liebe.«

»Du meinst, das ist in Ordnung?«

»Du hast Ihn auf die Palme gebracht, Josh. Warum ausgerechnet ein Araber? Warum ein Amalekiter? Du weißt doch, daß Er sie nicht mag!«

»Ich hatte das Warten satt.«

»Er wollte dich reich machen, legal.«

»Er wollte?«

»Gewiß. Dein Name war schon ins Buch des Reichtums eingetragen.«

»Warum hat es dann so lange gedauert?«

»Du weißt doch, was mein Sohn Salomo gesagt hat. Er sagte: ›Säe aus am Morgen und sei am Nachmittag nicht müßig, denn du kannst nicht wissen, was Erfolg haben wird, dies oder das.‹ Für dich, Josh, sollte es am Abend kommen. Wenn du nur gewartet und deinem Talent vertraut hättest, wie Joan dir immer wieder gesagt hat. Wenn es an der Zeit gewesen wäre, Josh, wenn es an der Zeit gewesen wäre, wäre es schon gekommen. Wenn du nur gewartet hättest!«

»Wir haben nicht alle Zeit der Welt — nicht wie Er!«

»Du hast den Glauben verloren, Josh. Das ist die größte Sünde. Und dann ein Amalekiter?«

»Warum sie dann so reich werden lassen?«

»Du richtest *Ihn?*«

»Ich frage mich nur, warum gerade sie all das Öl bekommen haben?«

»Das ist Seine Sache.«

»Warum macht Er, daß sie uns so sehr hassen?«

»Sie hassen uns nicht alle.«

»Nein? Sieht Er die Fernsehnachrichten? Liest Er Anthony Lewis?«

»Er hat Anthony Lewis erschaffen.«

»Sprich mit Ihm darüber!«

»Wir sind hier, um über dich zu reden. Nimm eine Strafe auf dich!«

»Wie wäre es, einen Monat keine Schokolade?«

»Du hast meine Psalmen gelesen?«

»Wer hat das nicht?«

»Lustig? Würdest du sie als lustig bezeichnen?«

»Nein.«

»Nun, das ist auch nicht lustig. Du weißt, die Amalekiter haben zwei meiner Frauen geraubt. Mit Joan macht das drei. Deine Joan — wie konntest du sie so verkaufen? Das hat es noch nie gegeben. Dir sollte man ja beinahe gratulieren. Das ist nicht nur eine große Sünde, es ist eine historische Sünde. Wenn Mose das nächste Mal hinaufgeht, kommt er mit elf Geboten wieder herunter, wegen dir!«

»Du tadelst mich also, David. Das sieht dir gar nicht ähnlich.«

»Tut mir leid. Es ist nur, weil Er dich so sehr geliebt hat. Er war ganz wild auf Joan, und das obgleich sie eine Schickse ist.«

»Tatsächlich? Er mochte mich?«

»Er hat dich geliebt, Josh. Und er hat auch deine Leute geliebt.«

»Darum hat Er ihnen Hitler gegeben?«

»Seine Wege sind nicht unsere Wege, das weißt du, Josh!«

»Aber jetzt haßt er mich?«

»Er denkt darüber nach, und jedenfalls wird es eine Strafe geben.«

»Welche?«

»Das kann ich nicht sagen.«

»Du bist mir immer noch der Liebste, David.«

»Du bist auch okay, Josh. Ich vergebe dir.«

»Dann segne mich, eh du gehst!«

»Das kann ich nicht, Josh.«

»Du kannst nicht gehen, eh du mich nicht gesegnet hast.«

»Doch das kann ich, und Jakob war der einzige, der mit einem Engel ringen konnte.«

»In Ordnung. Dann sage aber wenigstens das: Joshua, Joshua!«

»Das kann ich auch nicht. Das ist zu viel.«

»Na komm schon, David. Sage es zweimal.«

»Versprich mir dies: das Gute zu lieben und das Böse zu hassen.«

»Das verspreche ich!«

»In Ordnung, Joshua, Joshua!«

Damit wachte ich auf, und es war Morgen.

Kapitel 21

Die Türen gingen auseinander. Eine Hand half mir auf und zog mich heraus. Ich befand mich auf der Kasino-Etage. Ein runzliger alter Mann in der Uniform des Sicherheitsdienstes fragte mich: »Wie lange haben Sie denn da drin gesteckt?«

»Ich weiß nicht«, erwiderte ich. »Wie spät ist es denn?«

»Um zehn.«

»Tag oder Nacht?«

Er sah mich an.

»Es ist morgens um zehn, Mann. Was geht hier überhaupt vor?«

»Das frage ich Sie! Werden die Fahrstühle hier denn nicht überprüft?«

»Der hier ist defekt.«

»Aber ganz schön!«

Er sagte, er müsse den Vorfall melden und versuchte, mich in irgendein Büro zu schleppen, ich weigerte mich jedoch, ihm zu folgen.

»Wohin gehen Sie jetzt?« fragte er.

»Das weiß ich noch nicht!«

Doch ich ging hinaus an die frische Luft. Die Sonne hing über dem Ozean wie ein grell leuchtender gelber Ballon. Ich verspürte immer noch die schreckliche Hitze, eine Hitze, die mich veranlaßte, weiterzugehen, direkt zum Versailles.

Wie ich so auf dem Boardwalk dahinmarschierte, zu Ibrahim hin, kam ich mir wie ein Penner vor, ganz und gar nicht präsentabel, und als ich mich dann auch noch in einem Schaufenster erblickte, beschloß ich, mich ein bißchen sauberzumachen.

Doch statt die Einrichtungen eines Hotels zu benutzen, ging ich zum Strand hinunter und ans Wasser — in ein Hotel zu gehen wäre natürlich vernünftiger gewesen, aber gerade das wollte ich jetzt nicht. Irgendwie gefiel es mir, wie ich aussah und mich fühlte, irrational und wild, und so machte ich mich nur ein bißchen sauber, unten am Wasser.

Beim Versailles angekommen, musterten mich die

Wachtposten vom Kasino von oben bis unten, ließen mich aber ein; und da war er, Ibrahim, an
demselben Tisch, dem Tisch, wo alles begonnen
hatte. Er hatte immer noch dieses widerlich Maje-
stätische an sich, und ich war eingeschüchtert wie
zuvor. Gleichzeitig jedoch verspürte ich auch große
Wut, jene Art von Kraft, die ein Mensch verspürt,
wenn er besiegt worden ist und nicht noch mehr
besiegt werden kann. Man kann ihm nicht mehr
viel anhaben, und somit kann er nur gewinnen.

Der Tisch war mit einem Seil abgesperrt, doch so
früh am Morgen waren noch nicht viele Menschen
hier, um ihm zuzusehen. Eigentlich war gar niemand da. Nur ich.

Ich sah zu, wie er spielte. Alles machte er falsch.
Natürlich wußte er, daß ich da war, aber er tat so,
als wüßte er es nicht. Er verkaufte sich ständig und
war im Handumdrehen einige Millionen los.

Dann wendete sich das Blatt. Zwei Black Jacks
hintereinander, und dann begann der Croupier sich
zu verkaufen. Ibrahim gewann die nächsten elf
Runden. Solch eine Strähne hatte ich noch nie erlebt.

Was? Was hatte ich nur an mir, das diesem Mann
solches Glück brachte? Was war Glück überhaupt?
Wurde es vom Himmel vergeben, oder war es die
einzige Kraft, die der Himmel nicht unter seiner
Kontrolle hatte? Glück war vielleicht die einzige
Macht, für die der Himmel nicht zuständig war.
Man konnte es nicht auf sich lenken, weder durch
gute Taten noch durch ein rechtschaffenes Leben —
das Glück hat seine Launen, es besucht den, der es
wert ist, genauso wie den, der es nicht wert ist.

Was immer es war, ich besaß es — für Ibrahim.

Nun wendete er sich mir zu. »Sie sind es wieder!« sagte er.

Ich stieg über das Seil und setzte mich neben ihn.

Der Saalchef kam zu mir und fragte mich, ob ich spielen wollte. Mindesteinsatz waren zehntausend Dollar. Jetzt kapierte ich. Die Million war unter unserem Namen auf einem Kasino-Konto deponiert worden.

Das war natürlich die perfekte Art und Weise. Es gab keinen anderen Weg dafür. Kein Bargeld, kein Scheck, damit Joans Ehre und meine Würde nicht öffentlich verletzt wurde.

Ein Klasseakt, Ibrahim. Wirklich, es war unmöglich, ihn nicht zu mögen. Alles an dem Mann konnte man hassen, aber nicht ihn selbst.

»Nein«, gab ich dem Saalchef zur Antwort. »Ich möchte nur zusehen.«

»Sehr wohl, Sir!«

Sir! An den Drei-Dollar-Tischen wird man nicht mit Sir angesprochen.

So, so, so, sagte ich mir. Ich bin also ein Millionär!

Der Saalchef kam noch einmal, diesmal, um mir auszurichten, daß im Hotel eine Suite für mich bereit wäre. Natürlich gratis. Freies Zimmer, freies Essen, solange ich bleiben mochte.

Jetzt wurde mir von einer reizenden Hosteß ein kostenloses Getränk gebracht. Ich brauchte nicht darum zu bitten, brauchte nicht einen Ton von mir zu geben. Jetzt gehörte ich zu der Welt, in der man sich mit Nicken verständigte — und mit Einvernehmen.

In dieser Welt war nahezu alles kostenlos. Wenn

man reich ist, braucht man nicht zu bezahlen. Wenn man arm ist, dann muß man es. Das ist schon verrückt. Aber es ist ebenfalls ein Teil des Einvernehmens.

Nachdem Ibrahim noch ein paar Runden gewonnen und dann wieder einige verloren hatte, lud er mich in seine Suite ein, wie ich es erwartet hatte und wie er es geplant hatte. Er hatte gewußt, daß ich wiederkommen würde, wie auch ich es gewußt hatte.

Die Sache war noch nicht zu Ende. Es war zwar alles getan, aber etwas blieb noch ungelöst. Joan — ich fragte diesbezüglich nicht — befand sich mittlerweile gewiß wieder auf dem Heimweg nach Philadelphia. Wenn nicht, wenn sie immer noch in seinem Bett lag, dann arbeiteten wir an unserer zweiten Million.

Ich hätte schnurstracks nach Hause fahren sollen. Statt dessen hatte es mich zu Ibrahim getrieben. Ibrahim stand als erster auf meinem Programm. Ich hatte sein Geld, und er hatte meine Frau gehabt, und es gab noch etwas zu besprechen. Konnte er Schmerz empfinden? Vielleicht war es das, was ich wissen mußte. Weil ich mir sicher war, daß Joan ihn in Liebe zurückgelassen hatte. Sie kannte keine andere Art, einen Mann zu verlassen.

Die Leibwächter patrouillierten durch seine Korridore, und in einigen seiner Zimmer wurden seine Geschäfte betrieben. Männer in Wüstengewändern belagerten die Telefone und sprachen in hastigem Arabisch. Das hatte ich vorher gar nicht bemerkt, und jetzt bemerkte ich auch zum erstenmal, daß gar keine Frauen anwesend waren. Es mußten doch Frauen hier sein, sagte ich mir, aber sie mußten ihren Platz kennen, wo immer dieser Platz sein mochte.

Sie waren ein anderes Volk, mußte ich mir ins Gedächtnis zurückrufen. Ihre Wege waren nicht unsere Wege. Ihre Frauen waren nicht unsere Frauen. Ihre Frauen lebten in Sklaverei. Sie wurden unter Schleiern verborgen und versteckt gehalten, nicht weil sie schwach waren, sondern weil sie so schreckliche Kräfte besaßen, die Macht der Versuchung, die Macht zu korrumpieren.

Das sollte man sich merken! Für Ibrahim war Joan keine Person. Sie war viel mehr und viel weniger. Genauso sehr, wie er sie begehrte, genauso sehr empfand er Verachtung für sie.

Sie war *Sünde*.

In seinem Zimmer standen wir uns jetzt von Angesicht zu Angesicht gegenüber.

Er sagte: »Keine Vorwürfe, hoffentlich! Das wäre höchst unschön.«

»Nein, ich bin bezahlt worden!«

»Ich auch.«

»Nun, und das ist unschön«, erklärte ich.

»Wie bitte? Ja, das war es. Aber diese — diese Begegnung ist so überflüssig!«

Er stand auf und schenkte sich eine Pepsi ein. Mir bot er keine an. Selbst Gastfreundschaft war jetzt ja so überflüssig. Er tat nichts, um zu verbergen, daß er sich langweilte. In dem grellen Sonnenlicht, das im Augenblick durch das Balkonfenster hereinschien, sah er nicht gerade sehr anziehend aus.

Er war unruhig und gereizt, und der Grund dafür war klar. Die ganze Nacht war er auf gewesen. Seine Augen waren rot und geschwollen, die Wangen waren schlaff. Platte Nase, dicke Lippen — das war nicht der frühere Ibrahim. Er war ein Mann, der eine gewisse Zeit benötigte, um sein Aussehen und seinen Charme auf Vordermann zu bringen. Ich hatte ihn überrumpelt.

»Es ist ein großer Fehler, daß Sie hergekommen sind!« sagte er. »Was glauben Sie, wie viele Chancen ein Mensch bekommt?«

»In einem normalen Leben? Eine Chance bei allem.«

»Und nicht mehr! Sie können sich glücklich schätzen, Mr. Kane. Sie liegen vorn. Sie liegen vorn, Mr. Kane. Das ist das Problem eines dummen Spielers. Er weiß nicht, wann er vorn liegt. Weiß nicht, wann er aufzuhören hat. Ich hasse solche Spieler! Sie regen mich auf. Sie machen mich krank. Ich bin von Ihnen überrascht, Mr. Kane. Am Black-Jack-Tisch war ich so beeindruckt. Sie wußten, wann es Zeit war aufzuhören. Der Mann gab Ihnen einen Black Jack nach dem anderen, und doch wußten Sie, daß es Zeit war. Ich war beeindruckt, Mr. Kane. Aber jetzt? Jetzt bin ich nicht so beeindruckt, Mr. Kane. Seien Sie ein kluger Spieler! Verlassen Sie den Tisch und gehen Sie!«

»Es ist noch nicht Zeit!« erwiderte ich.

»Sie langweilen mich. Kennen Sie denn den Spruch nicht: ›Schau niemals zurück!‹?«

»Ich kenne die Regeln.«

»Sie verletzen die Regeln. Sie haben keine Klasse.«

»Ich habe eine Million Dollar. Ich brauche keine Klasse.«

»Also nehmen Sie das Geld und verschwinden Sie!«

»Das ist nicht sehr nett!« sagte ich.

»Nein, es ist nicht nett. Ich mag Sie, Mr. Kane. Sie

blicken tief in das menschliche Herz. Das läßt Sie rührend erscheinen. Aber auch pathetisch. Der Mensch, der tief in die Leute hineinschaut, sucht Ärger. Er wird finden, was Sie gefunden haben. Und das ist nicht nett. Es ist häßlich. Lassen Sie sich das von einem Experten gesagt sein! Sie wissen, daß ich ein Experte bin, Mr. Kane. Sie wissen das nur zu gut. Ich kann das Spiel spielen, weil es mir nicht schadet.«

»Irgend etwas sagt mir, vielleicht doch, Mr. Hassan.«

»Oh, am Anfang, ja. Ich werde Ihnen ein Geheimnis anvertrauen.«

»Ich liebe Geheimnisse, Mr. Hassan.«

»Gut. Das Geheimnis ist folgendes — ich begann erst die Spiele zu spielen, nachdem ich herausgefunden hatte, daß nicht ein einziger Mensch der Macht meines Reichtums widerstehen konnte. Sie glauben, ich habe das genossen, die Entdeckung? Sie glauben, ich bin ihnen nachgelaufen? Sie kamen zu mir, alle, von den Niedrigsten bis zu den Höchsten. Sie haben sich selbst gedemütigt, erniedrigt, entehrt. Es gab nichts, das sie nicht getan hätten. Ich hätte verlangen können, was ich wollte. *Alles!* Eine Lehre, was? Ich dachte, es müsse doch jemanden geben, einen einzigen, irgendwo, der echte *Würde* besaß. So, das ist das Spiel, und jetzt genieße ich es, weil es keinen solchen Menschen gibt. Es gibt keine solche Würde. Ja, falsche, scheinbare Würde, die haben wir *alle*. Wissen Sie, was echte Würde ist, Mr. Kane?«

»Sie ist das, was uns den Engeln ähnlich macht.«

»Aha, König David läßt grüßen, stimmt's?«

»Stimmt!«

»Die Psalmen. Aber *sind* wir denn wirklich den En-

232

geln so nahe? Glauben Sie mir, das ist das eine Mal, daß sich Ihr König David geirrt hat. Der reizende Sänger Israels, der er war, jawohl, aber das wäre zu reizend.«

»Es ist schlechtes Geld«, sagte ich, »das die Leute zu solchen Marionetten macht. Das ist eine schäbige Macht.«

»Ich werde nicht schlau aus Ihnen, Mr. Kane. Es ist nicht das Geld. Es sind die *Leute*. Ist das nicht traurig? Haben Sie nicht alles gelernt in Ihrem Leben? Nun, pauken Sie sich das ein: Setzen Sie Ihr Vertrauen in das Geld! Setzen Sie Ihr Vertrauen in Gott! Aber setzen Sie Ihr Vertrauen nie in einen Mann und schon gar nicht in eine Frau!«

Ich gab ihm recht, wie ich Verrückten recht gab, die in Fußgängerzonen flammende Ansprachen hielten. Hört aufmerksam zu! Alles, was sie sagen, ist wahr. Aber sie sind eben geistesgestört.

»Ist es denn nicht der Nervenkitzel?« fragte ich ihn. »Ist es nicht das, worauf Sie wirklich aus sind?«

»Von einem tiefgründigen Menschen, wie Sie es sind, Joshua Kane, ist das eine überraschende Bemerkung. Ich bin enttäuscht.«

»Das war eine Frage.«

»Sie möchten also wissen, was einen Menschen wie mich motiviert?«

»Das ist ein Geheimnis.«

»Dann werde ich es Ihnen sagen. Es ist die Suche nach Würde. Sie sind doch belesen. ›Unter Tausenden habe ich einen einzigen Menschen gefunden, wie er sein sollte, und das war keine Frau!‹«

»Kohelet«, sagte ich.

»Allerdings. Und darum setze ich, Ibrahim, Salomos Suche fort. Obgleich ich noch nicht einmal diesen einen Mann gefunden habe.«

»Aber die Frau«, warf ich ein. »Sie haben sie in Joan gefunden?«

»O ja. Aber die Suche geht weiter, wie das Leben weitergeht.«

»Es muß schon schwierig sein«, sagte ich, »so reich zu sein.«

»Es hört sich merkwürdig an, und doch stimmt es. Es ist, wie wenn man ein Gott wäre . . .«

»Was Sie sich nicht einbilden!«

». . . in dem Sinne, daß alle Menschen nackt vor einem stehen.«

»Oh, die Menschen sind fehlerhaft und schwach, Mr. Hassan. Darüber brauchen wir nicht zu streiten. Aber ist es wirklich nötig, sie zur Korruption zu verführen? Geht es Ihnen nicht einzig um das *Vergnügen,* um das *Spiel,* wie Sie selber zugeben, daß Sie sie aus ihrer Unbescholtenheit herauslocken?«

»Ich verführe niemanden, mein Freund. Sie verführen mich! Männer — Industrielle! — sind vor mir auf die Knie gefallen und haben mich gebettelt, mich mit ihnen *fotografieren* zu lassen, einen Händedruck aufzunehmen, den sie in der Börse zeigen könnten. Gold wert! Frauen? Die Ehefrauen religiöser Führer, selbst Frauen von Ministerpräsidenten . . . sie warten vor meiner Tür. Sie benutzen das Wort Korruption. Sagen Sie mir, gibt es einen Mann oder eine Frau, die gegenüber Korruption erhaben wären?«

»Mr. Hassan, ich sagte, ich stimme Ihnen zu. Wir sind alle anfällige Geschöpfe. Ist es aber nicht fürchterlich, das *auszunutzen,* so wie das Ausnutzen der

Aussage eines beeinflußten Zeugen? Ich meine, ist es nicht grausam, das menschliche Herz auszuplündern?«

»Ich wäre nicht in der Lage, das *auszunutzen,* wenn die Leute Würde hätten.«

»Aber Sie selbst geben zu, daß wir unsere höhere Natur nur um Haaresbreite gegen unsere niedrigere bewahren können. Das ist eine sehr wackelige Balance. Warum sich also einmischen? Warum die Waage antippen? Warum sie nicht in Ruhe lassen?«

Eine Pause, dann ein Lächeln. »Vielleicht haben Sie recht«, sagte er. »Vielleicht geschieht es zum Vergnügen.«

Das eigentlich Schlimme hier, dachte ich mir, war, daß er einen derartigen Anlaß hatte. Ohne die Rechtfertigung hätte ich ihn mehr gemocht. Mit einer Rechtfertigung wurde alles zulässig. Dies schien überhaupt die Zeit zu sein, in der alles gerechtfertigt wurde — sogar Hitler und Manson, arme Kerle!

So fand er etwas heraus, dieser Ibrahim. Gut für ihn. Fand für sich eine Wahrheit: Die Menschen sind verdorben und korrumpierbar. Sollte man die Pressen dafür anhalten? Kein großes Geheimnis.

Er schwieg eine Weile. Vielleicht, dachte ich, hat er noch ein Geheimnis.

»Der Film?« fragte er, »ist es das, was Sie beunruhigt?«

Der Film? Was für ein Film? Nein, das hatte mich nicht beunruhigt, weil ich gar nichts davon gewußt hatte. Ein Film von Joan und Ibrahim? Nicht auszudenken — damit würde Joan für immer ihm gehören. Ein Film von dieser Nacht, an dem er sich künftig erfreuen konnte — nein, an so etwas hatte ich nicht gedacht!

Das wäre nicht fair. Der Handel hatte für eine Nacht gegolten. Mit einem Film aber wäre er für ewig. Denn die ganze Zeit würde er in dem Film mit ihr schlafen. Das würde bedeuten, daß ich diese Nacht nie hinter mich bringen könnte. Joan auch nicht. Diese Nacht würde immer weitergehen. Jetzt loderte sie wieder auf, die fürchterliche Hitze, von der ich angenommen hatte, sie wäre abgekühlt.

In bezug auf diesen Mann mußte es eine Lösung geben, sagte ich mir. Es mußte eine Antwort gefunden werden!

»Sie haben einen Film gemacht?« fragte ich.

»Sie hat nichts davon gewußt.«

»Sie haben einen Film gemacht?«

Zum erstenmal hatte ich ihn in der Defensive. Nicht ganz zwar, aber seine Selbstsicherheit war nicht mehr so vollkommen wie sonst. Aufgrund der Tatsache vielleicht, daß ich keine Angst hatte, spürte er etwas Gefährliches in mir. Zum erstenmal war *ich* gefährlich.

Sie hat nichts davon gewußt. Wenigstens ein Trost!

»Nur eine halbe Stunde oder so«, sagte er.

»Sie haben solche Verachtung für mich, für Joan, für sich selbst?«

»Es ist nichts Unrechtes, einen Augenblick — den schönsten Augenblick meines Lebens, wenn Sie es wissen wollen — festzuhalten. Nein, keinerlei Verachtung. Das ganze Gegenteil! Ich liebe Joan und muß sie mir bewahren, und das kann ich mit keinem anderen Mittel.«

»Also haben Sie einen Film gemacht?«

»Würden Sie ihn gern sehen?« fragte er.

Dieses Angebot war, soweit ich erkennen konnte, nicht in einem Anflug von Hohn gemacht worden.

Nein, er wollte mich aus Gefälligkeit an dem Film teilhaben lassen. Der Film war sein Preis, der wertvollste Preis, den er besaß. Er hatte einen Weg gefunden, Joan zu bewahren, Joan zu besitzen.

Darum sah er nichts Unelegantes darin. Er hatte etwas Dauerhaftes mit ihr errungen, sogar etwas Dauerhafteres, Bindenderes als das Gelübde der Ehe. Ein Film war immer da, immer treu, immer wahr. In seinem Film konnte er Joan immer wieder haben, wie nicht einmal ich sie haben konnte. Somit waren wir Partner, wie er es sah, und er wollte mich an seinem Besitz teilhaben lassen, von Partner zu Partner. Das Ganze hatte beinahe etwas Pathetisches. Nicht ganz, denn es mußte ein Hauch von Verächtlichkeit in diesem Plan stecken. Diese Begegnung war mehr seine Konfrontation als meine. Das war seine endgültige Befriedigung. Ich hatte keine Vergeltung parat. Nichts, an das ich in dem Augenblick hätte denken können. Aber mir würde schon noch etwas einfallen! O ja, ganz gewiß!

Von Anfang bis Ende — wenn dies das Ende war — hatte er mich umgarnt. Er schien unschlagbar. Er schien nicht fähig, einen Fehler zu begehen. Ein Schachspieler war er, okay, der zehn Züge voraussah.

Wie, fragte ich mich, wie werde ich mit diesem Mann fertig? Wie schlage ich diesen unschlagbaren Mann? Ich konnte weder mit Joan weitermachen noch mein Leben weiterführen, ohne diesen Mann bezwungen zu haben. Es mußte doch eine Möglichkeit geben! sagte ich mir. Irgendwo mußte er sich in seiner Berechnung verkalkuliert haben.

»Ich bin nicht hergekommen, um mir einen Film anzuschauen!« erklärte ich.

»Sind Sie nicht neugierig?«

»Darauf, zuzusehen, wie meine Frau es mit einem anderen Mann treibt?«

»Ich sehe das nicht ganz so. Ich sehe uns als zwei Männer, die etwas ganz Außergewöhnliches vereint, wenn Sie zustimmen, daß Joan etwas Außergewöhnliches ist, was Sie selbstverständlich tun. Wir gehören beide ihr, und sie gehört uns beiden.«

»Sie irren, Mr. Hassan, Joan gehört *mir!*«

»Sie haben sie eingebüßt, Mr. Kane!«

»Für eine einzige Nacht.«

»O nein. Für immer, mein Freund. Für immer!«

Dasselbe stimmte auch in bezug auf Joan, dachte ich. Sie hatte zwar keinen Film, aber ihre Erinnerung, und die konnte sie für immer haben. Erinnerung kann stärker sein als ein Film. Erinnerung kann auch wahr und wirklichkeitsgetreu sein und sie kann sogar verschönernd wirken und einen Augenblick viel größer und mächtiger erscheinen lassen, als er in Wirklichkeit war oder auf Film festgehalten ist. Nach Joans Ansicht wäre das der Film, wo ich sie eingebüßt hätte.

Doch Ibrahims Film war etwas Greifbares. Er war nicht Romantiker genug, um sich auf seine Erinnerung zu verlassen. Er brauchte etwas Konkretes, um sie sich zu vergegenwärtigen und seine Gefühle wieder aufleben zu lassen. Er benötigte den Film, um sie zu lieben und sich von ihr lieben zu lassen. Dieser Film war mehr als eine Million Dollar wert. Ja, er war alle seine Milliarden wert.

»Andererseits«, sagte ich, »ja, ich würde den Film gern sehen.«

»Ich werde alles vorbereiten«, sagte er.

Er ging hinaus, und ich vernahm Stimmen, insbesondere seine, laut und bebend. Dieser kaltblütige

Spieler, dieser durch nichts zu erschütternde Manipulant war jetzt aufgeregt wie ein Schuljunge. Ich war gelassen. Ich wußte etwas, das er nicht wußte. Ich sah einen Zug, den er nicht sah.

Die Grenzen waren bereits erreicht, ja sogar überschritten. Das Unvorstellbare hatte sich bereits ereignet. Das Unsagbare war sagbar geworden. Es gab nichts weiter, als zu retten, was noch zu retten war. Joan — sie konnte ich noch retten. Irgendwie konnte ich sie immer noch vor Ibrahim retten. Ich hatte eine zweite Chance bekommen.

In bezug auf Ibrahim *gab* es eine Lösung. Joan war die Lösung! Sein Florett war jetzt mein Florett. Seine Falle meine Falle. Seine Schwäche meine Stärke. Der mächtige Ibrahim konnte von einer Frau, meiner Frau, gestürzt werden, wie ich von Geld, seinem Geld, niedergestreckt worden war.

Was ich jetzt nur noch brauchte, war Glück. Einmal, dachte ich, laß das Glück, das ich bringe, für mich sein! Ihm hatte ich genug gebracht. Jetzt war ich dran. Einmal, dachte ich, laß den Sieger den Verlierer sein und den Verlierer den Gewinner!

Ich wollte keine Revanche, nur Ausgleich. Das Leben hatte mich dermaßen gebeugt, daß für mich jetzt oben unten und unten oben war. Ich bewegte mich in einer Welt, in der richtig falsch und falsch richtig geworden war. Ausgleich war alles, wonach ich trachtete. Vielleicht, immerhin, *war* die Bezeichnung dafür Revanche.

Ibrahim kam mit einem Diener zurück, der ein Tablett mit Getränken und Nüssen hereinbrachte und wieder ging. Kein Popcorn? dachte ich. Ein anderer Diener brachte den Videorecorder, stellte ihn ab und ging auch wieder. Ibrahim hielt die Kassette in der linken Hand, die Kassette, die sein ganzes Vermögen wert war.

Jetzt wurde ich wachsam wie ein Detektiv. Ich wußte, daß Wachen vor der Tür standen. Davonrennen stand also außer Frage. Die Fenster hier waren versiegelt. Aber — es gab einen Balkon. Der Griff der Balkontür brauchte nur heruntergedrückt zu werden. Der Ozean war nicht so sehr weit weg; mit einem guten Wurf war er zu erreichen, einem Wurf von der Art, wie ich ihn einer früheren Auseinandersetzung zwischen Arabern und Juden praktiziert hatte, indem ich Handgranaten gegen die jordanische Armee schleuderte, als Israel darum kämpfte, Jerusalem zurückzugewinnen.

Richtig, das hier war keine arabisch-jüdische Angelegenheit. Das war Mann gegen Mann. Worüber ich mir schließlich auch noch klar geworden war, war, daß er kein Gott war. Ich hatte geglaubt, daß er es wäre. Aber das war ein Fehler gewesen. Ich hatte ihn aufgrund seines Geldes zu einem Gott gemacht. Aber jetzt fürchtete ich sein Geld nicht mehr.

Es blieb nur noch eine große Frage, und die konnte ich jetzt nicht stellen. Sie hätte mich verraten.

Er zog die Gardinen zu, damit es etwas dunkler wurde, legte die Kassette ein, und es war Showtime! Ich schloß die Augen, aber der Film war mit Ton, und die Laute und Geräusche waren das Schlimmste von allem.

Also öffnete ich die Augen wieder und erblickte Joan — wie ich die ganze Nacht versucht hatte, sie mir nicht vorzustellen. Sie küßte ihn von Kopf bis Fuß und hielt mittendrin an. Ihr Kopf wippte hin und her, als sie seinen harten, blutgefüllten Penis lutschte. Er stöhnte und schrie ihren Namen hinaus. Sie war nackt und auf den Knien.

Jetzt blickte sie zu ihm hoch, keuchte und lächelte. Er versuchte, sie hochzuheben, aber sie wollte mehr. Er drückte und preßte ihre Brüste, und sie nahm wieder seinen Penis in den Mund und saugte.

Schließlich ließ sie sich von ihm hochheben. Er packte sie beim Hintern, fuhr ihr mit einer Hand in den Hintern und setzte sie auf sich, — und sie stemmte sich in ihn. Jetzt schrie sie laut auf: »Oh!« Sie begann zu reiten, auf und ab. Die Töne, jawohl, die Laute und Geräusche waren das Schlimmste — ihr Keuchen vor Ekstase.

Aufgenommen war das Ganze von hinten. Alles, was ich im Moment sehen konnte, war ihr sich auf und ab bewegender Hintern, breit wie der ganze Bildschirm, breit wie meine gesamte Welt. Dann hob er sie hoch und drehte sie rum, und während sie sich im Sitzen auf und ab bewegte, hielt er in der linken Hand ihre linke Brust, und die Finger seiner rechten Hand den Penis in ihr Loch.

Jetzt kam ihr Gesicht scharf ins Bild. Es füllte den ganzen Bildschirm aus und drückte etwas Animalisches aus. Das Geheimnis, das er in ihr gesehen hatte, dieses Geheimnis war heraus. Die Leidenschaft, die er vermutet hatte, die Hingabe, hier war sie in einem einzigen weiblichen Ausbruch.

Sie schaute nach unten, um zuzusehen, wie sich sein Penis in sie hinein und heraus bewegte, um zuzusehen, wie sie gefickt wurde.

Das, dachte ich mir, war es, wovon sie in der Main Line träumten, in ihren rosaroten Schlafzimmern.

Jetzt schloß sie die Augen und verzog das Gesicht, so als ob er in eine neue Tiefe in ihr vorgestoßen wäre, bis an ihr Herz. Ihr Atmen klang immer heiserer. Jetzt half sie ihm. Sie steckte noch einen Finger von sich in ihre Fotze, und ihre Fotze war voll und beschäftigt, wie es eine Fotze nur sein konnte.

Er hob sie von sich herunter, drehte sich um und leckte ihr die Möse. Sie ließ jedoch nicht ab von seinem Penis. Sie streichelte ihn mit der Hand. Er leckte sogar ihren Arsch. Seine Zunge bewegte sich von Arsch zu Fotze. Dann wurde es Zeit zum Höhepunkt zu kommen, und er setzte sie sich wieder auf den Penis, und wieder war ihr Gesicht groß im Bild. Ihre Augen in gleicher Höhe mit meinen. Ich spürte Kontakt, als ob ich mich tatsächlich vor ihr befände. Sieh mich an! schien sie zu sagen. Sieh mich an!

Doch das war bloß eine Vermutung, die auf Einbildung beruhte. Sie ließ sich nicht für mich kommen, sondern für ihn. Ihren Liebhaber. Ihre Aufschreie waren nicht für mich, sondern für ihren Liebhaber. Das war alles für Ibrahim! Nichts für mich. Nicht einmal im Geist, nicht einmal in der Einbildung.

Der Orgasmus war höchst leidenschaftlich. Sie schrie seinen Namen, wie um Erbarmen. Sie schrie seinen Namen.

Ich sah hinüber zu Ibrahim. Dieser unwiderrufliche Augenblick war seine Vollendung.

»Genug!« sagte ich.

Er schaltete den Recorder aus. Er zitterte vor Erregung. Seine Augen hatten sich bedrohlich schwarz gefärbt, entbehrten des Funkens, der den Menschen vom Tier unterscheidet. Er schwieg. Er schien bemüht, das Wilde in sich unter Kontrolle zu halten. Doch er konnte töten. Jetzt war mir klar, daß er töten konnte.

Was mich betrifft, nein, es war mir nicht angenehm

gewesen. Aber es tat auch nicht weh. Ich hatte mich dagegen gewappnet. Ich wußte, daß es Zeiten im Leben gab, wo einem keine Wahl blieb, und daß das eine solche Zeit war. Ich hatte keine andere Wahl, als diese Untat auszuhalten. Ich hatte keine andere Wahl, als das Finale mit anzusehen. Die Sünde hatte ich begangen, und das war die Strafe. Die perfekte Strafe. *Dies* — dies war *midda-keneged-midda,* Maß für Maß.

Ich hatte jedoch genug von Sünde, genug von Strafe.

»Haben Sie Kopien von diesem Film?« fragte ich.

»Sie möchten eine?«

»Ja, ganz gern!«

Er dachte darüber nach. Es erschien ihm logisch, daß ich eine Kopie haben wollte. Schließlich waren wir ja Partner.

»Ich werde ein paar Kopien machen müssen«, sagte er. »Das ist mein einziges Exemplar.«

Das war's! Die wichtige Antwort.

Verdammt, wie ich darauf gehofft hatte, das zu hören!

Ich schob mich in Richtung Videorecorder. Er schien mich nicht zu bemerken. Er war erschöpft, mit den Gedanken woanders. Vom Inhalt des Films war er noch gebannt. Er war versunken in einen Zustand höchsten Erstaunens.

»Ich bin glücklich, daß Sie Verständnis haben«, sagte er.

»Jawohl, ich habe Verständnis.«

»Sie sind Zeuge.«

Das brauchte er. Einen Zeugen. Einen Zeugen, um die Sache zu bestätigen und den Film als wahr anzuerkennen.

»Das ist heilig«, erklärte er.

Heilig, dachte ich. Wenn das heilig ist, was ist dann verkommen?

»Ja, das ist heilig«, sagte ich.

Millimeterweise schob ich mich weiter an den Videorecorder heran.

»Sagen Sie«, wollte er wissen, »war sie mit Ihnen jemals auch so?«

Ja, das war sie, dachte ich. Ja, das war sie.

»Nein«, sagte ich. »Nie!«

Halt ihn bei Laune, sagte ich mir.

»Sind Sie sicher?«

Er wollte einen Beweis. Womöglich einen Film. Das war ihm wichtig, zu wissen, daß er sie gehabt hatte, wie ich sie niemals hatte, wie kein anderer Mann sie je gehabt hatte.

»Ja, ich bin mir sicher.«

»Das ist gut«, sagte er. »Ich habe sie gebeten, bei mir zu bleiben, wissen Sie.«

»Oh?«

Davor hatte ich natürlich Angst gehabt, Angst, sie würde bei ihm bleiben. Das hatte ich als das schlimmste Resultat angesehen, an einen Film hatte ich niemals gedacht. Auf einen solchen oder gar noch schlimmeren Fall war ich ganz und gar nicht gefaßt gewesen. Im Grunde genommen *war* sie ja bei ihm geblieben.

»Sie hat es abgelehnt«, bedauerte Ibrahim. »Aber ich habe ja den Film! Sehen Sie — ich habe den Film.«

»Ja, den Film.«

»Der Film ist alles. Aber nur Sie können das verstehen. Das verstehen Sie doch?«

»Ja, das verstehe ich.«

»Der Film ist ein Andenken. Nein, das müssen Sie verstehen — ich kann keine Kopien davon machen. Es darf nur das eine Exemplar geben!«

»Genau«, erklärte ich, »zur Erinnerung.«

»Ja, es darf nur das eine Exemplar geben.«

Inzwischen war ich bis auf Armeslänge an die Kassette herangekommen, das Andenken, das einzige. Ich streckte den Arm aus, nur um die Entfernung genau abzuschätzen. Wenn der richtige Augenblick gekommen war, sagte ich mir, sollte ich das Ding mit einem Griff an mich bringen. Eine einzige Bewegung war alles, was mir möglich sein würde. Wenn ich lange herumfummelte, würde er sich auf mich stürzen.

»Joan weiß nichts davon.«

»Das haben Sie bereits gesagt.«

»Halten Sie mich für grausam?«

Das hatte nichts mehr mit Grausamkeit zu tun, dachte ich. Das war Perversion.

»Nein«, sagte ich. »Das ergibt alles einen Sinn.«

»Jawohl, alles ist so, wie es sein muß. Alles ist in Ordnung.«

Er wandte sich zum Fenster, mir den Rücken zugekehrt.

Ich dachte daran, mir das Ding zu schnappen, aber er befand sich zwischen mir und dem Balkon. Er hätte genügend Zeit, mich aufzuhalten. Es käme zum Kampf. Vielleicht würde ich gewinnen. Vielleicht auch verlieren. Die Chancen standen eins zu eins. Das war mir zu wenig, insbesondere angesichts der Wachen vor der Tür, die bereit waren einzugreifen.

Nein, ich mußte schnell und überraschend vorgehen, wenn alles hundertprozentig stimmte.

Es mußte jedoch geschehen, solange er noch in seiner Melancholie verharrte.

»Nur eine Frau«, sagte er, »kann das einem Mann antun.«

Nun die andere Seite, die Abscheulichkeit.

»Antun, was?«

Sieh zu, daß er nicht aufhört zu reden! sagte ich mir. Er darf nicht aufhören!

»Solche Gewalt ausüben!«

Er setzte sich hin und zündete sich eine Zigarette an; keine Zigarre, eine Zigarette. Einmal posierte er nicht. Sein inneres Selbst war sein äußeres Selbst. Der geheimnisvolle Nimbus war dahin. Der Prinz war auch nur von dieser Welt!

»Sehen Sie doch, was sie Ihnen angetan hat!« sagte er.

Er wollte mich *quälen,* dachte ich. Meine Qualen wollte er sehen. Er braucht meine Zustimmung und meinen Schmerz für seine Befriedigung. Um ein echter Zeuge zu sein, mußte ich mich für ihn freuen und für mich verzweifeln.

Sei klug, sagte ich mir, und gib ihm, was er braucht! Gib ihm alles! Er gehört ohnehin dir. Ganz und gar.

»Ja«, sagte ich, »was sie mir angetan hat!«

Abgesehen davon, was ich ihr angetan hatte.

»Segen und Fluch des Mannes, das sind sie«, sagte er.

Wie Geld, dachte ich.

»Sie jedenfalls sind gesegnet worden«, sagte ich.

»Ja, es gibt nur eine Joan!«

Allerdings, dachte ich, und es gibt nur ein Video. Ich nahm die Kassette aus dem Recorder — elegant und perfekt langte ich zu und brachte sie an mich.

Ich preßte sie mir an den Bauch, dann schob ich sie in die Seitentasche.

Mit einem Schlag kehrte Ibrahim ins wirkliche Leben zurück. »Was!«

»Jetzt gehört der Film mir!« rief ich aus.

Er kannte den Einsatz. Es ging um alles. Wie ich einmal zuviel gespielt hatte, so hatte er es jetzt. Am Ende war jeder Spieler ein Verlierer, und er, Ibrahim Hassan, hatte schließlich sein Glück zu sehr überspannt, gedehnt, bis es zu dünn wurde. Bei dieser einen letzten Wette ging es um alles oder nichts, und er hatte verloren und war pleite. Der Film, der elende, ekelhafte Film hatte ihn mir ausgeliefert.

Er streckte die Arme aus, um mir den Weg zum Balkon abzuschneiden. Jetzt war er mit seinen Gedanken wieder völlig da, und jetzt war auch der Augenblick, seine Leute herbeizurufen — doch sein Stolz hielt ihn davon ab. Immerhin besaß er den schwarzen Gürtel.

Ich hielt die Arme locker an der Seite und nahm nicht die Ausfallstellung nach vorn ein. Während er um mich herum tänzelte und schattenboxte, hatte er das bösartigste Gesicht aufgesetzt, das er besaß, doch sein Atmen ging schnell und laut vernehmlich. Ich hatte mich wieder auf meine einstige Einstellung auf dem Schlachtfeld besonnen, die einem eingab, daß man nicht umgebracht werden kann, da man bereits tot ist.

Ich überlegte, wie er wohl angreifen würde, und täuschte links-rechts. Wir tasteten uns ab, umgingen einander und drehten uns im Kreise. Er versuchte, mir in den Unterleib zu treten, und ich wich einfach zurück, unbeschadet. Es war von ihm lediglich ein halbherziger Versuch gewesen, hauptsächlich wohl, um mein Reaktionsvermögen zu testen.

Ich wußte, daß ich aus der Übung war und daß ich mich auf die Erfahrungen verlassen mußte, die ich im Gehirn gespeichert hatte. Für Imi und die anderen Profis war Krav Maga eine Religion. Vertraue stets darauf! Kann ein simples Heben und Kreisen des Armes wirklich *jeden* Schwinger abblocken? Immer, wenn man es richtig macht und immer wieder übt, so wie andere die Thora studieren. Kann man durch das System wirklich überragend werden? Doch ja, solange man es bescheiden in sich trägt, als eine Art Weisheit. »So mag ein Mensch in Frieden leben«, war Imis Spruch. Wir hatten eine kleine Meinungsverschiedenheit gehabt, als er verkündete, Krav Maga sollte allen offenstehen. »Das Geheimnis mit unseren Feinden teilen?« hatte ich gefragt. Er meinte, dann würden aus unseren Feinde unsere Freunde. Eine reizende Naivität, so typisch israelisch.

Ibrahim tänzelte weiter um mich herum, ohne jedoch einen Schlag oder Tritt zu landen oder auch einzustecken, blieb unverletzt, spielte die Bedrohung, vollführte Kombinationen, die mir Angst einjagen sollten.

Vielleicht fünftausendmal hatte ich solche Dinge erlebt, zumeist in der Ausbildung und im Training auf meinem Weg vom weißen zum gelben, orangenen, grünen, blauen und schließlich zum braunen Gürtel. In diesen Sparringskämpfen war der andere natürlich kein Gegner. Er war dein Partner. Immer und immer wieder wurden dieselben Bewegungen praktiziert, andere Bewegungen, Hunderte von ihnen, bis man sie im Schlaf beherrschte. Ein paarmal in meinem Leben allerdings waren die Kämpfe echt, und das war etwas ganz anderes. Man wußte nie, was der andere konnte und im Augenblick vorhatte.

Mit einemmal griff Ibrahim an, teilte links und rechts Schläge aus — Karateschläge —, wirbelte herum und versetzte mir dabei einen Tritt, der mein Kinn streifte. Unheimliche Schnelligkeit, und ich zahlte für meine Nachlässigkcit. Für einen Moment war ich wie benommen und schwankte, blieb aber unverletzt.

Jetzt nahm ich meine Arme zusammen, kreuzte sie wie zum Schutz, um ihn aus der Deckung zu locken. Er fiel darauf rein, griff an, täuschte einen linken Haken an und holte mit rechts zu einem Schwinger aus. Ich lenkte den Schlag über meinen hochschnellenden linken Arm ab, duckte mich flink im selben Augenblick, schnellte herum und landete meine Faust in seinen Rippen. Er flog zurück und torkelte.

Einen Augenblick krümmte er sich zusammen, und ich wäre in der Lage gewesen, ihn zu erledigen, mit einem Hammerschlag zwischen die Schulterblätter, und es ärgerte mich, daß ich an dem Ergebnis nicht interessiert war. Ich hatte den Eindruck, daß der Gegner, dem ich gegenüberstand, ich selber war. Mir fehlte der Killerinstinkt. Sogar jetzt! Verdammte Sache, dieses Mitleid! So *jüdisch!* Die Israelis hatten es gelöst, bis zu einem gewissen Grad, indem sie den Jungen immer wieder vergegenwärtigten, was die Gojim ihren Vorfahren im Laufe der Jahrhunderte angetan hatten. Und das half. Aber nachdem man zweitausend Jahre lang stets die andere Wange hingehalten hatte, war es etwas Neues, das erst gelernt werden mußte, und etwas, das man gelernt hat, ist niemals dasselbe, wie das, was man von Natur aus in sich hat. Es stimmte aber auch, daß sie, wenn sie erst einmal in Fahrt waren, grausam sein konnten. Menachem Begin hatte recht, wenn er sagte: »Sie wollen einen heiligen Krieg? Sollen sie also einen heiligen Krieg haben!«

Das ging mir gerade durch den Kopf, als Ibrahim mit einem Scherenschlag gesprungen kam. Ich erinnerte mich an meine Rolle rückwärts, und als ich mich wieder aufrichtete, stand ich an der Wand. Ich hob ein Knie und traf ihm damit direkt in den Unterleib. Das tat ihm weh, aber er erholte sich schnell wieder und nahm seine Angriffshaltung wieder ein.

Ich zögerte immer noch, anzugreifen. Ich wollte ihn lieber bei seinen eigenen Fehlern erwischen. Aus sicherer Entfernung fing er wieder mit seinem Schattenboxen an, was sehr komisch aussah. Ich mußte lachen.

»Na komm!« forderte er mich auf. »Komm!«

Mach dich nie über einen körperlich Behinderten lustig! sagte ich mir.

»Komm schon«, sagte er. »Komm. Zeig's mir!«

Muß etwas Großes vorhaben, nahm ich an.

Schließlich griff ich an, mit einem überkreuzten Seitenschlag, den er abblockte. Ich wirbelte herum und trat mit dem Fuß, wobei ich ihn mit der Hacke am Kinn traf, nachdem ich ihn getäuscht hatte. Er wechselte über zu Boxkombinationen: zwei linke Gerade und ein Haken, gefolgt von zwei rechten Geraden und einem Haken, und das sechsmal. Ich zählte. Kein Schlag traf, aber er war beeindruckend.

Gut in Form, dachte ich. Gute Haltung. Beim siebten Mal stürzte ich mich hinein, beide Arme oben, der linke blockierte seinen rechten Haken, und die Rechte traf krachend seine Nase. Das hat gesessen!

Nach allen Regeln der Kunst. Aber er war genauso geschickt. Als ich wieder angriff, trug mich mein Schwung zu weit, und er erwischte mich am Hinterkopf mit einem horizontalen Ellbogenschlag. Jetzt war mir klar, das war ein echter Kampf. Laß jetzt Judo und Karate! Er kennt Krav Maga!

Er merkte, daß seine Nase blutete, und griff an wie wild. Behend wich ich zur Seite, nach Art eines Toreros. Wieder griff er an, mit einem Hagel von Schlägen. Ich blockte sie alle ab, indem ich die 360-Grad-Verteidigung anwandte – alle bis auf einen. Der landete in meinen Rippen und haute mich um. In dieser Situation verpaßte er mir einen Aufwärtshaken, der mich durch das ganze Zimmer segeln ließ. Ich wich zurück, rund um das Zimmer, um mich etwas zu erholen, immer dicht mit dem Rücken zur Wand, um ihn stets in der Mitte und im Blick zu haben. Nur konnte ich ihn nicht finden. Ich konnte ihn nicht sehen, den armen Trottel. Er war verschwunden. Ich fragte mich wieso.

Ich fühlte mich gut. Das Schwindelgefühl war natürlich und auch das Übelsein und daß alles so verschwommen war. Ich fühlte mich ganz gut, und dann spürte ich Tritte und Schläge an Kopf, Unterleib und Brust, und dieser letzte, gegen meine Brust, nahm mir den Atem, und ich brach zusammen.

Ich kam wieder zu mir, vermutlich durch den Schock, durch das Bewußtsein, daß hier ein Mord passieren sollte. Immer weiter trat er auf mich ein, während ich so dalag, und es war ganz offensichtlich, daß Mitleid nicht zu den Fehlern dieses Mannes gehörte. Er war ein Amalekiter. *Vergiß das nicht!*

Ich kämpfte mich wieder auf die Beine, und es gelang mir, mich auf ihn zu stürzen, was allerdings nur dazu führte, daß er meinen Kopf zu fassen bekam. Er hielt mich in einer Kopfzange, und das, war mir klar, war sein Finish. Seine gewaltigen Arme drückten immer fester, bis ich spürte, wie sich mir die Augen ins Gehirn quetschten. Zum Teufel, Abwehr gegen die Kopfzange war nie meine Spezialität gewesen, und das war es auch, um ehrlich zu sein, was mir immer zum schwarzen Gürtel gefehlt hatte. Jetzt versuchte ich, alle meine Gedanken zusammenzunehmen, soweit ich das noch konnte.

Der spezielle Griff gegen die Kopfzange, was zum Teufel war bloß diese verdammte Sache? Avri hatte es dich gelehrt, sagte ich mir, hundertmal! Dich sogar eindringlich gemahnt: »Das mußt du wissen!« Und es war nicht einmal etwas, was erst zum braunen oder schwarzen Gürtel gehörte. Nein, schon zum weißen. Ganz am Anfang lernte man das! Daran lag es vielleicht gerade. Es war schon so lange her. Ich hatte diesen Griff nie so richtig für voll genommen, weil man ihn schon bei gewöhnlichen Straßenkämpfen sehen konnte. Hätte nie geglaubt, daß die Kopfzange ein Todesgriff sein könnte. Ich spulte meine Erinnerung zurück bis nach Pardes Chana und stellte mir vor, es wäre Avri, der mich so hielt, nicht Ibrahim.

»Mach einen Schritt nach vorn, mit dem Schwung des anderen!« sagte Avri. »Einen großen Schritt!«

Jetzt kam es mir wieder in den Sinn. Alles. Ich brauchte nur den richtigen Anfang. Ich tat einen großen Schritt nach vorn, wobei ich mir seinen Schwung zunutze machte. Während ich mich nach unten beugte, schlug ich ihm mit der rechten Hand in den Unterleib. Er ließ los, und in dem Augenblick richtete ich mich auf und zog seinen Kopf zurück, mit der linken Hand.

Jetzt war er ungeschützt. Ich schlug ihm mit der rechten Hand ins Genick, schwenkte zurück und zog seinen rechten Arm mit, umklammerte seine Hand mit meiner zur 69 geformten Händen und verdrehte ihm das Handgelenk, bis er hinunter ging, immer weiter und weiter, bis auf die Knie. Fürchterliche Schmerzen waren seinem Gesicht anzusehen.

Der gute alte Cavalier!

»Mache ich es richtig?« fragte ich.

Ein herrliches Gefühl, diesen Gott vor sich auf den Knien zu haben, ganz und gar mir ausgeliefert. Zwei Stimmen tönten in meinem Kopf. Die eine rief: *Hab Mitleid!* Die andere: *Töte ihn! Töte diesen Hundesohn!* Ein Schlag gegen den Hals und Ende!

Denke daran, sagte ich mir, wer das ist! *Du weißt, wer das ist!* Er ist von heute, und er ist von gestern, er ist von hier und von überall. Denke an *deren* Mitleid!

»Mache ich es richtig?« wollte ich wissen und drückte noch ein Stück weiter.

Laß vor dir aufleuchten, alles was deine jungen Augen gesehen haben, und alles, was deine alte Seele erlebt hat!

Noch ein Stück.

Er stampfte mit dem Fuß auf. Immer und immer wieder. Er keuchte vor Schmerz, sein Mund schnappte nach Luft.

Dann war es zu spät. Wir hörten beide das Krachen gleichzeitig. Seine Hand wurde schlaff.

Ein fürchterlicher Schrei quoll aus den Tiefen seines Halses hervor.

Doch ich hatte keine Zeit. Ich hörte sie an der Tür. Ich stürzte zum Balkon. Der Griff gab nicht nach. Ich ging einen Schritt zurück und trat die Tür auf. Nur ein Stück gab sie nach. Jetzt waren sie im Zimmer. Da draußen war der Ozean, große Wellen spülten heran. Ich zwängte mich hinaus, und während ich das tat, schrie ich laut: »Kadima, kadima!« Dann zog ich die Kassette hervor und rief: »Allez!« Platsch. Die erste Welle. Sie hatten mich umringt und wollten gerade etwas unternehmen, aber Ibrahim hielt sie davon ab.

»Nicht ihn! Nicht ihn! Den Film! Den Film!«

Sie verschwanden und stürzten zu den Fahrstühlen.

Auch ich war der Meinung, daß es Zeit war zu gehen.

Kapitel 22

Dann war da noch Sy Rodrigo. Ihm war ich etwas schuldig! Also fuhr ich zu ihm hinauf, und zwar mit demselben Fahrstuhl, der mir zur Falle geworden war. Der *defekte* Fahrstuhl. Aber diesmal schien er gar nicht so defekt zu sein. Sys Sekretärin sagte, er telefonierte gerade. Sonst hätte das nichts ausgemacht, aber jetzt wurde ich aufgefordert, im Vorzimmer zu warten. So wartete ich und wartete.

»Er ist heute sehr beschäftigt«, sagte die Frau.

»Es dauert nur eine Minute.«

Sie verschwand in sein Büro. Als sie wieder herauskam, sagte sie: »Er empfängt Sie jetzt.«

Sy war nicht so wie sonst. So förmlich plötzlich.

»Scheußlicher Tag heute«, begrüßte er mich. »Aber du weißt ja, wie das ist.«

»Ja, ich hatte auch einen scheußlichen Morgen, Sy. Du weißt ja, wie das ist.«

»Ich höre, du warst auf unserer Krankenstation.

Hör zu, ich habe nichts dagegen, dir ein Zimmer zu besorgen. Aber ich bin neugierig. Ich meine, du bist hier willkommen und so. Aber wieso *bist* du überhaupt hier? Ist Joan auch mit?«

»Joan ist wieder in Philadelphia, Sy. Sie hat auch einen scheußlichen Morgen gehabt.«

»Soviel Scheußlichkeit, huh!«

»Was dagegen, wenn ich mich setzte?«

»Ich habe aber bloß eine Minute Zeit, Josh. Muß noch eine Rede schreiben.«

»Dann bleib’ ich stehen. Hast du was dagegen, wenn ich stehe?«

»Kein Grund, einen solchen Ton anzuschlagen, Josh! Was ist los?«

»Für wen ist denn die Rede?«

»Ach, für Stavros, unseren Präsidenten. Er hält einen Vortrag vor einer Gruppe von Reiseveranstaltern. Das Übliche.«

»Du schreibst die Rede?«

»Ich wünschte, du würdest es tun. Du bist der Experte.«

»Ich bin sehr gut im Schreiben von Reden.«

»Das hab’ ich ja gerade gesagt. Was hast du denn?«

»Ja, ich würde die Rede gern für dich schreiben, Sy.«

»Danke, aber das ist mein Problem. Außerdem weißt du ja gar nicht, was da zu sagen ist.«

»O doch. So etwas wie die Wahrheit vielleicht. Wäre das nicht mal was anderes?«

»Du kennst die Wahrheit, Josh? Denk dran, daß du mit mir sprichst! Deinem Freund Sy. Ich kenne alle Wahrheiten. Weißt du wieso? Indem ich alle Lügen kenne.«

»Weißt du denn noch den Unterschied?«

»Das brauche ich mir von dir nicht sagen zu lassen, Josh. Bitte geh jetzt!«

»*Kennst* du den Unterschied?«

»Vielleicht nicht. Vielleicht gibt es überhaupt keinen Unterschied mehr.«

»Ich bin hier, um dir zu sagen, daß es einen gibt!«

»Gut für dich. Aber nun bitte geh! Zerstöre diese Freundschaft nicht!«

»Ich könnte meine Privilegien verlieren, nicht wahr?«

»Allerdings! Warum tust du das?«

»Nichts mehr gratis, was?«

»Komm schon, Josh! Was ist passiert?«

»Etwas ist passiert, Sy.«

»Offensichtlich.«

»Etwas sehr Schlimmes ist passiert. Es gab Verletzte.«

»Ein Unfall?«

»Mit Absicht.«

»Nun, dann komm nicht hierher und schieb mir die Schuld in die Schuhe! Ich hab' nichts getan.«

»Das hab' ich auch nicht gesagt, und ich bin auch nicht hier, um dich zu beschuldigen.«

»Also was willst du dann?«

»Ich bin jetzt ein High-roller, Sy.«

»So? Gratulation! Den Jackpot geknackt?«

»Vielleicht weißt du sogar, wie.«

»Nein, das weiß ich nicht.«

»Genau das meine ich: Du kannst eine Wahrheit nicht von einer Lüge unterscheiden.«

»Wir handeln mit Lügen, Josh. Das ist mein Geschäft.«

»Apropos Geschäft. Weißt du, was ich beabsichtige? Ich beabsichtige, eine Million Dollar in eurer

Bank zu deponieren, hier im Galaxy. Vielleicht spiele ich um nichts davon oder vielleicht auch um alles. In beiden Fällen wäre ich der Spieler mit dem höchsten Einsatz, den ihr jemals hattet, potentiell gesprochen.«

»Ja, das wärst du.«

»Ich meine, High-rollers, darum dreht sich doch alles?«

»Genau! Darum dreht sich alles.«

»Wer könnte sich wohl um das Deponieren dieses Geldes kümmern?«

»Ich.«

»Dich scheint mein neuer Reichtum gar nicht zu überraschen.«

»Du sagst, du hast ihn, Josh. Das genügt mir. Überhaupt, mich überrascht gar nichts.«

»Angenommen, ich ginge direkt zu Mr. Stavros?«

»Das ist dein gutes Recht.«

»Was würde er tun, sich einen Spieler von meiner *Güte* zu angeln?

»Alles.«

»Also kommen wir zum Preis, Sy! Du und ich. Eine Million Dollar. Wäre das sein Preis?«

»Stavros'?«

»Ja.«

»Eine Million Dollar? Ja, ich würde sagen, das ist sein Preis.«

»Für dieses Geld würde er alles tun?«

»Alles.«

»Würde er einen Freund verraten?«

»Für eine Million Dollar, ja. Das würde jeder!«

»Bist du sein Freund?«

»Wir stehen uns nahe.«

»Also, das ist der Preis, Sy. Das ist der Tauschgegenstand.«

» *Was* ist der Tauschgegenstand?«

»Du, Sy. Du für eine Million Dollar!«

»Ich? Du willst, daß ich gefeuert werde?«

»Genau!«

Vor Angst verlor sein Gesicht jeglichen Ausdruck. Speichel lief ihm aus dem Mund. Jetzt wurde es ihm klar und auch mir, wie leicht er doch zu zerstören war – er und wir alle.

Jetzt hatte ich ihn, den Mann, der mich und meine Frau an Ibrahim verkauft hatte. Jetzt gehörte Sy mir. Ich konnte ihn kaufen und verkaufen. König Davids Gebet war gewesen: *Mach mich klüger als meine Feinde!* Nun, klüger war ich nicht. Ich hatte einfach mehr Glück.

Ibrahim hatte es für mich gesagt. Glück ist alles!

Das sollte für Sy das bittere Ende sein, für diesen Job. Kein Schilling mehr für Ringer oder Rollschuh-Königinnen. Public-Relations-Direktor eines Kasino-Hotels in Atlantic City – das war ein befriedigender Abschluß für eine bewegte Karriere. Er war am Ziel.

Keinen Zeitungsschreibern mehr nachlaufen. Jetzt kamen sie zu *ihm*. Er hatte sogar das Recht, Zimmer gratis zu vergeben oder Geschenke zu machen, also kam *jedermann* zu ihm. Er besaß Macht. Jetzt wendete sich diese Macht gegen ihn.

Er sagte: »Ich gebe zu, daß du die Macht hast, mich zu ruinieren, und ich bin sicher, du hast auch deine Gründe. Wird es dich aber auch glücklich machen, Josh? Wird es dich glücklich machen, mich zu ruinieren?«

Einen Augenblick vorher, ja, da hätte es mich glücklich gemacht. Ich war mir so sicher gewesen.

Jetzt jedoch war ich überzeugt, daß keine Revanche die größere Revanche sein würde. Verschone ihn, sagte ich mir, und laß ihn wissen, daß Geld *nicht* das Wichtigste ist. Etwas anderes ist das Wichtigste. Etwas anderes.

Kapitel 23

Als ich nach Hause kam, war sie an ihrem Lieblingsort, unter der Dusche.

»Bist du's?«

»Ja«, sagte ich. »Bist du's?«

»Schlau!«

»Läuft's raus?« fragte ich.

»Diese Bemerkung habe ich nicht gehört.«

Naß, glänzend, nackt und glücklich kam sie heraus, und nachdem sie sich angezogen hatte, wollte sie wissen: »Wo warst du?«

»Geschäftlich unterwegs.«

»Hmm«, gab sie von sich.

»Was bedeutet das?«

»Was immer du willst.«

»Wenn du hmm sagst, dann bedeutet das auch etwas.«

»Natürlich«, erklärte sie, »bedeutet das etwas. Aber ich sage dir nicht, was es bedeutet.«

»Es ist sehr sexy, wenn du hmm sagst.«

»Hmm.«

»Was ist geschehen?« fragte ich sie.

»Mit mir?«

»Ja, mit dir.«

»Ha!«

»Was ist geschehen?« wurde ich eindringlicher.

»Du bist mir einer!«

»Ich möchte wissen, was geschehen ist!«

»Natürlich möchtest du das«, erwiderte sie.

»Also?«

»Nichts. Nichts ist geschehen!«

»Nichts geschehen?«

»Ich sage dir doch. Nichts ist geschehen.«

»Ich weiß es anders.«

»Ach, du weißt ja alles«, sagte sie.

»Einiges.«

»Ich nehme an, er hat es dir erzählt.«

»Das brauchte er nicht.«

»Du glaubst, was er dir erzählt? Er ist ein Lügner. Alle sind sie Lügner. Was hast du überhaupt dort gemacht? Sieh dich nur an! Du hast dich geschlagen, nicht wahr? Warum Männer nur solche kleine Jungen sein müssen! Hast du ihn zusammengeschlagen. Hast du ihn *richtig* zusammengeschlagen?«

»Hab' ihm das Handgelenk gebrochen.«

»Ha!«

»Tatsächlich!«

»Das macht dich zum Champion?«

»Du bist eine Million-Dollar-Hure.«

»Aha.«

»Sag hmm!«

»Geh dich waschen. Ich mache Dinner.«

»Einfach so, du machst Dinner.«

»Nimm eine Dusche!«

»Wir sollen uns hier hinsetzen und essen?«

»Ja«, sagte sie, »wie ganz gewöhnliche Leute.«

»Als wäre nichts geschehen?«

»Es ist nichts geschehen!«

»Ich habe das Video gesehen.«

»Was für ein Video?« fragte sie.

»Er hat einen Videofilm gemacht.«

»Quatsch!«

»Er hat einen Videofilm aufgenommen. Ich habe alles gesehen.«

»Das hast du nicht! Du hast nichts gesehen.«

»Alles.«

»Gut«, erklärte sie. »Ich habe meinen Teil des Geschäfts erfüllt. Okay? Okay?«

»Okay«, sagte ich.

»Ich habe getan, wofür ich *bezahlt* worden bin. Okay?«

»Schön.«

»Wo ist der Film? Ich möchte den Film sehen!«

»Ich habe ihn vernichtet«, sagte ich.

»Wieso?«

»Einfach so.«

»Es gab überhaupt keinen Film! Du bluffst. Du bist ein schlechter Bluffer. Es gab überhaupt keinen Film.«

»Okay, es gab keinen Film.«

»Aber du haßt mich?« fragte sie.

»Ich weiß nicht.«

»Ach, du weißt es nicht? Wunderbar!«

»Es ist noch zu zeitig«, sagte ich.

»Das nehme ich an. Auch für mich ist es noch zu zeitig.«

»Das dauert seine Zeit.«

»Darauf kannst du wetten!« sagte sie. »Aber laß dir nicht zuviel Zeit!«

»Ist das eine Drohung? Sprechen wir hier über Scheidung?«

»Ich dachte«, sagte sie, »wir hätten uns versprochen, dieses Wort nie wieder in den Mund zu nehmen. Erinnerst du dich? Wir hatten gesagt, es gäbe gewisse Worte, die man nie benutzen sollte, denn wenn man sie benutzt, dann würden sie irgendwie wahr werden.«

»Dann ist es also wahr?« fragte ich.

»Ich habe nicht Scheidung gesagt.«

»Okay, ich habe es gesagt.«

»Was wird aus dem vielen Geld, das wir plötzlich haben — in zwei Hälften geteilt?«

»Wenn es soweit kommt, sicher. Das Geld . . .«

»Ich möchte nichts mehr von dem Geld hören!«

»Du hast von dem Geld angefangen«, sagte ich.

»Du hast von Scheidung angefangen.«

»Worin besteht der Unterschied?« fragte ich. »Wir sind reich.«

»Sind wir nicht glücklich, reich zu sein?« fragte sie.

»Sehr. Ich kann dir gar nicht sagen, wie glücklich ich bin.«

»Du klingst sehr glücklich«, sagte sie.

»Das kommt daher, daß ich sehr glücklich bin.«

»Ich auch. Ich bin auch so glücklich.«

Etwas später sagte ich: »Joan, ich weiß nicht, wohin uns das führen wird.«

»Wie wäre es mit einem Selbstmordabkommen?«

»Das ist wieder so ein Wort, das man nie ausspre-chen sollte.«

Sie sagte: »Du weißt doch nicht, wie es mit uns weitergehen soll!«

»Richtig. Du etwa?«

»Wie bei allen anderen auch«, sagte sie.

»Und wie wäre das?«

»Das weiß ich auch nicht. Einfach weitermachen. Die Leute machen einfach weiter.«

»Wie? Ich möchte wissen, wie!«

»Du bist verrückt!« sagte sie

»Wie weitermachen?«

»Ich weiß auch nicht, wie, Josh. Einfach weitermachen.«

»Verstehe.«

»Du verstehst?« fragte sie.

»Nein, ich verstehe nicht.«

»Wir tun so, als wäre nichts geschehen.«

»So tun?«

Sie sagte: »Überlebende tun so. Auf diese Weise überleben sie.«

»Tun was?«

»Tun so, als wäre nichts geschehen. Wie Überlebende des Holocaust.«

»Das war doch kein Holocaust, Joan. Damit kannst du es nicht auf eine Stufe stellen.«

»In Ordnung, es war ein kleiner Holocaust. Und es war unserer.«

Ich warf ein: »Man kann sein Leben nicht auf einer Lüge aufbauen.«

»Warum nicht?«

»Ich weiß nicht. Aber das sagt man.«

»Mitunter ist eine Lüge ganz gut«, sagte sie. »Mitunter ist eine Lüge besser als die Wahrheit, wenn es eine Lüge des Mitgefühls ist. Mitgefühl ist besser als Wahrheit. Genau jetzt, Josh, brauchen wir nicht die Wahrheit zwischen uns. Mitgefühl könnte uns helfen. Nun, bin ich noch deine Schickse oder so?«

Gib dir einen Ruck! forderte ich mich auf, und sage ihr, daß sie es ist!

»Zu früh«, sagte ich.

»Du bist mein Schmuckstück«, sagte sie.

Kapitel 24

An den folgenden Tagen fragte sie mich noch ein paarmal nach dem Video, und ich versicherte ihr, ich hätte nur geblufft. Es hätte gar kein Video gegeben. Aber die Sache hatte sie doch ganz schön beunruhigt. Mittlerweile tat es mir leid, daß ich es überhaupt erwähnt hatte, und ich rechtfertigte mich mit meiner Entrüstung, dem Drang abzurechnen. Als sich die Wogen meiner Wut dann wieder etwas geglättet hatten, erinnerte ich mich daran, daß das eigentliche Abrechnen ja bereits vonstatten gegangen war, und die Rache, auf die ich sann, im übrigen gar kein Gesicht, keine Gestalt, keinen Namen besaß.

Dennoch war meine Stimmungslage fürchterlich, und ich haßte das Leben. Ich versuchte es mit Musik, aber auch das half nicht. Selbst Beethoven war mir ein Graus. Ich versuchte, etwas zu lesen und stieß auf das Folgende von Davids Sohn: »Ich, der Philosoph, war König über Israel und regierte in Jerusalem. Ich nahm mir vor, alle Dinge zu ergründen und zu begreifen. Ich wollte herausfinden, was für einen Sinn alles hat, was in der Welt geschieht. Doch was ist das für eine fruchtlose Beschäftigung! Gott hat sie den Menschen gegeben, damit sie sich mit ihr plagen.

Ich beobachtete alles, was Menschen auf der Erde tun, und ich fand: Alles ist vergeblich. Es ist, als jagte man dem Wind nach. Krummes kann nicht gerade werden; was nicht da ist, kann man nicht zählen.

Ich sagte zu mir selbst: ›Ich weiß mehr als alle, die vor mir über Jerusalem geherrscht haben. Durch Lernen und Erfahrung habe ich ein ungeheures Wissen erworben.‹ Doch als ich darüber nachdachte, was Wissen eigentlich wert ist und was der Kluge dem

Dummen voraus hat, erkannte ich: Auch die Bemühung um Wissen ist Jagd nach dem Wind. Wer viel weiß, hat viel Ärger. Je mehr Erfahrung, desto mehr Enttäuschung.«

Joan bezichtigte mich des Selbstmitleids, und ich gab ihr recht, indem ich sagte, das sei gut. Es sei die Erkenntnis der absoluten Wahrheit — du allein gegen die Welt. Aber, fügte ich hinzu, ich bemitleidete jeden.

»Gehöre ich da auch dazu?« fragte sie.

»Selbstverständlich!«

»Heißt das, du verzeihst mir?«

»Mit der Zeit.«

»Nun, ich verzeihe dir, Josh! Ich bin dir nicht böse.«

Das war der Unterschied zwischen uns. Ich *bemitleidete* jeden. Sie *verzieh* jedem.

Eine Stimme sagte, wenn ich noch länger den Sturen spielte, würde sie sich ihrerseits auch stur stellen — und wenn Frauen einmal stur sind, dann ist es aus!

Sie wollte gern wieder arbeiten gehen. Trotzdem blieb sie zu Hause. Sie tapezierte das ganze Haus neu, außerdem kochte sie jeden Tag, und zwar Sachen, die bis zu drei Stunden dauerten. Wir sprachen miteinander, aber nicht viel. Ständig behielt sie mich scharf im Auge.

Aus dem Radio tönte *Sunday with Frank*, ein Song über diese Sache, die gestorben war, jene Kleinigkeit, die man Liebe nannte; und sie stürzte hin und schaltete das Radio aus. Dann machte sie weiter sauber, und da mußte ich unweigerlich an die Fernsehstation denken, für die ich einmal tätig gewesen war und die immer die niedrigsten Einschaltquoten hatte, und daran, wie dort immerzu die Einrichtung des Nachrichtenstudios verändert worden war.

Ich war überrascht. Ich meine, sie war nie so eine richtige Hausfrau gewesen, und nun das hier, das viele Kochen, Backen, Saubermachen, Einkaufen. Sie — die Dame, die so gern alles wenigstens einmal ausprobierte — sagte jetzt, daß es Grenzen gäbe im Leben, einen Ring, über den sich hinauszuwagen unsicher war. Ihr Ring zog sich immer enger.

Diesmal verschmähte sie die wilde Mädchennacht in New York. Jedes Jahr um diese Zeit brachten sie, das heißt ihre Main-Line-Kameradinnen Duffy und Buffy und Bootsie und Cutsie, einen ganzen Tag und eine Nacht im Pierre zu, um einmal ihren Männern und Kindern zu entfliehen und so richtig die Sau rauszulassen, sich zu betrinken und Joints zu rauchen und stets eine neue Sache zu probieren.

Diese alljährliche neue Sache hatte mir immer schwer im Magen gelegen. Und die diesjährige versprach, nach Buffy, die beste überhaupt zu werden. Joan lehnte sie glatt ab. Ich versuchte, sie zu überreden, doch hinzufahren, doch es hatte keinen Zweck. Sie zeigte sich von einer ganz neuen Seite und wollte wissen, wieso ich sie aus dem Haus haben wollte. Erwartete ich etwa jemanden?

Sie sprach davon, einen Schutzwall um unsere Ehe zu errichten.

»Schluß mit Wällen, Ringen und Grenzen!« sagte ich. »Geh mal an die frische Luft!«

Um sie anzustacheln, fragte ich sie: »Was ist denn aus der Frau der achtziger Jahre geworden, die ich geheiratet habe?«

»Sie ist älter geworden. Genau wie die Achtziger.«

266

Immer öfter brachte ich meine Tage in der Bibliothek gegenüber dem Einkaufszentrum zu. Dort saß ich gewöhnlich an einem Tisch, von dem aus man Aussicht auf einen künstlichen See hatte, und las dieselben Bücher, die ich schon als Kind gelesen hatte, über Babe Ruth, Lou Gehrig, Ty Cobb, Rogers Hornsby, Joe DiMaggio, Ted Williams. Hin und wieder bummelte ich auch, nachdem ich mich sattgelesen hatte, ein wenig in dem Einkaufszentrum umher, oder ich ging zum Baseball und genoß es, wenn die Menge tobte.

Gewöhnlich verwandelte sich dann dieses Lärmen und Toben in das Gedröhne von Panzern, die über den Sinai rasten. Ein paarmal hatte ich in der ersten Zeit versucht, Joan zu erklären, was das alles zu bedeuten hatte, und es kam jedesmal so platt heraus, daß das Erlebnis sogar für mich selbst verblaßte. Ich mußte erkennen, daß es Dinge gab, die man nicht erzählen konnte.

Als ich an diesem Tag zurückkam, war das Haus schummerig beleuchtet, und Nat King Cole erklang von der Stereoanlage. Sie hatte Kerzen angezündet und Räucherstäbchen und hatte es sich in einem rosa Negligé auf dem Sofa gemütlich gemacht. Erdbeerfarbene Brustwarzen schimmerten durch den hauchdünnen Stoff. Die rechte Hand hatte sie zwischen den Oberschenkeln, eine Reminiszenz an verrücktere Zeiten.

»Was hat denn das zu bedeuten?« fragte ich.

»Eine Verführung, du Depp!«

»Aha.«

»Interessiert?«

»Besonderer Grund?«

»Frauen sind geschlechtliche Wesen«, erklärte sie.

»Gut, das zu wissen!« erwiderte ich.

»Also, wenn es einen Grund geben muß: Ich bin geil. Okay?

»Du weißt doch, daß ich geil nicht mag!«

»Ich brauch' dich, okay?«

»Das ist ja was ganz Neues!«

»Laß uns so tun, als wären wir nicht verheiratet! Erinnerst du dich noch, wie es war? Was wir alles gemacht haben?«

»Hab' ich vergessen.«

»Nein, hast du nicht!«

»Du denkst, Sex macht alles wieder gut?«

Sie ließ das kindische Gequassel. »Immerhin war es Sex, der das angerichtet hat.«

Ich schaltete das Licht an und blies die Kerzen aus. »Sex und alles andere!«

»Josh, wir müssen uns wieder finden!«

»Ich weiß.«

»Andernfalls — andernfalls ist es eine fürchterliche Niederlage.«

»Der Meinung bin ich auch.«

»Ich meine . . . das bedeutet, da ist nichts.«

»Das meine ich auch.«

»Du bist der Meinung, da ist nichts?« fragte sie.

»Richtig! Nichts.«

»Das ist nett von dir. Nicht, daß ich es nicht gemerkt hätte. Es ist doch ganz offensichtlich, daß du mich haßt.«

»Ich hasse dich nicht. Ich fühle gar nichts.«

»Ach, das ist sehr nett.«

Ich fragte sie: »Wie kannst du denn etwas fühlen?«

»Vielleicht ist das gar nicht der Fall. Aber ich versuche es. Ich versuche es!«

»Ob du es glaubst oder nicht, ich versuche es auch«, erklärte ich.

Ihre Stimme explodierte in einem heftigen Gefühlsausbruch: *»Fang wieder an, mich zu lieben, verdammt noch mal!«*

»Ich hab' nie damit aufgehört.«

»Darum also hältst du dich von mir fern? Du hast mich nicht angerührt seit . . .«

»Ja, seitdem.«

»Also, ich bin nicht verseucht!«

»Nein, verseucht bist du nicht.«

»Ich bin immer noch dieselbe.«

Ich erwiderte nichts.

»Ich bin noch dieselbe, Joshua! Ich bin dieselbe! Ehrlich, ich bin dieselbe!«

Kapitel 25

Ich fand die Lösung. Schlaf. Ich tobte mich aus. Schlief überall. In Einkaufszentren, beim Frisör, in Restaurants, Kinos, im Zug, am Küchentisch, auf der Couch, im Sitzen, ja sogar im Stehen. Eine seltsame Sache. Ich konnte es zu jeder Zeit, überall, in jeder Position.

Was mich so müde machte, war das Wissen darum, daß ich alles besaß: eine Million Dollar und die phantastischste blonde Schickse der Welt zur Frau. Es gibt nichts, das man sich noch wünschen könnte, dachte ich. Das ist es! Der amerikanische Jackpot! Bingo!

»Geh mal zum Arzt!« forderte mich Joan auf.

»Ich bin nicht krank.«

»Weißt du, wieviel Stunden am Tag du schläfst?«

»Ich hole nach. Hatte eine harte Kindheit.«

»Das finde ich überhaupt nicht komisch!«

Nein, das war nicht komisch.

In einer Hinsicht ging es mir besser als je zuvor. Die Eifersucht war ich los. Wenn ich sonst bemerkte, wie einer sie ansah, geriet ich in Rage. Jetzt, nichts! Jedenfalls war das Risiko, das sie untreu wurde, gleich null. In dieser Hinsicht war sie gründlich kuriert. Sogar ihr Drang, sich zu amüsieren, hatte sich abgeschwächt.

Doch das war nicht ganz so schlimm, immerhin war dieser Amüsiertrieb das typische Merkmal, das sie so herrlich und liebenswert amerikanisch machte. Amüsement, Vergnügen war immerhin Amerikas Religion. Schaffe das *Vergnügen* ab, und wir unterscheiden uns nicht von den Russen. (Sprich mal mit einem Russen über *Vergnügen*!)

So, das war vorbei. Sogar das Tennisspielen gab sie auf.

»Ich weiß, was du denkst«, sagte sie.

»So?«

»Du denkst daran, wieder nach Israel zu gehen.«

»Das hatte immer zu unseren Plänen gehört!«

»Nein, du denkst daran, allein zu gehen, zurück in die Armee.«

»Eine Mordschance, daß sie mich wieder nehmen.«

»Ach, sie würden dich schon nehmen. Du denkst daran, dich töten zu lassen.«

»Ehrlich gesagt, es gibt achthundert Orte in der Welt, wo es viel eher möglich ist, getötet zu werden. Dazu muß man nicht unbedingt nach Israel gehen. Im Grunde genommen kann man genau hier bleiben. Fahr mal U-Bahn. Da kann man genausoviel Glück haben!«

»Ja, aber du willst ja als Held sterben. Ich dachte, deine Heldentat hättest du schon siebenundsechzig vollbracht?«

»Meine Heldentat?«

»Du weißt, was ich meine.«

»Du verstehst nicht, nicht wahr?«

»Ich verstehe schon.«

»Nein, das tust du nicht. Das hast du nie. Und du wirst es auch nie!«

»Weil ich eine Schickse bin?«

»Damit hat das nichts zu tun.«

»Weil ich eine Frau bin? Weil ich ein Weib bin? Weil ich eine Fotze bin? Komm schon! Komm schon! Raus damit!«

»Ich hab' keine Ahnung, wovon, zum Teufel, du sprichst.«

»Du haßt Frauen. Ja, du bist auch nicht besser als Ibrahim!«

»Diesen Namen mußtest du erwähnen?«

»Du bist genau wie er.«

»Zwischen mir und diesem Kerl liegen Welten!«

»Nicht in bezug auf Frauen.«

Diese Art von Kummer und Sorgen bereiteten wir uns jetzt jeden Tag. Jeden einzelnen Tag gerieten wir in einen anderen häßlichen Krach, und das machte sie allmählich physisch krank. Sie nahm ab. Litt unter Migräne. Ihr zitterten die Hände. Unter den Augen und über den Lippen begann es zu zukken.

Menschen, glaubte ich zu wissen, starben nicht an Mangel an Liebe. Nur Hunde taten das.

Ich versuchte ihr etwas vorzumachen, doch sie

war ja nicht dumm. Mitleid und Liebe konnte sie schon noch auseinanderhalten.

Sie ließ sich immer noch nicht entmutigen. Sie hatte ihre Entscheidung getroffen. Sie hatte *beschlossen*, daß es zwischen uns wieder so werden sollte wie zuvor, als unser Leben zusammen noch rein und süß und aufregend war. Das war es! Nicht mehr. Und nicht weniger.

Vielleicht liebte ich sie nicht mehr, aber ich respektierte sie mittlerweile ungemein. Eine Sache ging mir wirklich an die Nieren. Ich hatte mir ein Ticket nach Israel besorgt, und sie zerriß es. »Du bleibst *hier*!« schrie sie mich an und drückte mich in einen Sessel. »Hier!«

Ich hätte wütend werden sollen, doch ich wurde es nicht. Die Sache gefiel mir sogar.

Eines Tages bestand sie darauf, daß ich mit ihr ausging. Mir gelang es, zwei Karten fürs Vet-Stadion zu ergattern, und dort, im Licht der großen Scheinwerfer, wandte ich mich ihr zu, um ihr etwas Belangloses zu sagen, und ertappte mich dabei, wie ich sie anstarrte. Ihr gutes Aussehen war *dahin*. Es haute mich um, wie ausdruckslos sie war! Ihr auffälligstes Merkmal war jetzt in diesem schlimmen Augenblick – ein Schnurrbart. Eigentlich hatte ich ihn schon früher bemerkt, da war er jedoch immer so zierlich gewesen, aufgrund des natürlichen blonden Haars, und selbst jetzt war nicht viel dazugekommen – gerade genug jedoch, um abstoßend zu wirken.

»Was ist los?« fragte sie.

»Nichts.«

Wir hatten die besten Plätze, unmittelbar hinter dem Geländer auf der First-Base-Seite. Ausbälle pfiffen über unsere Köpfe, Inning für Inning, und Joan sagte, sie hätte schon immer mal einen fangen wollen. Andre Dawson vom gegnerischen Team tat ihr den Gefallen, wenn man davon absieht, daß dieser Ball nicht aus war. Er sprang über das First Base und kam auf uns zugesaust, niedrig, bereit, in den Handschuh des Outfielders der Philadelphianer zu prallen. Joan streckte die Hand aus und riß den Ball an sich. Ein sagenhafter Fang, nur daß dem Runner seinetwegen Second Base zuerkannt wurde. Er hätte hinausgeworfen werden können, wenn der Outfielder eine Chance gehabt hätte. Der Schiedsrichter unterbrach das Spiel wegen Behinderung durch Zuschauer.

Die Menge — über sechsunddreißigtausend — fing an zu toben. Joan trug ein Lächeln zur Schau und hielt den Ball hoch wie eine Trophäe. Sie glaubte, man jubelte ihr zu.

Darum sagte ich: »Joan, sie buhen dich aus.«

Sie erwiderte: »Nein, das tun sie nicht!«

»Doch, das tun sie«, sagte ich.

Sie kapierte erst, als Hot-Dog-Verpackungen und Bierdosen angeflogen kamen und sämtliche wutentbrannten Gesichter uns zugewandt waren. Das Johlen wurde immer lauter. Das war ein aufgebrachter Mob.

Ich befürchtete einen Krawall. Das ganze Stadion war in Aufruhr. Männer in T-Shirts drohten Joan mit den Fäusten und brüllten: »Hure! Flittchen!« Dem Krach nach war die ganze Welt in Aufruhr.

Ein Stadionordner kam zu uns geeilt. Daraufhin geriet die Menge erneut in Rage.

»Bitte gehen Sie!« forderte er Joan auf.

»Was?« empörte sie sich.

Er packte sie am Arm.

»Fassen Sie sie nicht an!« bedeutete ich ihm.

»Sie auch, Mister. Sie gehen beide! Empfehlung der Stadionleitung!«

»In Ordnung, aber fassen Sie sie nicht an!«

»Folgen Sie mir!« sagte er. »Folgen Sie mir!«

Als wir uns erhoben, johlte die Menge.

»Aber die Leute tun das doch jeden Tag«, erklärte Joan, als der Ordner uns zum Tunnel führte.

»Der Ball war gültig«, sagte ich.

»Wie sollte ich denn wissen, daß er gültig war?«

»Gehen wir weiter!« forderte der Ordner uns auf. »Sie sind Verlierer!«

»Okay«, sagte ich. »Aber fassen Sie meine Frau nicht an!«

»Sie sind Verlierer«, wiederholte er.

Die Menge jubelte immer noch, als wir uns dem Ausgang näherten. Es war ein langer Weg.

»Ich wußte nicht, daß der Ball noch gültig war«, sagte Joan.

»Laß uns hier lebend rauskommen!« forderte ich sie auf.

»Ist das das große alte Spiel Baseball?« fragte sie.

Auf der Heimfahrt im Auto war sie ziemlich impulsiv. »Wir sind keine Verlierer!« erklärte sie.

»Das stimmt.«

»Sie sind Verlierer!« sagte sie.

»Stimmt!« sagte ich. Es ist jedoch erstaunlich, dachte ich mir, was den Leuten so zustößt. Wenn der Zauber verblaßt, dann verblaßt er. — Joan hatte bis vor kurzem keinen einzigen Augenblick ohne den Charme des Himmels gekannt, und wenn er einmal aufgebraucht sind, dann ist er weg!

Diese Dame, die stets jedermanns Sympathien besessen hatte, war soeben von sechsunddreißigtausend Menschen ausgebuht worden.

Aber sie war aufmüpfig.

»Sie sind ein *Sixth place team*, nicht wahr?« sagte sie.

»Stimmt.«

»Sie haben nur *achtmal* verloren.«

»Mit heute höchstwahrscheinlich neunmal.«

»Aber sie haben nicht wegen uns verloren!«

»Vielleicht nicht.«

»Wir sind Gewinner, nicht wahr, Josh?«

»Ich glaube, ja.«

Mir gefiel es, daß sie sich verteidigte und nicht einfach aufgab. Das war die alte Joan. Aber ich kümmerte mich nicht um die Eindringlichkeit in ihrer Stimme, etwas, das schon fast an Panik heranreichte. Sie war ganz und gar zu selbstgefällig, was gewöhnlich bedeutete, daß sie zu weit gegangen war.

»Wir haben nie achtmal in einer Serie verloren«, sagte sie.

»Neunmal.«

»Wir sind Gewinner.«

Kapitel 26

Die Baseball-Geschichte beschäftigte uns noch wochenlang. Bewundernd sprach sie darüber. Sie war stolz auf sich. Man sollte sie verpflichten, sagte sie. Sie spielte das Spiel besser als die Leute damals auf dem Platz. Hast du gesehen, fragte sie mich, wie ich den Ball gefangen habe?

Ja, erwiderte ich. Das hat jeder gesehen.

Mit bloßer Hand. Sie brauchten einen *Handschuh*! Von wegen gültiger Ball! sagte sie. Dieser Ball war aus. Diese Schiedsrichter sind Verlierer. Diese Phillies sind Verlierer. Jedermann ist ein Verlierer. Die ganze vergammelte, stinkige Welt. So ein Rummel! Warum scheren sich die Leute überhaupt um ein lausiges, stinkiges Baseballspiel? Das ist doch kein echtes Leben. Warum scheren sich die Leute überhaupt um *etwas*? Es ist doch einerlei. Alles ist einerlei. Wir sterben schließlich alle. Huh! Sogar McArthur ist gestorben. Er hat sich nicht einfach aufgelöst.

Nach dem Theater, das sie vollführt hatten, zu urteilen, sagte sie, müßte man annehmen, sie hätte tatsächlich etwas Schlimmes getan.

Zur selben Zeit, da sie immer wieder über diese Sache sprach, las sie heimlich ein Buch, dessen Titel etwa lautete: Wie man Liebe wiedererlangt.

Das Buch war voller kluger Ratschläge, genauso noch ein anderes Buch, das sie auf der Toilette gelesen hatte.

Früher hatten wir über all die Bücher, die herausgebracht wurden, Witze gemacht. Nenne eine Sache, waren wir uns einig gewesen, und es gibt ein Buch darüber! Sogar eine Biographie von Julio Iglesias, Spitzenreiter auf unserer Liste unnötiger Lektüre, bis ich in der Sansom Street einen Titel im Schaufenster sah: *Die Geschichte der Mund-Laute.*

Doch dieses Buch, das sie auf der Toilette las, war wieder etwas anderes: *Wie man ein Ende macht, wenn es zu Ende ist.*

Ich stellte sie zur Rede: »Ein Buch über Selbstmord?«

»Ich kann lesen, was ich will. Dies ist ein freies Land!«

Ich zerriß das Buch, Seite für Seite.

»Ich dachte, wir halten nichts von Bücherverbrennung!« protestierte sie.

»Das ist kein Buch!«

»Ich hatte nicht die Absicht, mir etwas anzutun.«

»Warum das dann also lesen?«

»Ich lese gern.«

»Das ist für dich Lektüre?«

Sie sagte: »Wenn ich mir etwas antun wollte, dann würde ich es einfach tun und fertig.«

»Warum überhaupt an solche Sachen denken? Ich dachte, du wärst so zufrieden mit dir.«

»Das bin ich auch.« Dann fügte sie hinzu: »Hast du gehört, wie die Leute mich ausgebuht haben? Mich!«

»Das ist vorüber.«

»Ich buhe zurück!«

»Hör auf damit, Joan! Ich denke, wir sind Gewinner?«

»Das habe ich auch gedacht.«

»Und?«

»Wir sind alle Verlierer, Josh. Weißt du das nicht? Niemand gewinnt!«

Er war kaum der Rede wert, dieser Schönheitsfehler, der in ihrem Gesicht blühte, neben ihrem linken Nasenloch.

Eisern beteuerte ich, daß er so gut wie nicht zu sehen sei, dieser Pickel.

»Sag nicht Pickel!« forderte sie mich auf. »Ich hasse das Wort.«

Kein Wunder. Sie hatte nie einen Pickel gehabt, nicht einmal als Teenager. In ihren besten Tagen hatte sie diese Art Unvollkommenheit nicht einmal gekannt. Jetzt war das für sie ein böses Omen.

Sie sagte: »Ich habe keine Ahnung«, sagte sie, »wieso ich jetzt Ausschlag bekommen muß.«

»Ein Pickel ist noch lange kein Ausschlag.«

»Du sollst nicht *Pickel* sagen!«

Dieser Pickel machte ihr schwer zu schaffen.

»Ich weiß, daß du immer darauf starrst«, sagte sie.

Sie glaubte, die ganze Welt starre darauf, und es stimmte, daß er von Tag zu Tag größer wurde. Bald, sagte ich, würde er aufgehen. »Widerlich!« sagte sie.

Wir wollten noch einmal ausgehen. »Wie wäre es, wenn wir zu Antonio gingen?«

»Dort ist es sehr teuer.«

»So?«

Als wir das Lokal betraten, war mir klar, wieso sie es anderen vorgezogen hatte. Das Licht war gedämpft.

»Du starrst schon wieder drauf!« ermahnte sie mich.

»An einem Ort wie diesem muß man sich der Blindenschrift bedienen.«

»Hör bitte auf, darauf zu starren!«

»Worauf?«

»Hör auf!«

»Auf deinen Pickel?«

»Hör auf!«

Wir nahmen Platz, bestellten und aßen. Ich beobachtete das Paar in dem anderen Séparée, Mann und Frau mittleren Alters, beide bedrückt, nicht ein Wort zwischen ihnen, trainiert — durch eine zwanzigjährige Ehe — in der subtilen Kunst, allein zu sein. Solche Paare hatte ich schon vorher gesehen und hatte mit Freuden daran gedacht, daß es bei uns niemals so sein würde — und nun war es so. Dieses Paar waren wir!

Schließlich sagte sie: »Du wirst mich deswegen verlassen. Wegen eines *Pickels*.«

»Sei nicht albern!«

»Du findest mich nicht mehr attraktiv. Ich hab' doch gesehen, wie du mich im Baseballstadion angeschaut hast.«

»Gar nichts hast du gesehen!«

»Wir dürfen nicht mehr an helle Orte gehen.«

»Na komm, Joan!«

»Nun dies. Ein Pickel. Ein Scheiß-Pickel!«

»Dieses Wort habe ich noch nie von dir gehört.«

»Pickel oder Scheiß?«

»Das bist nicht du, Joan!«

»Du hast recht. Es gibt Vergeltung. Alles zahlt er einem heim, dieser Gott von dir!«

»Du bist religiös geworden?«

»Ganz so würde ich es nicht bezeichnen«, sagte sie.

Sie ging zum Arzt. Er schnitt dieses dämlich Ding auf, und damit war es verschwunden. Aber nicht für sie. In ihren Gedanken war es immer noch da, riesengroß. Alle möglichen Salben kleisterte sie auf diese Stelle — auf die Stelle, wo nichts war — und verbarg diese Seite ihres Gesichts, indem sie sich immer im Profil zeigte. Morgens stand sie jetzt meistens sehr spät auf. Das Haus verließ sie kaum, aus Furcht, sie könnte gesehen werden.

Ich versuchte, vernünftig mit ihr zu reden, und mußte bald erkennen, daß es keinen Sinn hatte. Irgend etwas war geschehen.

Sie hatte sich eingeredet, daß die Welt an ihrem Ende angelangt war.

Ich hatte sie einmal die Mystik des Gleichgewichts gelehrt. Die Welt war gleichermaßen in Gut und Böse aufgeteilt. Darum besaß das einzelne Individuum absolute Macht. Indem der einzelne den einen oder den anderen Weg ging, konnte er diese oder jene Waagschale nach unten drücken. Wir waren den falschen Weg gegangen.

Nein, nicht durch das, was wir in Atlantic City getan hatten, sondern durch das, was wir in Philadelphia getan hatten. Wir hatten aufgehört zu lieben. Das war destruktiv. Nicht nur uns hatten wir zerstört, sondern die ganze Welt.

Kapitel 27

Dann stand sie eines Morgens in einer schrecklichen Verfassung auf. Sie war in Ekstase.

»Ich weiß«, sagte sie. »Ich weiß, was wir tun. Wir werden nach New York fahren, zum Empire State Building, und uns noch einmal begegnen. Ganz genau dasselbe tun. Mein Gott, es war wundervoll in diesem allerersten Augenblick! Laß es uns tun, Josh! O bitte, lehne es nicht ab! Laß es uns tun, Josh! Ganz von vorn anfangen!

In welchem Raum war es, weißt du das noch, wo wir diese blödsinnige Versammlung hatten? Ich hatte mich ja so in dich verknallt. Das war ein Gefühl! Wir müssen es tun, Josh! Derselbe Raum. Genau *derselbe Raum*. Wie war seine Nummer? Auf welcher Etage war das?«

Ich sagte: »Das weiß ich nicht mehr. Aber das läßt sich ja feststellen.«

»Wir werden genau dieselben Dinge sagen, ja?«

»Ich bin mir nicht sicher, ob sich auch dieselben Firmies alle wieder auftreiben lassen«, sagte ich.

»Du bist ulkig«, erwiderte sie darauf. »Hab' ich dir schon mal gesagt, daß du ulkig bist? Ist das nicht eine gute Idee?«

»Es ist eine Idee.«

»Dann werden wir natürlich ganz nach oben fahren und dann durch ganz New York zum Algonquin. Erinnerst du dich noch daran? Erinnerst du dich noch, wie du mich auf das Zimmer geschleppt hast? Ich hatte keine Absichten — das heißt, ich habe mich echt gewehrt. Doch die Art, wie du dich eingeschmeichelt hast, war einfach betörend gewesen. Ach, du warst ja so sanft! Du hast gesagt: ›Für das viele Geld sollten sie uns ein Zimmer dazugeben!‹ War das geplant gewesen, mein Süßholzraspler?«

»Nein, das kam einfach so. Und das könnte ein Problem darstellen, wenn wir es noch einmal versuchen wollen.«

»Es wird keine Probleme geben. Nicht, wenn wir es nicht zulassen. Okay? Bitte!«

»Okay.«

»Erinnerst du dich noch, was du da oben gesagt hast?«

»Wo oben?«

»Auf dem Empire State Building. Du hast gesagt: ›Soviel ich weiß, kann man bei klarem Wetter Camden, New Jersey, sehen.‹ Das war so gut, Josh! Das war so ein guter Satz. Wie konnte nur alles so vollkommen sein? Alles war so vollkommen!«

Sie hatte ihr Strahlen zurück. Ungewöhnlich, wie sie sich veränderte. Sie ging aus, ließ sich das Haar machen, kaufte Kleider, scherzte und flirtete.

»Was hast du gekauft?« fragte ich sie.

»Was zum Anziehen, du Dummer.«

»Kann ich es sehen?«

»Natürlich nicht, du Dummer. Das ist für New York.«

Im Grunde war alles für New York.

Ich hatte keine Schwierigkeiten, den Raum im Empire State Building ausfindig zu machen, und als Beweis dafür, daß alles wieder gut wurde, war der Raum sogar frei, und ich mietete ihn für eine Stunde, zwei Wochen im voraus. Und bis dahin waren es wundervolle Tage.

Bei diesem Projekt war ich zunächst ein zögernder Partner gewesen. Man kann ja nicht einfach wieder nach Hause gehen und so weiter, es sei denn, daß keiner ein Wort in bezug auf das Empire State Building verlor. Übrigens, wer macht denn diese Regeln? Ich hatte etwas gegen Leute, die Regeln festlegen. Joan hatte mich jetzt soweit. Man kann die Vergangenheit nicht noch einmal durchleben. Eine Liebe, die erloschen ist, nicht noch einmal entfachen. Auch das waren Regeln — doch was soll's? Laß sie ihre Regeln auf ihre Art machen, und wir wollen unser Leben nach unserer Art leben!

Wir kamen überein, unseren Kontakt auf ein Minimum zu beschränken, damit nichts New York verderben konnte.

Es sollte keine unangenehmen Gespräche geben, keinen Sarkasmus, keine Klagen, nicht einmal übers Wetter.

»Du ißt ja gar nichts!« sagte ich.

»Bis wir nach New York fahren, werde ich es schaffen.«

Stolz zählte sie jedes Gramm, das sie abnahm.

»Will das Striptease-Gewicht erreichen«, sagte sie mit ihrem strahlenden Lächeln.

Ja, ich erinnerte mich an den Striptease an jenem ersten Tag.

Ihre Figur war immer toll gewesen, und das weckte wieder Erinnerungen, Erinnerungen, die bereits gestorben waren. Etwas von der alten Begierde wallte wieder auf in mir. Immer stärker zog es mich nach New York.

Ich erinnerte mich wieder an die neuen Dinge, die wir getan hatten — an jenem ersten Tag, im Bett und außerhalb —, und wie sie gesagt hatte, schüchtern, doch bereitwillig: »Recht so?«

Erotische Tagträume über sie ergriffen von mir Besitz. Ich dachte sogar an neue Dinge, die wir tun könnten, und daran, wie sie wiederum sagte: »Ist es so richtig?«

Joans Phantasien, jene, die sie zugeben würde, betrafen das Anmachen, da in dem Sitzungszimmer im Empire State Building. Wie wir mit den anderen am Tisch saßen und miteinander flirteten, indem wir nicht flirteten, mit Ausnahme der gelegentlichen Blicke. Wie sie meine Gedanken las und ihre Knie bedeckte. Wie wir in der Kaffeepause rein zufällig in der gleichen Ecke standen. Wie sie das Gespräch eröffnete, indem sie sagte: »Ich weiß, was Sie denken.« Und dann der Spaß, den wir auf Kosten der Firmies miteinander hatten.

Das (vielleicht auch der Sex, den sie verschämt zuließ) waren ihre Phantasien. Das alles, warnte sie, müßten wir richtig machen, obgleich es keinerlei Probe gab. Nein, es mußte sich spontan ergeben.

Es mußte Spaß machen und romantisch sein und einfach, und vor allem mußte es *dasselbe* sein.

Ich dachte daran, sie zu warnen, daß es sehr schwierig werden könnte, alles gleich zu machen — doch dann besann ich mich eines Besseren. Hatte ich mich nicht gerade entschlossen, auf alle Regeln zu pfeifen? Vielleicht, verdammt noch mal, *können* sich Dinge doch völlig gleich wiederholen.

Ich kannte immerhin einen Mann in Natanya, dessen Haus zweimal vom Blitz getroffen worden war.

Beim Pferderennen hatte ich schon mal die Einlaufwette gleich zweimal hintereinander mit den gleichen Zahlen gewonnen: neun und zwei.

Wiederum, jawohl, spielten wir; nur daß diesmal nichts zu verlieren war. Allerdings war das Risiko groß. Wenn wir in New York versagten, wenn es dort nicht klick machte, wäre der Verlust endgültig, möglicherweise in mehr als einer Hinsicht. Es war etwas von der morgendlichen Pracht in ihrer Überschwenglichkeit, dieser Aufregung und Hingabe, dieser wahnsinnig gehobenen Stimmung.

Wir kannten beide das Risiko und sprachen nicht darüber, da ja über nichts Unangenehmes gesprochen werden sollte.

Wenn ich über die Chancen nachdachte, mußte ich auch das Gesetz der Serie mit einkalkulieren. Die Glückssträhne — wenn wir alles Asse und Buben zogen — war immer möglich, insbesondere bei einem Serienspieler wie mir. Wir hatten eine herrliche Glückssträhne gehabt, dann eine heftige Pechsträhne, und jetzt war es vielleicht wieder Zeit für eine Glückssträhne.

In diesen beiden Wochen vor New York gefielen mir solche Gedanken, und mir gefiel alles, was uns betraf. Eine Sache allerdings mußte unbedingt noch erledigt werden, und mir war klar, daß mit äußerster Genauigkeit darangegangen werden mußte.

»Ich fahre nach Atlantic City, um unser Geld abzuheben«, sagte ich. »Hast du etwas dagegen?«

»Nein«, sagte sie, und damit war die Diskussion darüber beendet. Beide hatten wir begriffen, daß das Geld nie wieder erwähnt werden sollte.

Kapitel 28

Früh stand ich auf. Sie schlief noch, als ich in den Wagen stieg und wegfuhr. Übelkeit und Abscheu begleiteten mich, als ich auf den Atlantic City Expressway einbog. Auch auf der Zufahrtsstraße zum Kasino fühlte ich mich noch nicht besser. Einem Angestellten übergab ich meine alte Klapperkiste zum Parken. Im Kasino drängten die Menschenmassen nach allen Seiten.

Schnurstracks ging ich zur Hauptkasse.

»Ich bin gekommen, um einen Schuldschein einzulösen«, sagte ich.

Ich nannte meinen Namen und legte drei Identifikationsnachweise vor.

Die Angestellte hieß Doris Whittingham, sie war ein netter, matronenhafter Typ. Sie gab die Informationen in den Computer ein und verschwand dann. Ich wartete. Niemals war mir in den Sinn gekommen, daß etwas schiefgehen könnte.

Während ich wartete, schoß mir eine schreckliche Erinnerung durch den Sinn ... Gebirge und Ozeane haben wir überstanden, und hier sind wir nun. Ich weiß nicht, wo wir uns befinden, aber eine riesige amerikanische Flagge hängt über der Stelle, wo wir sitzen, im Wartezimmer. Meine Schwester sitzt ordentlich da und hält fest ihre Shirley-Temple-Puppe umklammert. Mein Vater und meine Mutter haben immer noch dieses erschöpfte Flüchtlingsaussehen, selbst nach einigen Jahren in Montreal. Männer und Frauen — Amerikaner! — schlendern hin und her, so gut gekleidet, so ungezwungen, so hochgewachsen. Wir sind *klein,* muß ich immerzu denken. Wir warten auf *Papiere.* Wir sitzen da und warten und warten. Leute öffnen und schließen Türen, betreten dieses Büro und verlassen es wieder. Meine Eltern warten auf einen ganz bestimmten Mann. Wo mag er nur sein? Warum dauert es so lange? Was hat das zu bedeuten?

Was hat das zu bedeuten?

Schließlich kommt er, direkt auf uns zu. Meine Mutter ergreift die Hand meines Vaters. Er jedoch nimmt keine Notiz davon. Zu intensiv schaut er dem Mann entgegen, der immer näher kommt. Er kommt immer näher auf uns zu, doch es scheint, als käme er niemals an. Er lächelt nicht. Was hat das zu bedeuten?

»Mr. Kane?« fragt er schließlich.

Mein Vater erhebt sich.

»Es würde uns ein Vergnügen sein, Ihnen ein Dauervisum auszustellen«, sagt der Mann, »wenn die eine Sache nicht wäre. Wissen Sie, daß Ihr Sohn einen unregelmäßigen Herzschlag hat? Er hat den Gesundheitstest nicht bestanden.«

Mein Vater ist des Englischen mächtig genug, um diese Worte zu verstehen — aber er versteht nicht.

»Er ist ein gesunder Junge«, sagt mein Vater, und

seine Augen beginnen sich mit Tränen zu füllen. »Dieser Junge«, sagt er, »ist *Gebirge* rauf und runter marschiert! Ist das nicht gesund genug?«

»Hat Ihr Sohn mal Scharlach gehabt?«

Sie besprechen sich auf jiddisch, Mutter und Vater.

»Nein«, erklärt mein Vater dann.

»Bitte warten Sie noch!« sagt der Mann.

Er geht wieder, und wir warten wieder.

»Sie werden uns nicht reinlassen?« fragt meine Mutter.

Und ob Kanada uns wieder aufnimmt? Aufgrund eines Irrtums hat Kanada unsere Staatsbürgerschafts- dokumente bereits zerrissen.

»Pst!« zischt mein Vater.

»Sie werden uns nicht reinlassen?«

»Pst!«

»Wir werden zurückgehen müssen?«

»Pst!«

»Wohin zurück?«

Jetzt kommt er wieder, und diesmal lächelt er. Er sagt: »Es war vermutlich nur die Aufregung.«

Dann: »Willkommen in den Vereinigten Staaten!«

Was hat das zu bedeuten? fragte ich mich, als Doris mich warten ließ.

Kann nicht sein! redete ich mir ein. Nein, kann nicht sein!

Was für ein elender, dreckiger Trick! Aber das ge- schieht mir recht, sagte ich mir, und dann dachte ich — wieso eigentlich? Wieso würde es mir recht ge- schehen? Was hatte ich denn getan? Viel. Okay, das war Tatsache. Ich hatte diese und jene Sünde began- gen. Aber war es denn wirklich etwas so schrecklich Verkehrtes gewesen, daß ich mir ein besseres Leben gewünscht hatte? Sy hatte in dieser Beziehung recht, nicht wahr? Das war jedermanns Schwäche. Das war das *Leitmotiv* eines *jeden* Lebens. Jedes Lebewesen trachtete danach.

Was also, wenn es nicht das Paradies war, wenn man das erreichte, wonach man strebte? Auch das war das Leben.

Mir kam der Schriftsteller James M. Cain in den Sinn. Alle seine Bücher, sagte er, waren über Menschen, deren Träume sich verwirklicht hatten.

Und alle seine Bücher waren Tragödien.

»Mr. Kane«, sagte Doris. »Dazu sind gemeinsame Unterschriften erforderlich.«

»Das heißt, das Geld ist hier?«

»Gewiß! Eine Million Dollar. Richtig?«

»Richtig! Eine Million Dollar.«

»Es ist hier und liegt zum Abheben bereit, nur daß Ihre Frau mit unterschreiben muß.«

»Sie ist nicht hier.«

»Kann sie denn nicht herkommen?«

»Nein, das ist unmöglich. Niemals!«

»Dann muß ich mit meinem Vorgesetzten sprechen. Ich weiß nicht, wie ich mich in einem solchen Fall verhalten soll. Ist sie krank?«

»Ja.«

»Hat es nicht Zeit, bis sie wieder gesund ist?«

»Nein.«

»Das Geld bleibt hier für Sie bereitliegen.«

»Hören Sie, kann ich nicht für sie mit unterschreiben?«

»Das ist gegen die Vorschriften.«

»Ich bin doch ihr Ehemann.«

Das war eine verrückte Komplikation. Ich wußte genau, Joan würde niemals einwilligen, hierher zu kommen, nicht einmal wegen einer Million Dollar.

Ganz besonders wegen einer Million Dollar.

»Sie ist sehr krank«, fing ich wieder an.

»Ich verstehe.«

»Ich fürchte, nicht ganz. Sie ist sehr, sehr krank!«

»Oh!« Dann reichte sie mir die Papiere und sagte: »Unterschreiben Sie bitte!«

Vierzig Minuten später überreichte sie mir einen Scheck.

»Ich hoffe, es ist alles in Ordnung!« sagte sie.

»Ja. Könnte ich einen Briefumschlag dafür haben?«

»Aber sicher.«

Ich steckte den Scheck in den Umschlag, tat den Umschlag in meine Brieftasche und schob die Brieftasche in die tiefe Hosentasche auf der rechten Seite meiner Jeans. Außerdem hielt ich die rechte Hand darin vergraben, als ich nach draußen marschierte.

Ich wartete auf das Auto, und als es kam, hörte ich jemanden laut meinen Namen rufen.

Doch ich wußte, was es hieß, sich umzudrehen, und ging.

Als ich zu Hause ankam, saß Joan auf der Couch und las den neuesten Bellow.

»Warum lösen sich alle seine Figuren von dem Blatt wie alte Kacker?« fragte ich sie.

»Wessen?«

»Bellows.«

»Bellows«, wiederholte sie. »Ich habe übrigens gar nicht gelesen.«

»Ach?«

»Ich saß hier und hab' mir Gedanken gemacht.«

»Worüber?«

»Über dich.«

»Ich habe dir doch gesagt, daß ich fahre.«

»Ich weiß.«

»Du hast den ganzen Tag hier gesessen und dir Gedanken gemacht?«

»Ja.«

»Wieso?«

»Ich weiß nicht. Daß etwas passieren könnte.«

»Was hätte denn passieren sollen?«

»Ich weiß nicht. Irgendwas.«

»Zum Beispiel?«

»Auf den Highways gibt es ständig Schießereien.«

»Das passiert in Kalifornien«, sagte ich. »Im übrigen Amerika nicht.«

»Sie sind überall, diese Leute.«

»Na, es ist ja nichts passiert.«

»Ich möchte nicht, daß etwas passiert.«

»Du hast Angst, es könnte etwas passieren?«

»Ich weiß nicht. Ich weiß es nicht.«

»Du hast Angst, es könnte noch vor New York etwas passieren?«

»Vielleicht.«

»Abergläubisch? Meine Joan?«

»Das ist kein Aberglaube. Es ist — vielleicht ist es eine Vorahnung.«

»Es ist Aberglaube.«

»Du denkst, alles geht in Ordnung?«

»Natürlich. Wir gehen nach New York, nicht wahr?«

»Nicht bald genug.«

»Da, sieh!« sagte ich und brachte den Scheck zum Vorschein.

»Mein Gott, das hab' ich vergessen! Wie konnte

290

ich das nur vergessen? Den Scheck! Natürlich! Den Scheck!«

Kapitel 29

Am Tag vor New York wurde zwischen uns nicht ein Wort gewechselt. Wir hatten es so geplant, sie zumindest. Wir sollten zu Fremden werden. Alles mußte für den Knalleffekt am nächsten Tag aufgespart werden.

Die Begegnung war für elf Uhr angesetzt. Nur für uns beide, da wir natürlich nicht vorhatten, ein Ensemble von Firmies zu engagieren. Ich hatte keine Ahnung, wie sie nach New York gelangen würde. Immerhin waren wir ja Fremde.

Ich nahm jedoch an, daß sie den Bus von Moorestown nehmen würde, darum entschied ich mich für die Eisenbahn.

Als ich um sechs aufstand, war sie bereits im Keller, zwischen Waschmaschine und Trockner. In aller Eile duschte ich, zog mich an und jagte davon. Mit dem Bus fuhr ich nach Holmesburg, nahm den Zug zur Thirtieth Street Station, und dort bestieg ich einen Metroliner, und in weniger als zwei Stunden befand ich mich im Empire State Building — für mich das Symbol Amerikas.

Mit dem Schlüssel, den sie mir geschickt hatten, schloß ich die Tür auf, und es war alles noch so vorhanden wie damals, der große Tisch, mächtige Ledersessel drum herum, und mich durchzuckte die Erinnerung, wie sie so dasaß das erste Mal, so blond, so schön. Plötzlich wünschte ich mir das zurück. Bisher hatte ich nicht sehr viel von unserem Plan gehalten, um so mehr aber jetzt, denn jede Minute konnte sie nun eintreten, und alles wäre wieder so wie damals.

Nur, daß wir es umgedreht hatten. *Sie* sollte zuerst hier sein. Und *ich* würde dann eintreten.

Aber es war ja erst ein paar Minuten nach elf, noch zu früh, um zu spät zu kommen.

Ich verließ das Zimmer, ging den Gang entlang und starrte zu den Fahrstühlen. Genau wie die Erde zum größten Teil aus Ozeanen besteht, besteht das Leben, stellte ich fest, zum größten Teil aus Warten. Nur zwei-, dreimal im Leben wurde etwas verwirklicht. Der Rest war Warten.

Dann ging ich wieder in das Zimmer und horchte auf Schritte.

Komisch, wie es ist, wenn man wartet. Jede Gefühlsregung kehrt sich um.

Ich fragte mich, ob sie noch das richtige Stockwerk wußte, das Zimmer. Erinnerte sie sich noch an das *Gebäude*? Hatte sie das richtige Datum? Ich ging zum Telefon und rief sie zu Hause an. Niemand nahm ab.

Freudige Erregung. Sie hatte das Haus verlassen. Sie war unterwegs. Jede Minute würde sie hier sein. Der Bus mußte im Verkehr steckengeblieben sein.

Gab es nicht Baustellen auf dem Turnpike?

Der Bus hatte also Verspätung, und sie befand sich jetzt gerade in einem Taxi auf dem Weg hierher, womöglich bezahlte sie in diesem Augenblick gerade.

Ich sah auf die Uhr — 11.25 Uhr.

Das Taxi, stellte ich mir vor, war vermutlich im Verkehr steckengeblieben. *New York!*

Mein Gott! dachte ich. New York! Sie konnte sonstwo sein. Wo beginnt man in New York jemanden zu suchen? Nirgends. Man wartet. Wie jetzt. Genau so.

Mach dir nichts draus! Sie muß gleich hier sein. Es gibt keinen anderen Ort für sie.

Allmählich wurde der Raum leer. Das war alles, woran ich jetzt denken konnte, die Leere von Dingen.

Nicht umsonst, dachte ich, heißt es: »Ein Mann ohne eine Frau ist nur ein halber Mann.« Wir sind, wir alle, Adam und Eva. Zwitter. Bei der Geburt teilen wir uns in Mann und Frau, und dann ziehen wir los und suchen nach der anderen Hälfte von uns. Manchmal — selten — haben wir das Glück, diese andere Hälfte zu finden. Das Tragische besteht darin, sie zu finden, und nicht, sie zu erkennen; und das nennen wir Sehnsucht.

Gewiß, sagte ich mir, ist sie nicht fortgegangen und hat sich etwas angetan. Nein, nicht wenn wir uns so nahe waren. Nicht wenn wir alles so für das vollkommene Comeback arrangiert hatten. Das sollte ja der Anfang sein, nicht das Ende!

Ich mußte daran denken, was sie erst kürzlich gesagt hatte. Sie hatte sich Sorgen gemacht, daß etwas passieren könnte. Sonst war das überhaupt nicht ihre Art gewesen. Jetzt — ja, seit Atlantic City — war sie ängstlich geworden. Sie sah Zeichen und Omen. Mit einemmal glaubte sie an Rachegeister, jene Kreaturen, die über den Köpfen fliegen und in unseren Träumen lachen.

Jetzt vernahm ich Schritte, aber zu viele. Eine Armee von Firmies kam auf die Tür zu marschiert.

»Wir sind hier für um zwölf eingetragen«, sagte der Ober-Firmie.

»Das Zimmer gehört Ihnen«, erwiderte ich, denn es war um zwölf.

*

Sie war im Bett, die Jalousien runtergelassen.

»Hi!« grüßte ich.

Ihre leblosen Augen waren einen Zoll über meinen Kopf gerichtet.

»Hi!« erwiderte sie.

»Du warst den ganzen Tag über hier?«

»Wo hätte ich denn sein sollen?« fragte sie.

»Vielleicht in New York?«

»Ach.«

»Ich war dort«, sagte ich.

»Gut für dich.«

»Hab' ich etwas falsch gemacht?«

»Keineswegs«, sagte sie. »Du bist ein sehr lieber Junge.«

»Hast du was falsch gemacht?«

»Ich? Ich bin ein Engel.«

»Warum warst du nicht in New York?«

»Ich?«

»Joan! Na komm!«

»Na komm, was?«

»Warum warst du nicht dort?«

»Weil ich hier war«, gab sie zur Antwort.

»Ich weiß. Aber wieso?«

»Ach Josh, was soll das? Es hat keinen Zweck.«

»Du hast dich so darauf gefreut.«

»Hab' ich das?«

»Hast du nicht?«

»Doch, ich nehme an«, sagte sie.

»Was ist passiert?«

»Ich bin heute morgen aufgestanden. Das ist passiert.«

»Du bist aufgestanden?«

»Das ist passiert«, wiederholte sie. »Das ist eine sehr schlimme Sache, die passieren kann.«

»Aufstehen?«

»Es ist das Schlimmste, was passieren kann.«

»Aufstehen?«

»Ja«, sagte sie. »Das ist eine furchtbare Art, den Tag zu beginnen.«

»Ich wünschte, du hättest mir gesagt, daß du nicht hinfährst!«

»Ich wußte es ja selbst nicht.«

»Was hat dich dazu gebracht?«

»Das!«

»Was?«

»Das hier.«

»Was?«

»Der Pickel! Der Pickel! Der Pickel!«

Ich setzte mich aufs Bett. Sie drehte ihr Gesicht weg.

»Ich sehe keinen Pickel, Joan. Da ist kein Pickel!«

»Na, dann bist du blind. Er ist so groß wie der Mount Everest. Er ist so häßlich. Alles ist häßlich.«

»Alles?«

»Wenn man häßlich ist, ist alles häßlich.«

»Du bist nicht häßlich, Joan.«

»Du bist sehr nett. Ich verlasse nie wieder das Haus!«

»Angenommen, es brennt?«

»Dann versuche ich, das Feuer zu ersticken«, sagte sie und begann zu schluchzen. »Aber es war nicht gut. Es ist nicht gut, Josh.«

Sie rannte ins Bad. Zu lange blieb sie drin, und so rief ich ihr zu, aber sie gab keine Antwort. Ich klopfte an die Tür. Dann trat ich sie auf. Sie saß auf dem Klodeckel, vornübergebeugt. In den Händen hatte sie Gesichtscremedosen. Ihr Gesicht war gelb und orange geschmiert, besonders die Stelle neben der Nase.

Ihr gegenüber setzte ich mich auf die Badewannenkante, nahm ihre Hände und stellte all die Cremedosen weg. Ihre Hände waren eiskalt. Ich rieb sie, und sie schluchzte. Sie zog mich nieder, so daß ich vor ihr kniete und den Kopf in ihren Schoß legte, und jetzt strich sie, wie wild geworden, mein Haar. »Was geschieht nur mit einem?« fragte sie. »Was geschieht nur mit einem?« Ich versuchte, nicht zu weinen, und wußte nicht, wessen Tränen mir heiß und schnell die Wangen hinabliefen.

Kapitel 30

In Haifa dann dachte ich nur gelegentlich an sie. Ich fuhr auf Kriegsschiffen, die in gefährlichen Gewässern operierten, aufs Meer hinaus. Als Freiwilliger hatte ich mich zur israelischen Marine gemeldet, unmittelbar nachdem die Trennungspapiere meine Entzweiung mit Joan nahezu endgültig gemacht hatten. Es war jedoch nicht so, wie wenn man zur französischen Fremdenlegion ging, um zu vergessen. Oder vielleicht doch?

Ich patrouillierte auf dem Mittelmeer auf der Satile, einem Kriegsschiff, wie sie Amerika im Vietnamkrieg eingesetzt hatte, und fuhr auf Zodiacs, aufblasbaren Gummischnellbooten, in den Kampf. Im Hebräischen gibt es kein Wort für Marine, darum sagte man Meeres-Armee, und ich patrouillierte auf dem Mittelmeer mit dieser Armee von Achtzehnjährigen, von Offizieren jeglichen Alters abgesehen. Wiederum steckte ich in der Zahal-Uniform und sagte zu meinem Vater: »Schau mich an!«

So seltsam es auch scheinen mag, war die Armee oder die Marine für die Israelis kein Ort, um sich zu finden oder sich zu verlieren. Sie war eher eine lästige Pflicht, eine unromantische Aufgabe, die den jungen Burschen die drei besten Jahre ihres Lebens raubte. Glanz und Glorie — das war etwas für die Amerikaner.

Was jedoch eine ganz bestimmte Amerikanerin betraf — an sie dachte ich nicht mehr. Das war vorbei. Am Anfang, ja, da geisterte sie mir noch im Kopf herum. Nachts in meiner Koje, so nahe am Meer, daß ich die Wellen rauschen hören und durch die Fenster bis hinüber nach Akko und Libanon sehen konnte, schrieb ich ihr imaginäre Briefe. Es gab ja so vieles zu erzählen. Wenn die Post kam — obgleich ich ihr gar nicht mitgeteilt hatte, wo ich war —, phantasierte ich mir Briefe von ihr zusammen. Aber das war nur am Anfang. Jetzt nicht mehr.

Jedenfalls war es fünfzehn Monate her, daß wir entschieden hatten, es sei zu Ende. Und wen wundert's, sie hatte begonnen, körperlich zu verfallen. Der Lebensfunke wich allmählich aus ihrer Seele. Sie litt fürchterlich unter Anfällen von Depression, was sich in häufiger Migräne und Schlaflosigkeit bei Nacht manifestierte, und bei Tag wurde ihr ständig heiß und kalt, und sie ging schier in die Luft, als ich einmal versucht hatte, sie zu berühren. Worte vermochten sie nicht zu trösten. Sie glaubte nichts von dem, was sie hörte oder las. Sie — Joan! — war zynisch, ja sogar rachsüchtig geworden. Bei den Worten »Ich liebe dich« wurde ihr übel. Romantische Paare verachtete sie. Die meisten Bücher und Filme waren über Verliebte, demzufolge hatte sie nichts mehr zu lesen oder anzuschauen.

Sie verwandelte sich in ihr Gegenteil. In völliger Dunkelheit saß sie da. Radio und Fernseher waren aus, und sie hatte sogar die Spiegel verhängt. Unser Haus war ein Haus der Trauer. Ständig war sie zu Hause und stundenlang in: Bad, und dort hatte sie versucht, sich die Pulsadern aufzuschneiden. Einmal. Das war, als wir uns entschieden...

Was mich betrifft, ich empfand nichts mehr für sie. Ich war einfach bloß noch da. Nichts an ihr mochte ich mehr. Selbst wenn sie noch dieselbe gewesen wäre... doch wie hätte sie noch dieselbe sein sollen?

Nein, es war sinnlos und fürchterlich. Obgleich ich mir wirklich Mühe gegeben hatte — einmal hatte ich sogar geschäkert und gescherzt wie in alten Tagen —, nur um die alte Joan wenigstens für einen Augenblick wiederzuerwecken, für einen winzigen Augenblick. Aber es war nichts. Nichts mehr da. Weg. Alles weg!

Hier also, im Norden Israels, in Haifa, prächtig und ruhig, mit Blick auf das Karmelgebirge von so gut wie jeder Stelle aus, mit dem goldenen Bahai-Dom, der in der Sonne glitzerte, und sogar in Sichtweite von Elijas Grab, jenem Ort, wo er über die 450 falschen Phropheten Baals und die 400 falschen Propheten der Aschera obsiegt hatte — hier lebte ich auf dem Marinestützpunkt.

Dieser Stützpunkt wurde auf der einen Seite vom Mittelmeer und auf der anderen von der Aliyastraße begrenzt. Mein Dienstplan sah jeweils eine Woche auf Patrouille vor und eine Woche frei; und in meiner freien Zeit hätte ich mir so vieles anschauen und so viele alte Bekannte besuchen können, tat jedoch nichts dergleichen, sondern stand bloß vor dem Kasernentor, auf der anderen Seite der Straße, und sah den Kindern beim Spielen auf dem Schulhof zu.

Das war Israel, dieser Schulhof! Alte Männer und Frauen, die durch Auschwitz Israelis geworden waren, sahen ebenfalls den Kindern zu. Diese waren übermütig und sorglos, das Trällern ihrer Stimmen war sogar den Märtyrern in den Gräbern ein Gesang.

Ich wünschte, sie wäre hier, um das mit ansehen zu können, diesen sagenhaften Anblick! Erst sie einmal nach Yad Vashem führen, um ihr jene Bilder zu zeigen, wie die Kinder aus den Öfen geschaufelt wurden, und sie dann hierher zu diesem Schulhof bringen. Dann würde sie all die Dinge verstehen, die ich nie zu erklären imstande gewesen war.

Ich mußte daran denken, wie sie gesagt hatte, daß ich, selbst wenn wir im schrecklichsten Gefecht steckten und selbst wenn wir uns trennten, ihr stets nur mitzuteilen brauchte, wo ich mich befand. Sie würde kommen und mich finden. Aber wer hätte schon so etwas erwartet?

Ich hielt tatsächlich Ausschau nach ihr, indem ich auf alle Leute vor dem Schulhof einen kurzen Blick warf. Und sie wäre leicht zu finden gewesen, denn es gab keine einzige Blonde in ganz Israel. Und keine Blonde bedeutete keine Joan.

Doch das war am Anfang, dann dachte ich nicht mehr an sie.

In jener Nacht fuhren wir in achtzehn Zodiaks aufs Meer hinaus, ließen am libanesischen Ufer die Luft heraus, vergruben die Boote und führten einen Vergeltungsschlag für das Gemetzel an acht Jerusalemer Schwesternschülerinnen, die von arabischen Untergrundkämpfern eine nach der anderen ins Gebüsch gezerrt und abgeschlachtet worden waren.

Im wechselseitigen Maschinengewehrfeuer hat es mich dann erwischt, wieder am selben Knie; aber ich hielt durch, bis alles vorüber war, und half sogar noch, die Boote wieder auszugraben und aufzupumpen, und erst später, weit draußen auf dem Meer, verspürte ich den Schmerz.

Ich wurde ins Ramban-Hospital gebracht und blieb länger dort, als ich eigentlich hätte bleiben sollen. Der Arzt sagte, das Knie würde ihm, obschon es heilte, etwas verraten. Der Heilungsprozeß verliefe darum so langsam, vermutete er, weil ich nicht den Willen hätte zu leben, was nicht stimmte. »Sie sind hierhergekommen, um zu sterben?« fragte mich Dr. Avri Ben Tov. »Kommen Sie her, um zu leben!«

Die Israelis hatten etwas Seltsames an sich. Sie hatten etwas gegen Helden, sogar gegen Märtyrer. Sie errichteten ihnen Denkmäler und besangen sie und woben sogar Legenden um sie, aber sie hatten etwas gegen sie, vielleicht weil ihr Erbe und ihre Kultur dem Leben geweiht war und nicht dem Tod und vielleicht weil sie schon genug Helden, genug Märtyrer hatten und es Zeit war für etwas anderes.

Hier auf diesem Marinestützpunkt blieben Männer, die im Sinai ganz allein Dutzende von Ägyptern und von Syrern auf dem Golan besiegt hatten, völlig unbeachtet. Nicht die geringste Ehrenbezeigung wurde ihnen zuteil.

Nach fünf Wochen hatte ich das Krankenhaus verlassen und war wieder in der Kaserne. Immer noch lahm und vom Dienst freigestellt, versank ich immer tiefer in meinem Bett und saß später auf einer Klippe und ließ das Meer unter meinen Füßen rauschen und die Sonne sanft mein Fleisch wärmen.

Mit der Zeit konnte ich mit Hilfe eines Stockes größere Strecken gehen, sogar bis vor das Kasernengelände, bis zur Aliyastraße, wo ich dann vor dem

Schulhof stand und den Kindern beim Spielen zu-
schaute.

Die blonde Dame . . . von hinten konnte man sie
für Joan halten. Ich hatte nicht an sie gedacht. Ganz
und gar nicht. Aber Blonde — sie fuhren in die Staaten zurück — so viele von ihnen sahen von hinten
aus wie Joan, doch dann begingen sie den Fehler,
sich umzudrehen. Diese Enttäuschung!

Eine Zeitlang, nach der Trennung, hatte ich versucht, Joan umzugestalten, eine neue Joan zu schaffen, meine eigene Joan. Machen wir uns eine Joan!
Manche der Blonden, die solche Phantasien hervor-
riefen, waren *beinahe* wie Joan, und ich dachte, das
könnte Joan sein . . . doch Bedürfnisse gaukeln einem etwas vor.

Also — also die Wahrscheinlichkeit war bemerkenswert groß. Hier in Israel. Eine Blonde.

Ein Spieler würde darauf wetten, daß das Joan wäre.

So etwas Seltenes, eine Blonde, hier, da mußte ich
näher ran, aber nicht zu nahe. Noch nicht. Laß sie an-
dauern, die Möglichkeit. Solange sie mir den Rücken
zukehrte, konnte ich hoffen. Nicht nötig, hinzueilen
und dies zunichte zu machen. Es war köstlich. Ich
stellte mir vor, sie würde sich umdrehen und endlich . . . endlich Joan. Dieses Lächeln.

Wie sehr, dachte ich, würde diese Dame mit dem
goldenen Haar Joan ähneln. Wie *beinahe* würde Joan
sie sein? Straight Flush? Royal Flush? *Jackpot!* Ich
mußte daran denken — all diese Erinnerungen! —,
wie sie vor mehr als einem Jahr im Showboat in Atlantic City einen Royal Flush gehabt, aber so gut wie
nichts gewonnen hatte, weil ihr Einsatz nur einen
Vierteldollar betrug . . . und wie sie sich gefreut hatte!
Voller Überschwang hatte sie keinen Gedanken an

ein Minus verschwendet, nur an ein Plus. Und wie sie zuvor, in der Tram, den Leuten auf dem Boardwalk zugewinkt und die einfache Tramfahrt in ein zauberhaftes Abenteuer verwandelt hatte!

Im *Cheder Ha'ochel*, dem Kasino, hatte man sich über eine Blonde unterhalten. Einige Kadetten hatten dieses Phänomen entdeckt. Sogar Kundschafter waren ausgeschickt worden, die Lage peilen. Ich hatte versäumt, mich anzuschließen, oder vielleicht hatte ich das Ganze nur für zu unwahrscheinlich gehalten.

Letztendlich stimmte es.

Sie war also schon einige Tage hier, diese blonde Dame, die da vor dem Tor des Schulhofs stand. Eingehend betrachtete ich sie. Alles an ihr war ganz genau Joan — zumindest von hinten. Nun blieb nur noch dies: daß sie sich umdrehte!

Das sah ihr ähnlich — wenn das tatsächlich Joan war —, zu wissen, daß ich so meine Freizeit verbrachte, damit, daß ich diesen Kindern zusah. Natürlich hätte sie einfach zum Wachtposten hinübergehen und nach mir fragen können, also war sie es vielleicht doch nicht.

Zwei Jungen auf dem Schulhof waren aneinandergeraten. Ein kleiner Streit hatte sich zu einem richtigen Kampf entwickelt, und es war deutlich zu erkennen, daß diese beiden schon lange etwas gegeneinander hatten.

Der Größere hatte den Kleineren zu Boden geworfen und völlig festgenagelt. Nicht gerade ein Vergnügen, mit ansehen zu müssen, wie der Kleinere hilflos um sich schlug.

Komm schon, Kleiner! Nimm deine beiden Daumen und drücke sie fest gegen seine Nasenlöcher!

Wir sind hier im Krav-Maga-Land! Das solltest du wissen!

Jetzt drehte sich die blonde Dame um, sah mich an und sagte: »Unternimm etwas!«

Ich stürmte auf den Schulhof und brachte die beiden Jungen auseinander. Dann verließ ich den Hof wieder und ging auf die Dame zu. Sie lächelte, doch ihre Unterlippe zuckte. Ich bebte am ganzen Körper.

Verrückt! dachte ich. Keinerlei Angst, nicht einmal vor dem brutalsten Nahkampf. Und dann taucht diese Blonde auf, und du wirst ganz weich in den Knien.

Doch dann, sie war unvorstellbar schön. So etwas wie sie hatte ich erst einmal gesehen.

Sie sagte: »Nicht schlecht für einen, der am Stock geht!«

»Ja, mich hat's erwischt.«

»Auf See?«

»Ja.«

»Immer noch du auf der einen Seite und die Welt auf der anderen?« Ihre Augen wurden rot und schwollen an. »Stimmt das nicht?«

Ich mochte ihr nicht sagen, daß es kein Wettstreit war. Die Welt war weit entfernt.

»Ich hasse es, die Bösen gewinnen zu sehen«, sagte ich.

»Ich weiß genau, was du meinst. Also mußt du weiter kämpfen. Insbesondere für etwas sehr Seltenes und Kostbares.«

»Ja«, erwiderte ich. »Man muß immer weiter kämpfen.«

»Ja, das werden wir!« sagte sie. »Darum bin ich hier, Josh.«

Das Sinnlichste und Erregendste aus dem Reich der Erotik

Als Band mit der Bestellnummer 11923 erschien:

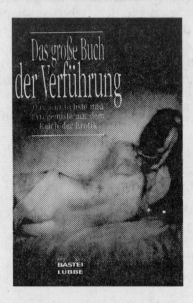

24 Geschichten über die Kunst der Verführung. Schon im Paradies gab es Verführung. Und sie ist über die Jahrtausende hinweg ein ewiges Thema in der Beziehung der Geschlechter geblieben. Sie hinterließ Sieger und Besiegte, Wonnetrunkenheit und Verzweiflung.